Jenny Graeske

DAZWISCHEN

DEIN LEBEN IST WERTVOLL

Verlag:
Jennifer Graeske
Sonnenweg 1
51503 Rösrath

www.jennifer-graeske.de
info@jenny-graeske.de

Cover:
Coverdesign by A&K Buchcover www.akbuchcover.de

ISBN 9798335093552

Für Benjamin, Julia und Bella

Dieses Buch ist für alle, die sich verlassen fühlen.
Für alle, die es lieben, in eine andere Welt abzutauchen.
Und für alle, die nicht wissen, warum sie am Leben sind.

Dieses Buch ist für dich. Weil du wertvoll bist.

1

Ein kleiner Papierflieger landete auf meinem linken Schuh und blieb in dem vergilbten Schaft des Sneakers hängen. Es waren die einzigen Schuhe, in denen bei Regen die Füße trocken blieben. Der Papierflieger war ordentlich gefaltet und er hatte perfekte Maße. *Marie* stand auf ihm geschrieben. Die Buchstaben kannte ich gut, etwas gekritzelt und doch männlich. Ich angelte nach dem Stück Papier, faltete es auf und las. Auch wenn ich wusste, dass ich niemals *Marie* sein würde.

„*Hi Marie. Soll ich Lilli-Marai zur Party einladen? Sie sieht so traurig aus. Tamo*“

Mein Herz machte einen Sprung. Sollte mein Leben doch noch einen Sinn haben? Auch wenn er mich aus Mitleid einladen wollte. Vorsichtig legte ich die Kanten übereinander und zog mit meinen Fingern die gefalteten Linien nach. Der Flieger war wieder hergestellt und in einem spitzen Sinkflug ließ ich ihn auf dem blond glänzenden Zopf der stolzen Marie notlanden.

Frau Biogol trat ins Klassenzimmer und begann leise schimpfend die Tafel zu wischen. Marie hatte den Zettel entfaltet, kritzelte eine Antwort darauf und knallte ihn auf meinen Tisch.

„Lies! Und dann gib ihn an Tamo zurück!“ Sie funkelte mich mit ihren blauen Augen an.

Als mein Blick sich auf das Blatt senkte, begann Marie leise in sich hineinzulachen. Ich las mit einer bösen Vorahnung.

„Sie ist armselig. Sie heult die ganze Zeit wegen ihrer Mami rum. Sie stinkt nach Fisch und ihre Kleidung ist dreckig. Hey, Tamo, why? Tu dir diesen kleinen Wurm nicht an."

Die Buchstaben verschwammen vor meinen Augen, während meine Hände versuchten, dieses nutzlose Stück Papier zu zerdrücken. Sie konnten mir alles antun. Aber meine Mama, die hatten sie alle aus dem Spiel zu lassen.

Marie warf ihren Kopf arrogant in den Nacken, sodass ihr geflochtener Zopf auf meinen Tisch aufschlug. Wie eine Peitsche störte sie mit ihm meine Privatsphäre. Sie duftete nach Mango mit Rosen, einem Geruch, den scheinbar alle liebten, aber ich nicht. Ich hasste den Geruch und den Menschen, der ihn im Übermaß verströmte. Aber mich hasste ich am meisten. Mein Leben und mein Aussehen, meine Art, wie ich mich bewegte. Es gab absolut nichts, was Sinn machte. Nichts wollte mir gelingen. Es schien, als wäre ich verflucht. Und mit mir Mama. Das Leben hasste uns.

Frau Biogol erhob ihre Stimme und unterbrach meine Gedanken. „Ich möchte an die letzte Stunde anknüpfen und jetzt mit euch in eine offene Diskussion gehen. Wer hat denn Tafeldienst?! Wo ist denn die Kreide? Immer fehlt hier was. Wer erinnert sich an das Thema?"

Panik schnürte mir die Luft ab. Ich versuchte, einfach nur ruhig zu atmen. Das konnte doch nicht so schwer sein.

„*Leben nach dem Tod*", schrieben ihre langen Krakenfinger mit quietschender Kreide auf die grüne Tafel.

Ich erinnerte mich an unseren Lieblingsspruch aus der 5. Klasse: „*Frau Biogol war innen hohl.*" Er passte immer noch. Ich musste mich bewegen. Meine Finger suchten nach der Schere in meinem Mäppchen. Als sie in die Plastikgriffe fuhren und mühelos den Zettel von Marie mit den frisch geschliffenen Klingen in kleinste Schnipsel zerteilten, fühlte ich mich freier.

Die Schere und ich bauten direkt ein inniges Verhältnis auf. Es war eine neue Schere. Ihre Präzision und Geschmeidigkeit lenkten mich wunderbar davon ab zu denken.

„Lilli!"

Ich sah auf und erst jetzt bemerkte ich den Berg von Papierschnipsel vor mir, den die Schere und ich erschaffen hatten. Was konnten wir gemeinsam noch alles erreichen?

„Lilli. Was sagst du dazu?", wiederholte Frau Biogol.

Ich zuckte mit den Schultern. „Nichts?"

Frau Biogols Blick war wie der von einer Krähe. Sie machte einige langsame Schritte in meine Richtung. „Ist der Tod eine Seelenwanderung, wie sie Pythagoras beschreibt?", fragte sie, als ob die Antwort die einfachste der Welt wäre.

Langsam hatte ich das Gefühl, sie wollte mich verarschen. „Woher soll ich das wissen?!"

Marie drehte sich blitzschnell zu mir um. „Aber Lilli! Keine Sorge, du wirst es bald wissen. Deine Mami ist doch fast tot!"

In mir platze eine Blase. Sie musste schon länger da gewesen sein und drückte bis eben gegen mein Herz. Jetzt war sie kaputt und eine heiße Flüssigkeit drang langsam in meinen Körper. Sie verbreitete sich zuerst in meinem Gesicht und machte mich blind vor Wut für alles um mich herum. Ich konnte nur noch Marie ganz klar sehen. Wollte sie vernichten.

Ich sprang nach vorn über den Tisch und griff ihren goldenen Zopf mit meiner linken Hand. Ich zog ihn zu mir, zusammen mit dem Mädchen, das an ihm hing. Die Schere in meiner rechten Hand wollte es auch. Wir waren ein Team und brauchten nur zwei Schnitte, bis der Zopf wie eine Trophäe in meiner Hand lag.

Ich erwartete ein gutes Gefühl, aber so war es nicht. Alles blieb still, leer und einsam. Und um mich herum brach das Chaos aus.

Während Marie zitternd zusammenbrach und Tamo zu ihr rannte, näherte sich Frau Biogol mit schnellen, stampfenden Schritten wie ein Tyrannosaurus Rex. Auf der verzweifelten Suche nach Verbündeten fiel mein Blick auf Tamo. Er war 1,90 groß, hatte braune gelockte Haare und blaue Augen. Und er lächelte oft. Meistens zu Marie oder Elena oder Anisa. Eigentlich zu den Mädchen, die nie ein Problem mit der Welt hatten. Er war einfach nur ein total süßer Junge, aber mich sah er nie.

Außer jetzt. Jetzt sah er mich schon, aber sein charmantes Lächeln fehlte. Alle starrten mich entsetzt und panisch an. Und auch ich begriff erst langsam, was ich getan hatte.

„Was ist denn hier los?" Frau Biogol konnte zischen wie eine Schlange. Ihr Blick fixierte mich.

„Du bist doch nicht mehr ganz dicht, Lilli!" Das kam von Tamo, er hatte Marie nun nah an sich gezogen. Am liebsten wäre ich tot umgefallen.

Schlagartig fiel mir die Antwort auf Frau Biogols Frage nach einem Leben nach dem Tod ein. „Wäre es nicht schön, einfach tot und für immer weg zu sein?"

Frau Biogol baute sich vor mir auf. „Das wird Konsequenzen haben. Lilli. Glaub es mir."

Ich holte tief Luft, starrte auf die Lampe an der Decke und versuchte, mental nicht mehr anwesend zu sein. „Mir egal."

Scheiße, und da kamen sie schon. Diese kleinen Arschlochtränen. Sie schossen dir einfach so ohne Vorwarnung in die Augen, als ob jemand Fremdes im Körper sitzt und das steuern konnte.

Ich sprang auf und griff nach meinem Rucksack. Den Zopf hielt ich in der anderen Hand weiterhin fest umklammert. Ich rannte weg. In mir wollte jede Zelle, jedes Haar und jeder Tropfen Blut einfach nur nach Hause.

2

Verheult und mit zitternden Händen schloss ich die Tür auf. Es war zum Glück niemand da. Nur der mir mittlerweile bekannte schwere Geruch von Valium und Krankheit schlug mir entgegen und ließ den Kloß in meinem Hals fast zum Ersticken groß werden.

Langsam legte ich den Zopf, der zwischen meinen Fingern schlaff und leblos hing, auf den Tisch. Wenigstens ansehen wollte ich mir das, was mich noch tiefer in die Kacke geritten hatte.

Maries Zopf.

Ein Teil von ihrer Perfektion, den ich ihr genommen hatte.

Ich nahm ihn zwischen die Finger und erforschte ihn. Die geflochtenen Strähnen hatten eine raue Struktur und er war gar nicht so dick, wie ich dachte. Auch der goldene Schimmer, der aus der Ferne so begehrenswert aussah, war verschwunden. Ich stellte mich vor den Spiegel und hielt ihn an meine Haare. Mit einigen Spangen steckte ich ihn an meinem dünnen, hellbraunen Pferdeschwanz fest. Ich konnte den Blick meines Spiegelbildes nicht aushalten.

Da wurde meine Tür aufgerissen und Papa stand im Türrahmen. Seine Nasenflügel bebten und seine Hände schlugen unruhig gegen die Zarge. „Lilli, verdammt noch mal! Warum sollen wir jetzt zum Rektor kommen?“

Ich versuchte, mein leichtes, kindliches Lächeln aufzusetzen. „Keine Ahnung, Papa. Vielleicht war das ein Versehen oder eine Verwechslung. Ist bei Marie auch mal passiert, da sollten die Eltern gar nicht in die Schule kommen, wurden aber trotzdem mal angerufen."

Als ich ihren Namen ausgesprochen hatte, wusste ich, dass es ein Fehler war. Er trat genervt meine Socken in die Ecke. „Ja, die ist auch schon da. Steckt ihr beide zusammen unter einer Decke? Als hätte ich nicht genug um die Ohren. Zieh dich an. Wir müssen los. Und ich hoffe für dich, dass sie Mama nicht angerufen haben."

„Nein. Ich will nicht."

Er lief rot an, dann schrie er los. „Verdammt noch mal. Wenn du jetzt nicht sofort mitkommst und klärst, was auch immer zu klären ist, dann … Denk an deine Mutter!"

Ich musste nicht lange überlegen. Der letzte Satz saß. Papa war mir grade egal, er war gesund. Aber Mama, ohne sie ging es nicht und ohne sie würde es niemals gehen. Und sie brauchte mich genauso. Ich biss die Zähne zusammen und schlug mit der Faust einmal kräftig gegen meinen Kleiderschrank, bevor ich meinem Vater in die Hölle folgte.

3

Die schwere Tür vor dem Sekretariat wirkte wie die Schwelle zu einer Folterkammer. Papa hatte schon seit einer langen Zeit eine pulsierende Wut-Ader an der Schläfe. Ich hoffte, dass sich diese Ader bei mir nie ausprägen würde. Das sah wirklich nicht schön aus. Aber über mein Erbe würde ich erst weiter nachdenken, wenn ich hier überhaupt lebend wieder rauskäme.

Herr Heimann, unser Rektor, schoss aus der Tür, bevor einer von uns die Chance hatte, sie zu öffnen. Seine Lippen waren zu Strichen zusammengeschmolzen. Er nickte meinem Vater kurz zu und senkte seinen Kopf auf Brusthöhe. Mich traf sein finsterer Blick mit der Intention, mich auf der Stelle zu vernichten. Das funktionierte aber nicht. Ich ging unversehrt in die Mitte des kleinen, stickigen Raumes, in dem meine Anklagebank schon aufgebaut war. „Ein Stück von alter Würde" nannte Herr Heimann diese Sitzordnung, in der die Stühle der „Ankläger" kreisförmig um die antike Sitzbank des Angeklagten positioniert wurden.

Marie saß verheult und in einem weiten Pulli, von dem sie sich den Kragen vor den Mund zog, mit einem angewinkelten Bein auf dem Stuhl. Natürlich in sehr coolen Sportschuhen, und zwar genau denen, die ich haben wollte, mir aber nicht leisten konnte. Auf ihrem Kopf trug sie eine schwarze Mütze, sodass ihre Haare komplett bedeckt waren. Dicht neben Marie saß ihre hysterisch atmende Mutter, die ihre Spinnenfinger in ihre braune, schlangenlederne Handtasche krallte und bei der von Sekunde zu Sekunde mehr von den roten dicken Flecken am Dekolleté auftauchten. Sogar ihre Ohren, die zwischen den kurzen, grade geschnittenen braunen Haaren hervorguckten, waren rot gefleckt. Daneben saß Frau Biogol. Frau Biogol ist innen hohl. Sie hatte ihr Protokoll längst geschrieben, in dem bereits feststand, dass auch sie meinen Niedergang beschlossen hatte. Als ich an ihr vorbei zu meinem Platz ging, schreckte sie hoch. Jetzt hatte ich sie wahrscheinlich grade bei ihrem gedanklichen Spaziergang durch meine Zukunft gestört. Dabei, wie sie mir in fünf Jahren Geld in meinen mit Drogen bespritzten Becher auf dem Bahnhofsvorplatz warf.

Herr Heimann räusperte sich. „Gut, fangen wir an." Er fing aber nicht an zu sprechen, er blätterte langsam in unserem Klassenbuch.

Papa, der bei solchen Psychospielchen immer überreagierte, platze der Kragen. „Würden Sie mir bitte sagen, warum ich um diese Uhrzeit hierhin zitiert werde, wie ... ein Verbrecher? Herr Heimann, was haben wir Ihnen denn getan? Haben wir gegen Ihre Schulwand gepinkelt? Nein! Na? Was hat sie denn sonst verbrochen, die Kleine? Nichts. Null."

Ich fand den Job, den Papa machte, super. Zögere mein Leben ruhig noch ein bisschen raus, Papa!

Jetzt sprang Maries Mutter auf und riss ihrer Tochter die Mütze vom Kopf. „Das ist nichts?"

Marie umfasste mit ihren Händen ihre Haare, die kürzer waren, und fing hysterisch an zu heulen.

Papa trat einen Schritt weiter weg und zuckte mit den Schultern. „Eine Mütze. Das ist eine Mütze. Ist das hier die versteckte Kamera?“

Herr Heimann klopfte mit den Mittelknochen seiner Finger energisch auf den Tisch. Die Erwachsenen waren still. Herr Heimann baute sich vor mir auf und streckte mir seinen dicken Bauch vors Gesicht. „Nun, es ist sehr unschön. Kommen wir doch direkt zu den Fakten.“

Er verengte seine Augen zu Schlitzen und beugte sich zu mir runter. „Nein, das glaub' ich jetzt nicht.“ Sein Blick blieb an meinen Haaren hängen.

Scheiße. Der Zopf von Marie klemmte noch in meinem Pferdeschwanz. In der ganzen Eile hatte ich vergessen, ihn abzumachen.

Langsam griff ich in meine Haare und versuchte, möglichst cool alle Spangen von dem blöden Teil zu lösen. Vielleicht hatte ich, was Marie anging, doch etwas übertrieben. Zumindest konnte ich nichts mehr abstreiten.

Papas Handy klingelte und der Lambada Klingelton war sowas von unpassend im Vergleich zu allem anderen, was hier geschah. Er drehte sich auf dem Absatz um und ging zügig aus dem Raum. Manchmal war er eine coole Sau, das musste ich anerkennend zugeben.

Endlich hatte ich es geschafft, Maries Zopf aus meinem feinen Haar zu entfernen. Ich legte den Zopf vor Maries Füße und zog meine Schultern wie ein Schutzwall hoch.

Maries Mutter schlug mit ihrer flachen Hand auf ihren Oberschenkel. „Was ist bei dir eigentlich nicht ganz richtig im Kopf?“

Bevor ich in die Verlegenheit kam, ihr mein Innenleben offenbaren zu müssen, kam Papa wieder rein. Aber nicht mehr als der Mann, der er war, als er den Raum verlassen hatte. Seine Gesichtsfarbe hatte sich von einem Wutrot in ein Leichenblass gewandelt. Seine Stimme war plötzlich monoton und leise. Er fasste sich hilflos an den Kopf. „Meine Frau ist gleich hier. Bitte, egal was es ist, vielleicht können wir das vorher noch schnell regeln.“

Maries Mutter betrachtete ihn mit verschränkten Armen. „Ganz bestimmt nicht. Wenn Sie und Ihre Tochter das hier …“ Sie hob den Zopf hoch und ließ ihn wie einen Rattenschwanz vor Papas Nase hin und her schwingen. „Wenn Sie das hier normal finden, hoffe ich, dass Ihre Frau bei Ihnen die Hosen anhat.“

Ich musterte Papa. Erst bekam er Schnappatmung und dann sprang sein Blick zwischen Marie und dem Zopf, der vor seiner Nase baumelte, hin und her. „Lilli. Was hast du … Was …? Lilli … Bitte, Sie müssen das verstehen. Es ist im Moment nicht so leicht für sie.“

Maries Mutter fuhr noch mal hoch. „Wollen Sie mich verarschen? Was muss ich verstehen? Dass Sie nicht in der Lage sind, Ihre Tochter zu erziehen?“

Es klopfte. Meine Mutter öffnete die Tür und betrat den Raum. Mist. Es lief mir kalt und heiß über den Rücken. Sie war blass und ihre Augen blinzelten klein und müde aus dem schmalen Gesicht. Dem Gesicht, das ich so lange schon kannte und das sich in immer kürzeren Abständen veränderte. Jedes Mal, wenn ich sie nach dem Aufstehen sah, war es wie ein neuer Zerfall. Um ihren Kopf trug sie ein samtiges Tuch, so wie sie es immer trug, wenn es kalt war und sie Schutz brauchte. Wie sie da so in der Tür stand, zerbrechlich und klein, tat mir plötzlich alles so leid.

Besonders jetzt, als Mama real dastand, wurde mir klar, dass ich hier einen Riesenfehler gemacht hatte. Bloß weil ich nicht nachgedacht hatte, war ihr Tag verdorben. Dabei sollten alle gemeinsamen Tage von Mama und mir schöne Tage werden.

Ich sprang auf, rannte zu ihr und nahm sie stürmisch in die Arme. Dabei verrutschte ihr Kopftuch und schnell hob sie die Hände, um es wieder grade zu rücken. Dieser Moment, in dem das Kopftuch verrutscht war und sich die frische OP-Narbe zeigte, hatte gereicht, um den ganzen Raum erstarren zu lassen.

Es war still. Alle starrten sie an. So war Mitleid. Wenn den Leuten nichts mehr einfiel und sie kein passendes Gefühl fanden, dann griffen sie nach Mitleid.

Mama war das sehr unangenehm und sogar Papa fing an, an seinen Nägeln zu kauen. Maries Mutter guckte nur auf den

Boden. Selbst Marie starrte geistesabwesend aus dem Fenster. Mir liefen die blöden Tränen aus den Augen, mischten sich mit meiner Mascara und tropften wie graue, leere Löcher auf meine helle Jeans. Das waren aber diesmal keine hinterlistigen Arschlochtränen, sondern runde, verzweifelte Schuldtränen.

Mama konnte nicht länger still sein. Sie wandte sich an Herrn Heimann, der superbeschäftigt tat und irgendeinen Mist ins Klassenbuch notierte. „Entschuldigen Sie bitte, was war denn so Dringendes?"

Herr Heimann räusperte sich unbeholfen und blickte dann fragend und unschuldig Maries Mutter an.

Die nahm wortlos Maries Mütze, zog sie ihr über den Kopf und zerrte sie ruckartig hoch. „Komm Marie. Wir gehen."

Marie erwachte aus ihrer Lethargie und wurde wieder so, wie sie im Inneren wirklich war. Biestig und abgrundtief böse. Sie zog ihren Arm aus dem festen Klammergriff ihrer Mutter. „Nein. Die hat mir meine Haare abgeschnitten, dafür muss sie bestraft werden!"

Maries Mutter flüchtete einfach weiter Richtung Tür, ohne auf ihre Tochter zu warten. Sie öffnete die Tür und nickte Mama zu. „Wir müssen jetzt gehen." Dann verschwand sie.

Marie starrte Mama an. Sie packte wütend ihre Jacke, ihre Tasche und rempelte mich beim Rausgehen an. „Dafür wirst du bluten, Lilli!", zischte sie.

Herr Heimann lief den beiden bis zur Tür hinterher und rief ihnen nach: „Ich rufe Sie morgen an!"

Mama stemmte ihre Arme in die Hüften und schüttelte ungläubig den Kopf. Ihr Blick ging zwischen Papa und mir hin und her. „Was ist hier los?"

Irgendwie war mein Kloß im Hals grade so groß, dass ich es nicht sagen konnte. Ich konnte nur heulen. Papa schien es ähnlich zu gehen, auch wenn er sich äußerlich wieder gut im Griff hatte.

Herr Heimann hatte sich in eine Ecke zurückgezogen und rief Papa zu sich. Papa folgte seinem Ruf ohne einen Mucks. Herr Heimann flüsterte ihm etwas zu, dann nickte er. Herr Heimann hob seine Stimme und wandte sich ausgesprochen freundlich an uns. „Gut, so wäre das für heute erledigt. Ich wünsche Ihnen noch einen schönen Tag."

Er ging zur Tür, öffnete sie und nickte meiner verwunderten Mutter aufmunternd zu, das Zimmer zu verlassen. Sogar mir warf er ein falsches Lächeln hinterher, als ich an ihm vorbeischlich. Ja, ich schlich wirklich. Ich fühlte mich so miserabel und so charakterlos. Mit gefühlten zehn Obelisken auf den Schultern verlangsamte sich mein Gang.

4

Während meine Eltern mich vergaßen und anfingen, sich zu streiten, knabberte ich an meinem Verhalten wie an einem schlechten, faulen Keks. Mama regte sich immer mehr auf und ich versuchte, den Abstand zu ihnen weiter zu vergrößern. Vor unserem Auto wurde sie so laut, dass die Jungs von der Fußball AG ihre Dehnübungen spontan an den Sportplatzrand verlegten, um die Szene gespannt und belustigt zu beobachten.

Ich wollte grade umdrehen und so tun, als kannte ich die beiden schreienden Menschen nicht, da rief mich Mama. Schrill und böse. Jetzt war meine letzte Tarnung aufgeflogen und ich schlenderte zum Auto.

Mama machte munter weiter. „Jürgen, also nee. Wenn du mir nicht gleich sagst, was wir hier in der Schule machen, werde ich fuchsteufelswild. Und du weißt, wie wild ich sein kann."

Papa legte nach, indem er mindestens fünfzig Dezibel lauter als meine Mutter schrie: „Ute. Nie kann ich es dir recht machen. Einmal willst du nichts von mir wissen und dann plötzlich soll ich dir alles wieder erzählen. Das ist eine private Angelegenheit von Lilli-Marai Noemi Safira Baumann und mir."

Jetzt brüllte er auch noch meinen komplett bescheuerten Namen durch die Landschaft. Ich ging zu ihm und in meinem Gesicht wurde es heiß. In der Autoscheibe sah ich, dass es knallrot wurde. Die Jungs aus der Fußballmannschaft rannten nun sehr langsam ihre Runden auf dem Platz und lachten. Ich überlegte, ob und wie ich unters Auto kriechen konnte. Nein, das wäre noch peinlicher. Ich musste an den Autoschlüssel kommen, der friedlich in Papas Tasche schlummerte. Ich zog den Autoschlüssel aus Papas Manteltasche, schloss das Auto auf, verkroch mich auf dem Rücksitz und vergrub meinen Kopf im Schoß, während meine Eltern ebenfalls endlich ins Auto stiegen.

Mama guckte mich böse an. Ich wollte ihr alles erklären, aber da drehte sie sich schon zu Papa und fasste ihm an die Schulter. „Wann hört das endlich auf?"

Papa schaute wie ein Eichhörnchen, das gerade seine Nuss verloren hatte. „Was meinst du?"

Mama drehte sich weg. „Dass mich alle behandeln, als wäre ich schon tot."

Jetzt musste ich eingreifen. So was wollte ich nicht hören. Nicht von ihr. „Mama, ich habe' Maries Zopf abgeschnitten … Ich weiß nicht, was mit mir los war …"

„Schatz, da reden wir zu Hause drüber."

Papa legte seine Arme um das Lenkrad und vergrub seinen Kopf. „Sag so was nicht, hörst du? Sag so was nicht! Ich will nie wieder so was von dir hören! Haben wir uns verstanden?"

Das Leben war grade so richtig scheiße. Papa weinte still und Mama streichelte ihm den Rücken. „Schatz, ich werde nicht sterben. Mir geht es schon viel besser."

Jetzt war es so still im Auto, dass ich den Atem meiner Eltern hören konnte. Ich konnte es nicht ertragen. „Mama, es tut mir so leid. Ich werde versuchen, es wiedergutzumachen. Morgen geh' ich bei Marie vorbei und entschuldige mich." Meine Finger rupften nervös ein Kaugummipapier in kleine Fetzen.

Da streckte Mama mir ihre Hand entgegen und ich hielt sie fest. Sie stoppte damit das Zittern meiner Finger und schaute mich ernst an. Dann blickte sie zu Papa. Mit so einem unbeschreiblichen Blick, der mich tief in meiner Seele berührte. „Wir alle müssen akzeptieren, dass wir sterben werden, vielleicht morgen. Vielleicht in fünfzig Jahren. Wir alle sterben irgendwann."

Mir gefielen die fünfzig Jahre. Die nahm ich. Ihren letzten Satz sog ich tief in mich auf. Er sollte mein Pfand werden, meine Hoffnung, mein Spiel mit dem Schicksal. Sie würde frühestens in einem halben Jahrhundert sterben. Eine lange Zeit bis dahin!

5

Mein Handtuch lag immer rechts neben dem von Mama im Sand. So musste es sein-unser gemeinsamer Tick. Die Sonne schien warm, der See glitzerte und es fühlte sich fast wieder an, als wäre alles in Ordnung.

Mama zog ihre Klamotten aus und ging sofort ins Wasser. Ich wollte ihr grade mit meinen grobmotorischen Bewegungen folgen, da entdeckte ich Tamo. Er zeigte sein Sixpack in der Sonne und lutschte ein Eis.

Sixpack und Eis, diese Kombination ermutigte mich. Langsam öffnete ich den Knopf meiner Jeans, ließ mich auf mein Handtuch gleiten und streckte das erste Bein in die Höhe. Genau in dem Moment, in dem ich meine Hose abstreifte, hatte ich ihn. Seinen Blick. Und ich enthüllte mein extra mit Diamantschimmer-Creme eingeöltes Bein.

Jemand leckte an meinem Arm. Dunkelbraune Kugelaugen guckten mich aus einem runden, kleinen und übel riechenden Hundekörper an. Er war süß, aber der Zeitpunkt sehr unpassend. Schwanzwedelnd drückte der Hund seine Schnauze in mein Gesicht. Das wars, ich musste meine Kunstaktion für Tamo abbrechen.

„Stacy! Stacy! Wo hast du dich versteckt?"

Ich setzte mich auf. Diese Stimme kannte ich doch. Mit dem Frauchen vom Stinkehund musste ich dringend noch was klären. Ich versuchte zu lächeln und gleichzeitig zu rufen. „Marie! Hier! Hier ist dein Hund!“

Marie hatte jetzt kurze, blonde Haare. Sie drehte sich zu mir um. Unsere Blicke trafen sich, Panik lag in ihren Augen. Sie rannte vor mir weg.

„Ey! Warte!“, rief ich, aber sie wollte nicht auf mich hören. Ich sprang hoch und nahm gemeinsam mit ihrem Hund die Verfolgung auf.

Beinahe hatte ich sie eingeholt, aber sie entwischte mir immer wieder im letzten Moment. Ich sammelte meine Kraft und sprang auf ihren Rücken. Dabei hielt ich mich wie ein Rodeo Reiter an ihr fest. Sie fiel bäuchlings mit mir auf dem Rücken zu Boden und strampelte wie ein Käfer. Jetzt war ich endlich nah genug an ihrem Ohr.

„Es tut mir leid, Marie! Ok?“ Wenn das nicht mal eine Entschuldigung war. Damit sollte wirklich alles wieder in Ordnung sein. Ich lockerte meinen Griff.

Ein stechender Schmerz zog in meinen Rippen. Hatte die mich jetzt getreten?

Marie befreite sich und rannte zu Tamo. „Du bist ein Psycho, Lilli! Verpiss dich!“

Ich stand auf, rückte meine rote Bikinihose zurecht, öffnete meine Haare und drehte ihnen den Rücken zu. Hinter mir hörte ich einen klatschenden Handcheck zwischen den beiden.

„Guter Fight Marie!“

„Danke. Aber eigentlich kämpfe ich nicht gegen Behinderte.“

Tamo und Marie lachten laut.

Meine Hände ballten sich zu Fäusten und ich schaffte es nur mit sehr viel Selbstbeherrschung, bis kurz vor mein Handtuch zu kommen, ohne noch mal auf diese Tussi loszugehen. Dort wartete der nächste Aufreger auf mich.

Auf meinem Handtuch saß ein dürrer, weißhäutiger Mann und starrte auf den See.

„Äh, sorry? Das ist mein Platz!“ Der Mann regierte nicht. Er hatte eine markante Nase und eine Badehose, wie sie mein Opa auf alten schwarz-weiß Fotos getragen hatte und die aussah, als würde sie gleich in Fetzen zerfallen.

„Hallo! Könnten Sie bitte einen anderen Platz suchen? Hier sitze ich!“ Der Typ reagierte wieder nicht. War er taub? Ich stach ihn mit meinem Finger in seinen Arm. „Alter, verpiss dich. Das ist mein Handtuch!“

Er drehte langsam seinen Kopf zur Seite. Ein Auge war braun, das andere hellblau. Er öffnete seinen Mund, sagte aber nichts. Mit einem Satz sprang er auf. „Das kann nicht sein. Nein, junges Fräulein. Das kann nicht sein. Sie sind es nicht!“ Er nickte mir verwirrt zu und verschwand aus meinem Sichtfeld.

Ich suchte mit meinem Blick den See ab, aber Mama war nicht zu sehen. Ein zweites Mal scannte ich die Köpfe der im See schwimmenden Leute.

Mamas Kopf tauchte im Wasser auf, aber etwas stimmte nicht. Mein Herz schlug schneller, ich rannte zum Rand des Sees. Da! Sie rang nach Luft und tauchte wieder ab. Ich sprang ins Wasser. Meine Füße fanden auf den glitschigen Steinen keinen Halt und ich kam nicht so schnell voran, wie ich gerne wollte.

Nicht so. So sollte sie nicht sterben. Hinter mir ein lautes Klatschen. Noch jemand sprang ins Wasser. Ich war so aufgeregt, dass mein ganzer Körper sich verkrampfte. Ich konnte kaum schwimmen, ohne zu zittern.

Da tauchte Mama plötzlich wieder auf. Sie schnappte nach Luft, spuckte das Wasser von sich weg und hielt sich sichtlich angestrengt an der Oberfläche. Noch immer hatte ich sie nicht erreicht. Das Wasser neben mir schlug kleine Wellen.

Hinter mir tauchte eine junge Frau mit langen Haaren auf. Sie war unglaublich schnell und erreichte Mama mit wenigen Zügen.

Sie fasste Mama an und ab dem Moment der Berührung konnte Mama sich wieder allein über Wasser halten. Ohne Anstrengung schwamm sie mit starken Schwimmzügen vor der Frau her. Auch ich hatte Mühe zu folgen, als beide, ohne mich zu bemerken, an mir vorbeizogen.

Mama war sogar als Erste am Ufer, dicht gefolgt von ihrer Retterin. Als Mama aus dem Wasser stieg, schien sie sich komplett erholt zu haben.

Erste Helfer kamen zu ihr. Als ich sie endlich erreichte, bot ihr ein Mann sein braunes grasiges Handtuch an und seine Frau hielt ihr ihre fast leer getrunkene Wasserflasche an den Mund.

Meine Mutter lehnte alles lächelnd ab. „Danke, mir geht es gut!“

Klar, das passte zu ihr. Der ganze Rummel war ihr peinlich und gleich, wenn wir allein waren, ging es ihr gar nicht mehr gut.

Mama sah sich suchend um, aber ihre Retterin war verschwunden. Wir gingen zu unserem Platz und setzten uns auf das Handtuch.

Mama zog sich ihr Kopftuch aus und wrang es aus. Die Helfer von eben glotzten, während dicke Tropfen aus dem Tuch zu einer kleinen Pfütze zusammenliefen. Ungläubig beobachtete ich Mama und rang mit mir. War sie wirklich so fit, wie sie tat, oder wollte sie vor mir die Starke spielen?

Ein rosa Hauch zog sich über ihre Wangen. Ihre kahle Kopfhaut mit den Narben glänzte in der Sonne und ein leichter Haarflaum ließ sich erahnen. Wie kleine, neugeborene Federn thronten sie auf Mamas Haupt.

Sie kam mir wieder ein bisschen vor wie früher. Auch wenn ich sie mir mit Haaren fast gar nicht mehr vorstellen konnte. So schnell hatte ich vergessen, wie sie noch vor einem Jahr ausgesehen hatte. Dieses Nachdenken machte mich wieder traurig.

Ich versuchte mir den Moment, wie er war, genau hier, wo wir zusammensaßen, ganz fest einzuprägen. So fest, dass mir schwindelig wurde und ich mich zurück auf mein Handtuch fallen ließ. „Mama, was war das grade? Hast du … Wie geht's dir?"

Mama sprang munter auf und schaute sich suchend um. Ihr Kopftuch blieb auf dem Boden liegen. „Wirklich, mir geht es super. Wie lange nicht mehr. Aber ich frage mich, wo die nette

Dame von eben hingegangen ist. Sie muss doch erschöpft sein. Und … Lilli. Sie war so zauberhaft."

„Mama, hast du den komischen Mann neben mir gesehen? Der war null bezaubernd!" Mama reagierte nicht auf meine Frage. Wir beide blickten uns nach der Frau um, aber sie blieb verschwunden. Und auch der seltsame Mann mit den verschiedenfarbigen Augen hatte sich in Luft aufgelöst.

Sie zuckte mit den Schultern. „Hm, schade. Ich hätte sie so gerne noch gesehen, sie hatte so eine positive Ausstrahlung, findest du nicht?" Sie nahm meine Hand und zog mich hoch. „Komm, wir machen einen Ausflug!"

„Wie jetzt? Noch einen? Denk an deine Gesundheit." Aber sie ließ sich nicht beirren. „Mama, hast du gekifft oder so?"

Mama lachte total unbefangen und hielt mir ihre rechte Hand nah vors Gesicht. „Es kribbelt. Meine Hände und Füße kribbeln so. Das ist so ein großartiges Gefühl!"

Ausgelassen warf sie ihren Kopf in den Nacken. Sie war noch nie so offen damit umgegangen, dass andere Leute sie so sehen konnten. Nackt, ohne Haare. Mama wickelte sich das Handtuch locker um den Körper und schlüpfte aus der Bikinihose. Die warf sie mir übermütig auf den Bauch.

„Igitt! Das ist so nass! Mann Mama!"

Jetzt stand ich dicht neben ihr. „Komm, wir fahren zu Opa!", lachte Mama mir aufmunternd zu und band sich ein neues, petrolfarbenes Tuch um den Kopf, das sie aus ihrer Tasche zog.

Ich musste grinsen. Der letzte Besuch bei Opa Egon hatte ziemlich lange gedauert, weil er uns unbedingt seinen neuen Zimmernachbarn vorstellen wollte, den es am Ende dann aber leider gar nicht gab – für uns zumindest.

Und der Besuch war schon lange her. Mama hatte es immer wieder hinausgeschoben, weil sie es hasste, was aus Opa geworden war.

6

Zwanzig Minuten später parkte Mama das Auto vor dem Altenheim unter dem „Wunschlos glücklich"-Schild, das mit einem Pfeil auf den Eingang zeigte. Wir gingen durch die langen Flure, in denen nur hier und da ein Klappern aus dem Zimmer klang.

„Ich finde es so blöd, wie langweilig es hier für die alten Leute ist. Die können nur aus dem Zimmer gucken und müssen alles annehmen, was andere entscheiden."

Mama schob mich nach vorne. „Jetzt komm weiter."

Kurz vor Opas Zimmer mit der Nummer 57 in der dritten Etage machte sich in meinem Bauch ein Gefühl der Freude und Erleichterung breit. Als wir die Zimmertür öffneten, roch es nach abgestandener Sauberkeit und Desinfektionsspray. Als Erstes sah ich Opa Egons Fuß. Er hatte gelbe Fußnägel. Made by Nature. Nach den Füßen kamen die knochigen Beine, die unter dem langen, unanständigen Nachthemd hervorguckten. Ab hier sprangen meine Augen direkt zu Opa Egons Gesicht. Jedes Mal hatte ich Angst, dass er keine Unterwäsche trug. Obwohl ich davon ausging, dass die Schwestern ihm aus eigenem Interesse bestimmt Unterwäsche anzogen. Er schlief mit offenem Mund und es tropfte Spucke aus seinen Mundwinkeln.

Mama ging zu ihm und nahm seine Hand. „Papa? Aufwachen. Du hast Besuch."

Opa Egon riss die Augen auf. „Nein. Ich werde mich nicht ergeben!“

Meine Mutter rückte näher an ihn heran. „Papa, ich bin’s.“

Er versuchte, seine Augen zu öffnen, sie waren aber von gelbem Schleim zusammengeklebt. Mama suchte hilflos nach etwas, mit dem sie den Schleim abwischen konnte.

Mir wurde das hier zu viel. Ich ging aus dem Zimmer und lehnte mich an die Wand im Flur. Mehrere Male atmete ich tief. Schritte näherten sich und ein Mann erschien.

Er war ziemlich groß und in jedem seiner langen Schritte schwang gute Laune mit. Ich versuchte, meinen Körper nicht so hängenzulassen, und stellte mich aufrechter hin.

Zuerst hielt ich ihn für einen Arzt oder einen Pfleger. Aber als er näherkam, erkannte ich in ihm den Arsch vom See. In der hohen, karierten Anzughose steckte ein weißes Hemd. Über der ganzen Maskerade trug er einen Mantel, der aussah wie ein Opa Cape, dazu einen altmodischen Hut. Sein Gang glich bei genauerer Betrachtung dem eines Roboters, als wäre er aus einem Schwarz-Weiß-Film entlaufen.

Ohne von mir Notiz zu nehmen, ging er bis zum schräg gegenüberliegenden Zimmer, klopfte mit gesenktem Kopf dreimal an und betrat es. Die Tür blieb einen Spalt offen.

„Endlich habe ich Zeit für dich, du Schönste aller Schönen“, sagte er.

„Da bist du ja mein Geliebter“, säuselte sie. „Willst du mich nicht küssen?“

Neugierde packte mich und auf Zehenspitzen schlich ich näher an den Türspalt heran, aber ich konnte nur die Bettkante erkennen und ein paar ordentlich zusammengelegte Kleidungsstücke, die über der eisernen Stange am Bettende hingen.

„Leider noch nicht, meine Schöne. Aber sehr bald. Zuerst muss ich woanders hin."

Ich konnte nicht anders, als näher an die Tür heranzurücken. Meine Nasenspitze drückte jetzt gegen den Türspalt. Plötzlich wurde die Tür aufgerissen und ich fiel stolpernd ins Zimmer vor die Füße des Mannes.

Er rückte seinen Hut zurecht. „Guten Tag, verehrtes Fräulein." Aus seinem markanten Gesicht blitzten mich sein braunes und sein blaues Auge an. Zwischen seinem rechten Mittelfinger und Ringfinger hielt er einen kleinen, klumpigen Gegenstand.

Ich rappelte mich auf und ging, ohne mich umzusehen, aus dem Zimmer. Warum musste immer mir so was passieren?

Während ich zurück in Opa Egons Zimmer schlich, machte die alte Lady in dem anderen Zimmer ein riesiges Theater. „Nein! Ich warte so lange auf dich! Hörst du? Ich bin dran! Komm zurück! Du kannst nicht einfach meine Gedanken mitnehmen und mich hierlassen!" Man hörte sie sogar noch schreien, nachdem ich die Zimmertür von Opa Egon hinter mir zugedrückt hatte.

Opa konnte inzwischen wieder sehen. Er ließ sich laut schmatzend von Mama füttern. Ich brauchte keine zwei Sekunden, um an Mama eine Veränderung zu erkennen.

Ihre Hände zitterten, als sie den Löffel mit Glibberpudding anhob. Ihr Gesicht war wieder blass und die Müdigkeit zurück. Die Mattheit schlich in ihre Augen. Wie bei kleinen, erschöpften Vögeln schlossen sich auch ihre Lider immer länger und in kürzeren Abständen. Wie dunkle Seen lagen die Augenränder um ihren leeren Blick. Rote Flecken waren an ihren Schläfen und Wangen.

Ich sprach sie leise an. „Mama? Können wir gehen?"

Sie musste längst gespürt haben, dass sie es heute übertrieben hatte. Ich fühlte mich schuldig, dass ich das alles mitgemacht hatte.

Sie putzte Opa Egons Mund ab, sah ihn lange und tief in die Augen, um dann nur noch trauriger zu seufzen. „Ich muss jetzt gehen, Papa."

Opa Egon griff fest nach Mamas Hand und drückte sie. Mama lächelte ihn an. „Wir sehen uns wieder. Warte Kind. Wann holt ihr mich zurück nach Hause?" Und schon schlief er ein.

7

Als ich die Haustür für Mama extra weit aufschob, musste sie sich an den Wänden abstützen, um nicht hinzufallen. Den Weg bis zu ihrem Schlafzimmer bestritt sie mit kleinen Schritten. Als Mama ihr Bett erreichte und sich mit einem Seufzen herabsinken ließ, erinnerte sie mich an eine Ertrinkende, die drohte, in einem Meer von Kissen und Decken unterzugehen. Ich schlich langsam zu ihr, unsicher und hilflos. Ihr Gesicht war blass, sogar ihre Lippen waren von einer kreidebleichen Linie umrandet. Mit Mühe öffnete sie ihre Tablettenschachtel und zog einen der weißen, eingeschweißten Blister heraus. Zitternd tastete sie sich durch die schon leer gedrückten Krater und landete bei den letzten zwei verbliebenen Tabletten. Sie quetschte eine Tablette heraus. Sobald sich die silberne Schutzfolie um die verschweißte Plastikverpackung aufbrach, durchströmte die Luft ein fischiger Geruch. Er kroch wie unsichtbarer Nebel von der kleinen Pille ausgehend und nahm Mama in Besitz, sobald ihre feuchte Zunge mit der gepressten Arznei in Berührung kam.

Auch wenn ich den Gestank mittlerweile so gut kannte, wurde mir jedes Mal übel. Ich hielt die Luft an und versuchte zu lächeln, während Mama mit einigen Schlucken Wasser die Bitterkeit wegspülen wollte.

Ihre Augen fielen immer wieder zu. Plötzlich fühlte ich mich sehr vernünftig, sehr klar und sehr ruhig. Irgendwas in mir flüsterte in meine Seele, dass alles gut werden würde. Aber ich war immer schon so gut im Selbstbetrügen.

Mama ließ mich ein Fotoalbum aus dem Wohnzimmer holen. Als ich zu ihr zurückkam, schlief sie bereits. Ihre bläulichen Lippen zitterten. Vorsichtig setzte ich mich neben sie und blätterte in vergangenen glücklichen Zeiten.

Nach einigen Minuten griff Mama meine Hand und richtete sich auf. „Das ist mein Lieblingsbild." Sie zeigte auf ein Foto, das definitiv aussortiert worden wäre, bevor ich Tamo jemals zu mir eingeladen hätte. Das Foto zeigte eine Szene aus meiner Kindheit. Mittendrin ich als Kind, mit einer schrecklichen Frisur und einem Kleid, das mich in einen Schneemann verwandelte. Ich wollte weiterblättern, aber Mama legte ihre Hand zwischen die Seiten und mit den Fingerkuppen tastete sie die Kanten am Foto nach einer kleinen Lücke ab. Dann schob sie ihren Nagel drunter und mit einem Ratsch trennte sie es heraus. Wie eine tüttelige Omi kleinen Kindern eine Tafel Schokolade zuschob, drückte Mama mir das Foto in die Hände. „Ich werde immer bei dir sein Lilli."

Da war der Blick von Mama wie ein Stoß in meinen Bauch und schon schossen mir die Tränen aus meinen Augen. Ich wollte nicht, dass sie das sah, und wischte sie schnell mit meinen Ärmeln ab. Das rief meine Mama von früher auf den Plan. Empört deutete sie auf die schwarzen Wimperntuscheränder an meinen Sweaterärmeln. „Lilli. Das geht nicht wieder raus.“

Die Situation war so absurd. Plötzlich mussten wir beide lachen. Dann wollte Mama schlafen und schickte mich weg.

Mit dem Foto in den Händen saß ich nachdenklich auf meinem Bett. Ich versuchte, mich zu erinnern. Es war Weihnachten gewesen. Das zeigte mir der Tannenbaum auf dem Bild. Da der Käfig mit Pipi und Bobo, meinen Meerschweinchen. Die hatten so gestunken, dass Papa sie raus in den Garten gestellt hatte. Da war ich wütend geworden, aber er hatte es mit dem dämlichen Stall, den er gebaut hatte, auch nicht wiedergut machen können.

Papa war das Gegenteil von mir. Er machte alles immer genauso, wie ich es nie tun würde. Ich erinnerte mich an unseren alten Teppich auf dem Foto. Den hatte ich auf dem Gewissen. Papa hatte auf das große Brandloch einen Tisch gestellt. So hatte der Teppich noch lange bei uns ausgehalten.

Und da meine Puppe! Ich wollte sie morgen auf dem Speicher suchen. Mit dem festen Vorsatz, gleich noch mal nach Mama zu gucken, und mit dem Foto in der Jackentasche fielen mir die Augen zu.

8

Steine klackerten im Abstand von wenigen Sekunden gegen meine Fensterscheibe. Ich schreckte hoch, stand auf und ließ mich vom Lichtkegel der alten Straßenlaterne zum Fenster leiten. An die Wand gedrückt, versuchte ich zu erkennen, wer oder was das hier zu verantworten hatte. Draußen wartete ein großer Mann. Er bückte sich auf den Boden, nahm eine Handvoll Kieselsteine hoch und warf die Steine wieder gegen meine Scheibe. Als er sich im Lichtschein bewegte, sah ich, dass er einen Hut und Mantel trug. Er schien mich auch gesehen zu haben und warf plötzlich alle Steine auf einmal, sodass ich Angst um mein Fenster bekam.

Eine Woge von Wut und Hilflosigkeit packte mich und ich riss das Fenster auf. „Ey, du Idiot. Ja, verpiss dich oder ich hole meinen Vater. Der ist Polizist. Ein Anruf und hier steht gleich 'ne Hundertschaft."

Der Mann blieb jetzt direkt unter der Laterne stehen und drehte sich wieder zu mir. Konnte das sein? War er der Mann, der am See mein Handtuch benutzt hatte? Der Verrückte, der im Altenheim Omis das Herz brach? Wenn er es war, wie hatte er mich gefunden?

Ich schrie panisch, damit mein Vater wirklich kam. Aber Papa ließ sich nicht blicken. Der Mann bückte sich wieder und sammelte seelenruhig neues Wurfmaterial vom staubigen Boden auf.

Jetzt titschten die Steinchen vor mir auf dem Fensterbrett auf, prallten ab und fielen ins Zimmer. Kurz ließen sich die Konturen von seinem Profil erkennen. Die Nase bewies es eindeutig, dass er es wirklich war. Dann sein Gang. Sein gestörtes Verhalten ... Alle Merkmale stimmten überein. Unten vor meinem Fenster stand wirklich der Mann vom See, der Mann aus dem Altenheim.

„Ich ruf die Polizei jetzt selbst an." Mein Handy lag neben meinem Bett. Zu weit weg, um es zu erreichen, ohne meinen Platz zu verlassen. „Was wollen Sie denn? Ich komme runter und dann können wir uns besser unterhalten."

Er bewarf mich einfach weiter mit Steinen und starrte zu mir hoch. Kurz zögerte ich. Anstatt zu meinem Handy rannte ich zu meiner Tür, riss sie auf und brüllte durchs Haus. „Papa! Papa! Komm schnell! Papa!! Da steht ein Typ vor meinem Fenster."

Endlich knarrte die Schlafzimmertür. Ich rannte zurück in mein Zimmer. Der Mann vor dem Fenster stand noch da. Er hielt inne und warf keine Steine mehr. Papa kam in mein Zimmer gerannt. „Was ist denn los Lilli?"

Erst jetzt bemerkte ich, wie mein Körper vor Aufregung zitterte. Ich zeigte nach draußen. Papa lehnte sich weit aus dem Fenster. „Was ist denn da?"

Ich stellte mich hinter ihn und blickte nach draußen. „Da! Der Mann!"

Papa lehnte sich noch weiter aus dem Fenster. „Ich kann niemanden sehen, Lilli. Kannst du ihn mir beschreiben? Hast du ein Foto gemacht?"

„Da steht er doch!" Er stand da und starrte wie ein dummer Stier nach oben.

„Ich geh jetzt nach unten und gucke im Garten. Vielleicht hat er sich da versteckt", sagte Papa, während er nach meinem pinken Steckenpferd in der Speicherkiste griff. Mit dem Pferd bewaffnet polterte er nach unten.

Ich blieb am Fenster stehen und gab langsam die Hoffnung auf, dass mein Vater mir eine große Hilfe sein würde. Der bescheuerte Fremde zog nun seinen Hut, nickte mir zu und ging weg. „Stopp! Halt! Stehen bleiben! Papa, er geht weg!"

Mein Vater stürzte aus der Haustür, rannte durch den Vorgarten und stolperte auf dem Weg zur Straßenlaterne über einen Blumentopf. Das Steckenpferd flog, ohne seinen Job erledigt zu haben, in die Hecke neben dem Briefkasten. „Wo? Sag mir, wo er langgelaufen ist!" Papa rappelte sich wieder auf.

Ich zeigte in die Richtung, in die der Mann verschwunden war, schloss das Fenster, ließ mich auf mein Bett fallen und vergrub den Kopf in mein Kissen. Todunglücklich schlief ich irgendwann ein.

Im Halbschlaf bemerkte ich Papa, der mich zudeckte und dann am Fenstergriff wackelte. Er schrie einmal kurz auf, als er in einen spitzen Kieselstein trat. Dann wurde alles schwarz. Ein schwarzer Traum ohne Sinn begleitete mich.

9

Es kam mir vor, als hätte ich nur einige Minuten geschlafen. Blaues, regelmäßig aufleuchtendes Licht blendete mich. Der Himmel war noch dunkel und eine finstere Ahnung überkam mich.

Ich sprang auf und blickte nach draußen. In unserer Einfahrt stand ein Rettungswagen, dicht dahinter parkte ein Notarztwagen. Ich rannte nach unten und konnte grade noch einen Blick auf die Trage erhaschen, die in den Wagen hineingeschoben wurde. Auf ihr lag Mama. Wie … tot.

Ich rannte auf sie zu. Der Notarzt fing mich ab. „Bist du die Tochter? Wenn du willst, nehme ich dich mit. Dein Vater ist schon bei deiner Mutter im Krankenwagen."

Meine Finger waren taub und meine Ohren fiepten. Ich saß neben dem Notarzt und schweigend rasten wir ins Krankenhaus, vorneweg der Rettungswagen.

Der Krankenwagen mit Mama hielt, der Notarzt parkte dicht dahinter. Als ich ausstieg, waren die Türen von Mamas Transporter noch nicht geöffnet.

Eine genervte Frau im weißen Kittel erschien. Sie drückte dem Notarzt ihr Klemmbrett schroff in die Hand und musterte mich abfällig. Dann wandte sie sich an den Arzt.

Während ich den Abtransport meiner Mutter beobachtete und meinem Vater zusah, wie er seine Haltung verlor, hörte ich hinter mir ihr Gespräch. „Herr Dr. Broich, Sie wissen, dass das verboten ist. Sie dürfen keine Angehörigen befördern."

„Ich will nicht dafür verantwortlich sein, wenn sie ihre Mutter nicht mehr gesehen hätte. Palliativ Station? Ist da noch was frei?"

Die Frau schnaubte. „Jetzt kommt Sie erst mal in die Notaufnahme, dann schauen wir weiter."

Die beiden gingen hinter Mamas rollender Liege, Papa und den Sanitätern her. Ich folgte dem Trauerzug, bis Papa mich zurückhielt. „Du bleibst besser draußen.", sagte er und schloss die Tür des Untersuchungszimmers vor meiner Nase.

Ich ließ mich auf einen freien Stuhl im Flur fallen und starrte vor mich hin.

„Guten Tag junges Fräulein." Die Stimme kannte ich doch. Der Seepsycho und Omi-Liebhaber stand vor mir und lächelte mich an.

Ich schreckte hoch. „Geh weg." Mehr als Flüstern konnte ich nicht.

Er ging an mir vorbei. Ich atmete auf. Papa kam aus dem Zimmer. Er fuhr sich durch die Haare und setzte sich hilflos neben mich. „Nichts. Noch nichts Neues."

Ich stand auf und setzte mich eine Stuhlreihe weiter. Mama würde gesund werden. Das wusste ich.

Die Tür vom Untersuchungszimmer ging wieder auf. Ein junger Arzt kam heraus, guckte ernst und bat Papa zur Seite.

Die Tür blieb offen stehen. Papa atmete schwer. Dann brach plötzlich Panik aus und der Arzt preschte zurück ins Zimmer. Zwei weitere Ärzte eilten hinzu. Von meinem Platz aus konnte ich außer ihre Rücken nicht viel sehen. Also stand ich auf und schwankte in das Untersuchungszimmer.

Einer der Ärzte guckte zu Papa, der in der Tür wartete, und schüttelte betreten den Kopf. Papa begann hinter vorgehaltener Hand krampfhaft zu schnauben. Mama lag leblos und blass auf dem Bett, ihr Mund war weit geöffnet. Sie sah fremd aus. Ich versuchte, etwas zu fühlen, aber da war nichts außer Leere in mir.

Dann entdeckte ich ihn. Den Mann in der Ecke des Zimmers, der mich seit Tagen verfolgte. Er verbeugte sich vor Papa, dann vor mir und anschließend ging er zu Mama.

Der verrückte Unbekannte knöpfte den ersten Knopf seines Mantels auf und kniete sich vor Mamas Bett. Ein Arzt lief mitten durch ihn hindurch. Der mysteriöse Mann beugte sich über Mama und küsste sie vorsichtig auf den Mund, der immer noch offen stand.

Dann nahm er sie hoch auf seine Arme. Sein Gesicht hatte sich jetzt verändert. Es sah deutlich jünger aus. Seine Wangen waren rosig und seine Bewegungen fein. Mit Mama auf den Armen ging er an mir vorbei durch die Zimmertür. In dem Moment erwachte ich endlich aus meiner Starre.

„Halt! Bleib stehen! Gib mir meine Mutter zurück!" Die Steifheit aus meinen Gliedern verschwand, aber ihr folgte ein unglaublicher Muskelkater. Alles zog und zerrte in mir. Ich verfolgte ihn, aber er war schnell. Viel schneller, als er aussah.

Am Ende des Ganges hatte ich ihn fast eingeholt. Meine Brust schmerzte. Mein Herz schien in mir zu zerspringen, aber das war mir egal. Ich brauchte die Schmerzen. Sie trieben mich an. Kurz bevor ich bei ihm war, blieb er ruckartig stehen. Das Fenster sprang auf. Wie hatte er das aus der Entfernung geschafft? Er drehte sich zu mir um und schüttelte eindringlich den Kopf. Dann kletterte er auf den Fenstersims und … sprang. Kurz bevor ich ihn greifen konnte, war er schon weg. Mit meiner Mama.

„Du Arschloch! Du Riesen-Scheiß-Arschloch!“ Ich lehnte mich zitternd weit aus dem Fenster und weil ich ihn nicht sehen konnte, kletterte ich ebenfalls auf den Sims.

Die Welt unter mir war klein. Für Menschen, die noch alles vor sich hatten, war sie erschreckend klein und viel zu weit weg. Nicht weit von mir auf der Baustelle zwischen Baggern und Hügeln rappelte sich der Entführer wieder auf. Mit meiner geliebten Mama in den Armen. Sie waren beide unverletzt.

Ich sprang ihnen nach. Ich sprang einfach aus dem Fenster. Mein Körper durchschnitt die Luft und setzte damit alle physikalischen Gesetze außer Kraft. Dann kam der Aufprall, den ich kaum wahrnahm. In meinem Kopf drehte sich alles.

Mein Mittelfinger war der erste Körperteil, den ich wieder bewegen konnte. Langsam richtete sich auch mein restlicher Körper auf. Mein Kopf schmerzte, aber ich zwang mich zu klaren Gedanken. Die Erinnerungen an die letzten Stunden kamen zurück.

Ich wollte aufstehen, aber meine Knie sackten wieder in sich zusammen. Der zweite Versuch funktionierte schon besser. Ich konnte mich an den lehmigen Wänden der Baugrube abstützen und langsam fanden meine Beine festen Stand.

Hier saß ich nun fest in einem Loch wie ein Häschen in der Grube. Über mir zogen sich dicke, dunkle Wolken zusammen und Regen prasselte auf mein Gesicht.

Ich versuchte, trotz des schlammigen Bodens nach oben zu klettern. Mit den Schuhspitzen fand ich endlich Halt. Meine Hände klammerten sich in sämtliche Unebenheiten der steinigen Erde und es ging langsam voran. Die ausgefransten schmutzigen Wiesenränder kamen näher.

An der Erdoberfläche angekommen, dämmerte mir langsam, wo genau ich war. Vor mir ragten hohe Sandberge in den Himmel, auf denen stolze Bagger ruhten. Daneben häuften sich Kieselsteinansammlungen. Etwas abseits parkten zwei weitere Bagger. Schmutzige Pfützen machten den Boden zu einer Falle und dicke, gestapelte Rohre grenzten die Umgebung ein.

Die ganze Baustelle wurde durch einen mit bunten Graffiti und Kritzeleien besprühten Lattenzaun eingegrenzt. Es war still und nichts deutete darauf hin, dass hier in wenigen Stunden Lärm der eigentliche Begleiter dieses Ortes sein sollte. Ich drehte mich einmal um meine Achse.

Hinter mir lag das Krankenhaus. Vor mir stand ein schiefer Zaun, der die unzähligen Baumaterialien und Baugruben vor unliebsamen Blicken abschirmte.

Plötzlich bewegte sich etwas dicht hinter der stählernen Schaufel eines Baggers. Die verschwommene Silhouette eines Mannes tauchte für einige Augenblicke auf, groß, hager und mit wehendem Mantel.

Er trug den in sich zusammengesunkenen Körper meiner Mutter auf dem Arm. Diese Erscheinung zischte jetzt mit hoher Geschwindigkeit an mir vorbei. Dann waren sie weg. Nur einige Latten am Zaun bewegten sich noch locker hin und her, wo sie verschwunden waren.

Ich ging näher zum Zaun, obwohl mir jeder Schritt schwerfiel. Überall versank ich in matschigen Pfützen. Der Zaun war marode und das Holz war an einigen Stellen schimmelig. Es roch nach menschlichen Ausscheidungen und ausgekühlten Zigaretten. Die Latten lagen nun alle wieder gleichmäßig am Zaun an. Meine Finger tasteten das splittrige Holz ab, übten Druck aus und suchten den versteckten Durchgang.

Brennnesseln an den dreckigen Palisaden machten mir die Suche nicht leichter. Auf einem Zaunelement standen besonders viele gekritzelte Sätze und Namen. Einige mit schwarzem Edding geschmiert, andere in bunten Farben gemalt, wieder andere mit einem spitzen Gegenstand eingeritzt.

Ich drückte stärker und endlich – die Latten mit den Sprüchen „I was here“ und „Ein kleiner Schritt für mich“ bewegten sich zur Seite. Splitter drückten sich in meine Fingerspitzen. Ich versuchte es weiter und hatte abermals Glück. Auch die angrenzende Latte mit „Ein großer Schritt für den Johann" und „Niko, du bist der Geilste" hing nur locker an den Verbindungshölzern.

Schützend schlug ich meinen Ärmel über meine Hand und drückte stärker, bis sich auch dieses Holz zur Seite schieben ließ. Die vierte Latte mit dem rosa Graffiti Spruch „Dazwischen ist nicht das Ende" gab schlussendlich nach.

Das entstandene Loch war zwar eng, aber mit Mühe konnte ich mich durchzwängen. Neben mir zerbarste eine weitere Latte, die sich splitternd zur Seite bog.

Vor mir lag eine große, weite Wiese. Der frische Duft von Gras und Holunderbäumen wehte mir entgegen und reinigte die Luft. Am Ende der Wiese ließen sich die ersehnten, verschwommenen Umrisse meines Ziels erkennen: Da war der Mann, den ich verfolgte.

10

Ich setzte den ersten Fuß auf das feuchte Gras. Eine kleine, feste Hand schlug gegen mein Knie. „Stopp! Passwort?“ Die dazugehörige schnorrende Stimme durchbrach meine Gedanken. Ich ging weiter, und das Hindernis warf sich mir in den Weg.

Ein sehr kleiner Mann mit dunklem Bart und hellen, blonden Haaren drückte seinen Körper gegen mich. Ich versuchte, ihn zur Seite zu schieben, aber er war stark und eine Rangelei brach zwischen uns aus.

„Verpiss dich“ zischte ich und versuchte, ihn zur Seite zu schubsen, aber er war wie ein Ball mit Gummischnur und titschte wieder zu mir zurück. Ich schob ihn mit aller Kraft zur Seite, immer darauf bedacht, das Ende der Wiese und den Entführer meiner Mutter nicht aus den Augen zu verlieren.

Endlich kam ich weiter, der Psycho verschwand gerade in dem angrenzenden Wald. Ein weiterer Angriff auf mich folgte und ein Stein traf mich am Hinterkopf. Wütend schrie der Zwerg mich an. „Ausnahmsweise. Ausnahmsweise kannst du hier durch. Aber merk dir. An mir kommt sonst niemand vorbei.“

Ich drehte mich um und machte ein paar bedrohliche Schritte auf ihn zu. Jetzt war es genug. Sein goldener Trainingsanzug glänzte mit den dicken Schichten von dreigliedrigen

Goldketten um seinen Hals in der Sonne um die Wette. Grade hatte es doch noch geregnet!

Der kleine Mann nutzte den Moment, in dem ich von ihm geblendet wurde, und zog ein Funkgerät aus der Tasche. Meine Augen fixierten den letzten Punkt, an dem ich den Geiselnehmer und Mama gesehen hatte. Ich musste die Tannen am Ende der Wiese erreichen. Mit einem Ruck drehte ich mich um und rannte von dem Zwerg weg.

Mit krächzender Stimme schrie der kleine Mann hinter mir in sein Funkgerät. „Alles klar Mädels. Die Gegend ist clean. C-li. Wickel den Faden ab."

Ich rannte schneller. Drei weitere Männchen kamen mir entgegengerannt. Sie trugen verschiedene farbige Anzüge, in Silber, Neongrün und Gelb gestreift. Sie wickelten angestrengt einen Bindfaden von einem Stock ab. Ich musste ihnen mit einem großen Sprung ausweichen.

„Fester. Ihr müsst fester ziehen!", kommandierte der Zwerg im goldenen Anzug.

Neben mir krachte und knackte es. Leiernde Kirmesmusik setzte ein. Es folgte eine Explosion, die eine vibrierende Druckwelle nach sich zog. Sie drückte mich zu Boden.

Als ich mich wieder aufrappelte, stand auf der gesamten Wiese ein blinkender Rummelplatz voller Buden und Fahrgeschäfte. Ein beleuchtetes Zelt versperrte mir den Weg über die Wiese.

Es war genau von einem dichten Gebüsch zum anderen dichten Gebüsch gespannt. Eng davor drehte sich ein Kettenkarussell mit quiekenden Schweinen. Sie sahen täuschend echt aus. Ein rosa Schweinchen mit schwarzen Flecken auf dem Bauch pinkelte in einem nassen Strahl herunter.

Neben dem schmalen Durchgang stand ein Schießstand. Hinter der Theke lehnte ein grimmiger Zwerg, der mit einem dreckigen Lappen die Läufe von glitzernden Gewehren polierte. Als er kurz zu mir aufblickte, konnte ich meinen Blick nicht von seinem rechten Auge lösen. An der Stelle, wo sein Augapfel sitzen sollte, drehte sich ein buntes Glasauge wild in alle Richtungen.

Hinter dem schimpfenden Zwerg tanzten Skelette, die wie Marionetten an glänzenden Fäden in endlosen Schleifen ihre Runde liefen und dann von einem Mechanismus nach oben gezogen wurden, um am Anfang ihrer Laufstrecke wieder abgesetzt zu werden. Über den tanzenden Skeletten ratterte ein verrostetes Rollband, auf dem knochige Totenschädel klappernd gegeneinander schlugen.

Ich drückte mich vorsichtig an der Schießbude vorbei. Die tanzenden Skelette streckten ihre Arme nach mir aus und klapperten mit den Zähnen. Alles war schrecklich eng. Endlich hatte ich es geschafft, ein freies Stück Wiese zu finden, das nicht verbaut, vermüllt oder zugestellt war.

Ein großer Baum spendete mir Schatten und ich nutzte die kurze Pause, um mich zu orientieren. Stachelige Büsche umrankten den Stamm, sie kreisten ihn ein und bildeten ein dichtes Netz aus Dornen, Zweigen und willkürlich auftauchenden Blüten. Die starken Äste reckten sich zu allen Seiten und streckten ihre dicht begrünten Zweige in den klaren, blauen Himmel. Nur die Spitze des riesigen Zeltes ragte noch über die Baumkrone hinaus.

In den frisch grünen Wipfeln wurde es unruhig. Einem ersten Rascheln folgte ein Gewirr aus Stimmen. Ein Brausen wie bei einem plötzlich ausbrechenden Sturm fegte über die sich nun biegenden und krachenden Äste hinweg. Es stieg zu einem Donnergrollen an und der Baum vibrierte.

Dann begann es zu hageln. Dicke Kugeln prasselten von der Baumkrone hinab auf die Wiese. Die Kugeln sahen aus wie riesige, gefüllte Plastikbälle, die man aus einem Kaugummiautomaten ziehen konnte. Eine der Kugeln rollte direkt vor meine Füße. In einer schillernden Seifenblasenhülle lag ein zusammengekauerter, kleiner Mensch. Er hatte die Arme um seine Beine geschlungen wie ein erwachsener Embryo. Mit einem Plopp platze die Blase auf und der menschliche Inhalt in Puppengröße rollte heraus. An der Luft wuchs er in mehreren Schüben zu einem ausgewachsenen Menschen heran. Panik kam in mir hoch. Ein Mann richtete sich auf. Mit einigen Schlägen klopfte er seine Kleidung aus. Er trug einen langen, beigen Mantel, unter dem ein brauner Cordanzug hervorblitzte. Auf seinem Gesicht erschien beim Anblick des Schweinekarussells ein dickes Lächeln. Mit seiner rechten Hand kramte er in seiner Manteltasche, während seine linke Hand den übrigen Mantelstoff zur Seite raffte. Eine dritte Hand tauchte hinter seinem Kopf auf und klopfte ihm mit dem Zeigefinger auf die Schulter.

Die anderen Finger hielten ein Portemonnaie entgegen. Seine linke Hand griff danach.

Mit einem „Ah. Danke" machte er sich auf den Weg zum Karussell. Als er mir seinen Rücken zudrehte, wurde ein dritter Mantelärmel sichtbar. Er hatte also einen dritten Arm und eine dritte Hand auf dem Rücken.

Neben ihm prasselten, landeten und platzten mindestens dreißig weitere dieser Kugeln. Alle lösten sich nacheinander mit vielen lauten „Plopps" auf und brachten kleine Menschen hervor, deren Körper unter Recken und Strecken enorm schnell wuchsen. Neben mir rappelte sich eine junge Frau auf. Sie trug ein rosafarbenes Kleid und auch sie hatte drei Arme. Einen rechts, einen links und einen in der Mitte. Der mittige Arm lag zwischen ihren Brüsten. Für diesen dritten Arm hatte ihr Kleid eine extra Ärmelöffnung.

Diese neuen Eindrücke waren verwirrend und doch nicht so wichtig, dass ich der Sache auf den Grund gehen musste. Ich wollte meine Mama wiederhaben und nicht einmal diese Wunder der Natur konnten mich davon abbringen. Die neu gelandeten Menschen standen nach und nach auf, wuchsen, drängten sich lachend zu den Vergnügungsständen und zerstreuten sich so in alle Richtungen.

Die Anreisewelle schien nicht enden zu wollen. Immer wieder fielen neue Kugeln von dem Baum. Es wurde enger und ich ging weiter. Unweigerlich stieß ich mit einem Mann zusammen. Er drehte sich zu mir um und sah mich böse durch buschige Augenbrauen an. „Na, na. Nicht so wild, junge Dame!“

Ich hielt die Luft an und zählte ungewollt seine Augen. Eins, zwei, drei … neun Augen. Der Mann hatte neun Augen. Ich wusste nicht, in welches seiner Augen ich blicken sollte, und so schaute ich auf den Boden. Ich ahnte, dass alles, was ich sah, alleine für den Zweck erschaffen wurde, bewundert, bestaunt und verehrt zu werden.

Und fast hätte ich vergessen, was in den letzten schrecklichen Stunden geschehen war. Mein Blick blieb an einer älteren Frau hängen. Sie kratzte sich mit einem Arm an der Nase, während der zweite Arm mit einem dritten Arm und den zugehörigen Händen Schnick-Schnack-Schnuck spielte. Ein Mann mit dicker schwarzer Brille stolzierte stolz mit einem winkenden Arm auf seinem Kopf herum.

Ich atmete ruhig und suchte nach Ordnung. Wo lag die Regelmäßigkeit? Es gab zwei Ausführungen von Teilnehmern dieser verrückten Aktion. Einmal die Menschen mit mehreren Armen irgendwo am Körper. Und es gab zum Zweiten die Menschen, die auf dem Kopf verteilt drei bis neun Augen hatten.

Die Massen teilten sich in Reihen auf. Einige stellten sich am Karussell an, andere an der Schießbude. Vor mir bildete sich eine Schlange, die anstand, um das große Zelt zu betreten. Der einzige Weg, um auf die andere Seite zu kommen, führte durch das Zelt hindurch.

So eilte ich an der wartenden Menschenschlange vorbei und auf die zwei Zwerge am Eingang des Zeltes zu. Einer stand auf einer Bananenkiste, der andere hielt eine Rolle Klebeband in der Hand. Beide guckten böse. Obwohl sie so bunte und schöne Trainingsanzüge trugen, wurden sie dadurch kein bisschen sympathischer.

Ich versuchte mein Glück bei dem Zwerg, der auf der Kiste stand. „Hi, also es ist so, ich muss …"

Pfiffe und Buh Rufe aus der Reihe übertönten mich. Der Zwerg zog aus seiner Hose ein Megafon und brüllte in die Menge. „Stell dich hinten an und denk an deinen Nebenmann. Nehmen wir es ganz genau, denk an deine Nebenfrau!" Die Reihe hinter mir applaudierte.

Er sah mich ernst an. Für kurze Zeit wurde es still.

„Ich will hier durch. Ich muss hier durch. Und …"

Wieder begannen sich steigernde Pfiffe. Der Zwerg brüllte weiter von seiner Kiste runter. „Und nehmen wir es noch genauer, werden hier gleich alle sauer. Und noch genauer spitzt der Drache seine Hauer!" Applaus folgte.

Ich verschränkte meine Arme und wartete auf die Pfiffe. Es blieb still. Ich versuchte es noch einmal. „Pass mal auf. Wenn du nicht gleich aus dem Weg gehst, dann zeig ich dir und deinen kleinen Freunden, was Drachen mit Zwergen machen. Ich habe keine Zeit. VERSTEHST DU DAS? Ich habe jetzt keine Zeit, mit euch zu spielen."

Raunen ging durch die Reihe hinter mir. Der Zwerg verschränkte die Arme und zwinkerte mir böse zu. „Einmal Drache bitte für die kleine Schnecke hier."

Der andere Zwerg nickte ihm zu, trottete schnaubend ins Zelt und achtete darauf, dass sich der Vorhang gut hinter ihm schloss. Ketten rasselten. Eine kurze Pause trat ein und Anspannung stieg in mir auf. Jetzt stieg der kleine Mann umständlich von der Kiste und hielt warnend seinen Arm vor den Eingang. Ein tiefes, kehliges Brüllen drang aus dem Zelt. Es ließ die dünnen Wände vom Zelt sowie den Boden erzittern. Das Geräusch zischte mir in die Knochen wie ein Stromschlag.

Hinter mir wurde es unruhig. Den anderen schien es ähnlich zu gehen. Die Reihe löste sich langsam auf und verteilte sich an die Schießbude und das Kettenkarussell.

Jetzt standen nur noch zwei von den besonderen Menschen vor dem Zelteingang an. Der Zwerg stieg wieder auf die Kiste und zwinkerte mir zu. „Gleiche Regeln für alle. Wenn du hier rein willst, stell dich an."

Ich zuckte mit den Schultern. „Okay, dann stell ich mich halt an." Ich stellte mich hinter einen Mann mit vielen Augen. Ein Auge auf seinem Hinterkopf starrte mich unentwegt an. Ich streckte ihm die Zunge raus.

Der Zwerg mit dem Klebeband lief rot an. „Kleine, ich rate dir, keinen Ärger zu machen!"

Der Zwerg von der Kiste klopfte ihm auf die Schulter. „Komm, wir tauschen Ali. Mit Frauen konntest du noch nie so gut! Die wollen hart angefasst werden."

Das Klebeband und die Kiste wechselten die Besitzer und der „Frauenversteher" leckte sich mit der Zunge über den Bart und zwinkerte mir unentwegt zu. Der andere nahm seinen Kistenjob sehr ernst.

Er brüllte und bettelte um neue Zuschauer. „Tretet ein und schaut nicht dumm. Was wir euch zeigen, haut euch um! Euer Ali, liebe Leut', präsentiert euch, und zwar nur heut: grässlich schauerlich, ohne gleichen, die Bestie aus den Totenreichen."

Dabei zog er langsam den Reißverschluss von seinem Glitzeranzug runter bis zu seinem Bauchnabel und wackelte mit dem Po. Die anderen Leute hier waren begeistert von seinen schlechten Gedichten. Sie stellten sich wieder an. Hinter mir. Wenigsten war ich fast hier durch.

Der Zwerg setzte seinen Singsang fort: „Doch auch ich – Ali – will gut leben. Drum bitt ich euch, pro Beinpaar eine Scheibe Erinnerung zu geben. Und auch heute, Sie werden es kaum glauben, bezahlen Sie nur für zwei ihrer Augen." Der Zwerg war echt so peinlich wie Papa.

Jemand tippte mir auf die Schulter. Ich drehte mich um. Und es traf mich fast der Schlag. Eine Frau hinter mir in der Reihe knotete an ihren drei Armen herum. „Oh, Verzeihung. Sie sind im Moment in der Trotzphase." Sie lächelte mich entschuldigend an.

Ich war baff. Die Frau wandte sich konkret an ihren äußersten linken Arm: „Wenn du nicht sofort mit den anderen taktierst, dann gehen wir nach Hause! Und zwar alle!"

Jetzt versetzten die anderen beiden braven Arme dem unartigen Arm einen Schlag. „Schluss!".

Ich wandte mich ab. Meine Gedanken drehten sich nun nur um Mama. Die Reihe vor mir setzt sich in Bewegung. Endlich. Die Frau hinter mir kramte hektisch in ihren Taschen. Auch der Herr vor mir, der mit den vielen Augen, suchte nach seinem Portemonnaie – nur ich hatte kein Geld dabei. Er zog eine Glasscherbe aus dem Portemonnaie und gab sie dem halbnackten Zwerg. Der andere Goldzwerg klebte ihm sechs Augen mit Klebeband zu. Hinter mir versuchte die Frau lautstark, ihre Arme in zwei Gruppen einzuteilen.

Nun war ich an der Reihe. Ich steckte die Hände in die Hosentaschen und guckte unbeteiligt. Der Zwerg in Gold schnatterte mich an. „Na Schätzchen, wir haben nicht ewig Zeit. Du wolltest doch so gerne einen Drachen sehen."

Ich kramte in meinen Taschen. „Ihr bezahlt hier … mit Müll richtig?" Ich streckte ihm ein gebrauchtes Taschentuch entgegen. In der anderen Tasche fand ich Nagellack und – ein Blitz zog durch mein Herz – das Foto, das mir Mama gegeben hatte. Ich zog es aus der Tasche und sah es an. Es tat so sehr weh. Meine Welt brach noch einmal zusammen.

Der Zwerg streckte mir fordernd seine Hand entgegen. „Eine Scherbe Erinnerung pro Beinpaar."

„Hab ich nicht." Der Zwerg zog mich unsanft zu sich hinunter. Ich schüttelte ihn ab. „Mann, ich hab' aber keine Scherben! Und ich will nur hier durch."

Der Zwerg fixierte das Foto in meiner Hand. Mir war unwohl dabei, wie er mein Foto ansah. Es lag etwas Lauerndes in seinem Blick, als wäre er ein Jäger. Er wurde mir unheimlich und ich wollte das Foto wieder zurück in meine Tasche stecken. Doch er hielt mich auf. „Warte. Du willst hier durch? Dann …"

Bevor er es mir wegnehmen konnte, schob ich das Foto zurück in meine Jacke. Mir platze langsam der Kragen. „Hier guck. Du kannst alle Taschentücher haben. Ganz tolle, weiche Taschentücher zum Kuscheln. Für dich und deine Freunde."

Jetzt mischte sich auch noch der grimmige Zwerg mit dem Klebeband ein. „Kleine, mein Partner hatte dir das grade schon gesagt. Mach keinen Ärger, sonst …" Er nickte einer Horde dunkel angezogener Zwerge mit beachtlichen Muskeln.

Sie lehnten in einer Reihe an der Budenwand der Skelettschießbude und kauten Kaugummi. Langsam richteten sie sich auf und setzten sich mit schwingenden Armen in Bewegung. Die Menge teilte sich vor ihnen.

Ich versuchte noch einmal, nett mit dem Zwerg zu sprechen. „Mann, ich habe aber keine Scherben. Ich muss da durch. Und zwar so schnell es geht. Was fällt euch eigentlich ein, hier einfach ein Zelt hinzustellen? Mein Vater ist bei der Bauaufsicht, den könnte ich ja mal anrufen …" Ich wollte locker mein Handy aus der Tasche ziehen, hatte es aber nicht dabei.

Der kleine Mann stieg von seiner Kiste und kam auf mich zu. „Dann zeig mir noch mal das bunte Bildchen da in deiner Tasche."

„Das kriegst du nicht!“ Ungefragt griff er in meine Tasche. Ich konnte ihm das Foto noch aus der Hand reißen, aber es hatte nun einen Knick.

„Keine Sorge. Ich will es nicht. Aber gib mir eine Erinnerung an das da!“ Er zeigte mit seinem knorrigen Finger auf das Foto und stoppte auf einem zerknüllten Geschenkpapier. Ich hatte keine Ahnung davon, was der von mir wollte. Er behielt seinen Finger beharrlich auf dem Foto und tippte auf das Motiv seiner Begierde. „Schließ die Augen. Konzentrier dich auf das hier. Denk fest daran.“

Ich tat, was er sagte. Ich schloss die Augen. Er pustete über mich. Es fühlte sich nass und ekelhaft an. Dann strich mir jemand ganz vorsichtig über die oberste Schicht meiner Haare, als würde er mir eine Strähne abschneiden. „Jetzt wollen wir mal gucken … Wo ist denn …? Fester! Du musst fester daran denken!“

Plötzlich kam mir unter einem Berg von Trauer und Schmerzen eine Erinnerung von Mama ins Gedächtnis. Sie wurde immer klarer. Mama lächelte mich an. Sie drückte mir einen Papierkorb voll mit Geschenkpapier in die Hände. Sie lehnte an der Tür und beobachtete mich genau, bis ich den ganzen Müll in die Tonne geschüttet hatte … Davor musste ich ab und an mal den Briefkasten mit der Mülltonne verwechselt haben. Der war einfach näher und über eine längere Zeit hatte Mama davon auch nichts bemerkt.

Jemand zog mir unsanft an den Haaren. Empört öffnete ich meine Augen. „Hey. Was machst du denn da?“

Anstelle einer Antwort hielt mir der Zwerg triumphierend eine pinke Scherbe unter die Nase. Auf ihr spiegelte sich, wie bei einem Film genau das ab, was ich grade in meiner Erinnerung gesehen hatte. Es war faszinierend.

Hinter mir grummelte und murmelte es. Diese besonderen Menschen umringten mich und meine Scherbe, auf der sich immer wieder die gleichen Bilder meiner Mama abspielten. Ich konnte gar nicht genug davon bekommen, sie anzugucken. „Darf ich die haben?"

Der Zwerg streckte mir seine geöffnete Hand entgegen. Ich schluckte den Kloß in meinem Hals weg. „Kann ich dann weitergehen?"

Der Zwerg nickte. Mit Überwindung legte ich ihm die Scherbe in die Hand. Und musste mit angucken, wie meine Scherbe Erinnerung in den Tiefen seiner glitzernden Anzughose verschwand. Er sprang dabei auf und ab wie ein kleines Kind. Dann wischte er mit seiner Hand noch mal kurz über meinen Kopf. Es kitzelte. Endlich öffnete er den Vorhang. „Gute Reise!"

Ich steckte das Foto schnell wieder in meine Tasche und mit einem tiefen Atemzug betrat ich das Innere.

11

Im Zelt war es dämmrig und kleine Laternen warfen ein schummriges Licht auf die Inneneinrichtung. Die Wände waren mit dunklem Holz ausgekleidet und der Boden mit einem roten, staubigen Teppich ausgelegt. Es roch nach einem wilden Tier mit einem gut funktionierenden Stoffwechsel.

Aus der Mitte des Zeltes drang ein tiefes Knurren. Ich ging diesem dunklen, bedrohlichen Ton nach und fand vor mir einen großen Käfig mit dicken Metallstäben, die dicht nebeneinanderstanden. Der Käfig schien in diesem gedimmten Licht leer zu sein.

Langsam legte ich eine Hand auf die kalten Stäbe und stützte mich so ab, um einen Blick in das Innere werfen zu können. In dem Bisschen Licht, das es hier gab, flogen kleine Staubpartikel, die ich mit meinen Händen an den Gittern aufwirbelte. Lange schwarze Krallen prallten an den staubigen Stangen ab.

Erschrocken zog ich meine Hände weg. Rote, leuchtende Augen funkelten mich an. Ein Flattern durchzischte die Luft und dann hing ein riesiges Monster an den Stäben mit lederner brauner Haut. Sein Gesicht war behaart und faltig, dagegen wirkten die hektisch flatternden Flügel zerbrechlich und passten nicht ins Gesamtbild – wie ein riesiger Ochse mit einem Gesicht von einem Höllenhund.

Das Monster begann, seinen menschlichen Mund zu bewegen. „Ich rieche deine Erinnerungen!“

„Bitte?“ Ich schrak zurück.

Das Biest zeigte eine Reihe grader Zähne. „Komm näher!“

Ich ging ein paar Schritte zurück und beobachtete diese Kreatur. Ich hasste Filme mit sprechenden Tieren.

Wieder öffnete sich sein schrecklicher Mund. „Ich sagte, komm näher!“

Mir wurde schlecht. Ich tastete mich unter dem immer lauter werdenden Wutgebrüll der Bestie zur Lichtritze, die durch den abgedunkelten Ausgang fiel.

Das Wesen rüttelte wild und brachial an den Gittern. Hörte ich splitternde Stäbe? „Ich finde dich überall!“

Ich rannte. Einfach nur raus an die frische Luft. Dabei verhedderte ich mich im samtenen Vorhang und zerrte panisch an dem dicken Stoff, bis er nachgab und zum Teil von der oberen Stange abriss.

Endlich war ich frei. Und wurde fast von einem Neunauge in Menschengestalt überrannt. Angst breitete sich auf der Wiese aus, aufgescheuchte Menschen rannten schreiend durcheinander.

Auf einer Bananenkiste, mitten im Chaos, stand ein Zwerg und schrie mit sich überschlagender Stimme gegen die kreischenden Angstschreie der Menschen um ihn herum an. „Sie sind fast da. Schneller. Macht schneller.“

In wenigen Sekunden leerte sich die Wiese. Das Zelt hinter mir faltete sich wie von allein auf die Größe einer Streichholzschachtel zusammen. Mit dem zusammengefalteten Zelt verschwand auch das bedrohliche Gebrüll der ausbrechenden Bestie.

Bald stand ich allein da. Und um mich herum erinnerte nur das zertretene Gras einer saftig grünen Sommerwiese an den Wahnsinn, der mich eben noch umgeben hatte.

12

Das Gras kitzelte an meinen Beinen, Schmetterlinge überflogen bunte Waldblumen und mich hielt nichts mehr zurück. Ich sprintete los. Das Ende der Wiese und mich trennte nur noch ein kleines Stück, als jemand fest mein Fußgelenk umgriff. Finger krallten sich in meinen Hosenbeinen fest und, bevor ich reagieren konnte, riss mich etwas mit viel Kraft zu Boden.

Den Aufprall konnte ich zwar mit meinen Armen abfedern, trotzdem schlugen erst meine Knie und dann mein Kopf unsanft auf den Boden. Jemand zerrte mich bäuchlings in das Gebüsch, ein anderer drückte mir mit feuchten Händen den Mund zu. Ich wollte beißen.

Doch während ich versuchte, meine Zähne in die klamme Haut zu drücken, begann der Boden zu beben. Der Busch, unter dem ich festgehalten wurde, schwankte. Trockene Äste mit Blättern und Dornen schlugen in einem regelmäßigen Rhythmus auf uns ein.

Langsam lockerte sich der Griff um mein Bein. Ein Gesicht schob sich dicht vor meine Augen. Es war die Frau mit den vielen Armen, die hinter mir in der Schlange am Zelt gestanden hatte. Sie legte warnend einen Finger auf den Mund, während sie mich mit ihren blau wässrigen Augen streng anblickten.

Ich nickte. Endlich war mein Mund wieder frei. Sanft strich sie mir über die Haare.

Ein Lächeln durchbrach die strengen Züge der Frau. Sie deutete auf ihren Arm und flüsterte mir zu. „Er mag dich. Er war es, der dich retten wollte."

Ich versuchte, einen ihrer Arme dankbar anzulächeln, doch wusste ich noch nicht, was der Angriff zu bedeuten hatte. Langsam wanderte mein Blick weiter zum äußersten Rand vom Busch. Ein Knochen – ein ganzer Fuß bestehend aus Knochen – stand vor mir. Ich hielt den Blick weiter gesenkt und versuchte, leise zu atmen. Ein zweiter Knochenfuß stellte sich dazu.

Das Öffnen eines kurzen Reißverschlusses erklang. Dann tropfte vor mir gelbe Flüssigkeit ins Gras. Angeekelt wand ich meinen Kopf ab. Endlich versiegte der Pipistrahl und der Reißverschluss wurde wieder geschlossen.

Die Frau war blass geworden. Der leiser werdende Gang aufeinanderschlagender Knochen ließ erraten, dass das Skelett sich entfernte. „Sind sie weg?"

Die Frau sah mich böse an. „Sei leise, das weiß man nie."

Ich zog das Foto von Mama aus meiner Tasche und flüsterte, so leise ich nur konnte. „Hast du meine Mama hier irgendwo gesehen?"

Die Frau schob die Aufnahme einfach zu mir zurück. „Nee."

„Jetzt guck doch mal richtig." Ich hielt ihr das Foto unter die Nase.

Sie schüttelte den Kopf und warf schließlich einen unwilligen Blick darauf. „Ist sie ein Mensch?"

„Ja, was sonst?“

„Dann ist sie am Bahnhof. Wenn du dich beeilst, ist sie noch da. Immer grade aus. Aber warte, bis die Skelette weg sind!“

Ich sprang auf und krabbelte auf die Wiese zurück. Meine Jeans hatte sich durch das feuchte Gras grün gefärbt. Aber es gab keinen mehr zu Hause, der die Waschmaschine bedienen konnte. Ich schob das Foto zurück in meine Tasche und ging in die Richtung, die mir der Arm mit der Frau am anderen Ende gezeigt hatte.

Im Hintergrund entbrannte eine Diskussion unter den Zwergen. „Ey man, die haben Beli erwischt!“

„Na und?“

„Beli hat meine Jacke an!“ Die Stimmen wurden leiser, während ich durch eine Armee von Wildblumen stampfte.

Ein Knarren.

Ein lautes Knacken.

Dann durchbrach das Gebrüll der Bestie die grade beginnende, summende Musik. „Alles hat ein Ende, nur wir haben zwei! Kommt schnell vorbei! Kommt näher, liebe Leut’ und es geht weiter heut!“

Der Rummelplatz baute sich hinter mir wieder auf, aber ich hatte das Ende der Wiese bereits erreicht.

13

Der kleine Weg führte vorbei an blühenden, bunten Bäumen, ab den Tannen immer weiter geradeaus. Tick, tack, lief der Countdown in meinem Kopf. So schwer konnte das doch nicht sein, einen Bahnhof zu finden.

Obwohl ich nur fünfzehn, vielleicht zwanzig Minuten weg von meinem Haus sein konnte, kam mir alles fremd vor. Die Baumreihen wanden sich wie in einem Labyrinth. Obwohl es immer geradeaus ging, hatte ich wie bei einer optischen Täuschung das Gefühl, unendlich viele Kurven zu laufen.

Zwischen den blühenden Zweigen wurde ein altes, graues Gebäude sichtbar. Es war bewachsen mit Efeu. Rosen kletterten an geschwungenen Fensterrahmen hoch wie bei einem schlummernden Märchenschloss, das, je näher ich kam, bunter und verrückter schien. Jede Rosenblüte hatte einen eigenen Farbton. Schmetterlinge flatterten um immer neu auftauchende Erker und Türmchen.

Das musste er sein, der Bahnhof. Er war von lila blühenden Hecken, Sträuchern mit lila Beeren und blühenden lila Rosen umringt.

Die Worte der Frau aus dem Busch – die mit den drei Armen – kamen mir wieder in den Sinn. Ist sie ein Mensch? Dann ist sie am Bahnhof.

Mein Puls beschleunigte sich. Ich verlangsamte meine Schritte und spürte, dass meine Mama in meiner Nähe war. Kein Mensch war zu sehen.

Kurz vor dem Gebäude lag vor meinen Füßen plötzlich ein See, aufgetaucht wie aus dem Nichts, und versperrte mir den Weg zum Gebäude. Das Ufer war glitschig. Die glatte Oberfläche glänzte wie poliertes Glas in der Sonne. Um den See herum wucherten dichte, dornige Hecken. Sie stießen ihre spitzen Äste wie im Märchen von Dornröschen meterhoch in den Himmel. Durch sie gab es kein Durchkommen.

Ich ging ganz nah an den See, um zu prüfen, wie tief er wirklich war. Dicke, fette Fische schwammen in ihm mit Augen auf dem Rücken. Nach einigen Metern konnte man den Grund und die zur Mitte schwimmenden Fische nicht mehr sehen. Ich lief am Ufer entlang und suchte vergebens eine Brücke.

Da dröhnte ein Gong von der anderen Seite. Eine tiefe, verzerrte Stimme hallte über den See. „Sehr geehrte Gäste, wir heißen Sie herzlich willkommen. Nehmen Sie sich eine Auszeit. Wir informieren Sie, wenn der Zug bereit ist.“

Das kam aus dem Gebäude. In dem Garten davor zeichneten sich Silhouetten von Menschen ab, die sich langsam bewegten. Alles war so verschwommen, als schwebte eine dicke Wolke zwischen uns.

„Hallo? Hallo? Könnt ihr mich hören? Wie komme ich denn hier rüber?“ Keiner der Menschen reagierte. Ich zog meine Schuhe aus, band die Schnürsenkel zusammen und hängte mir das Bündel um den Hals. Dabei glitt das Foto aus meiner Pullovertasche in meine Hände. Es durfte unter keinen Umständen nass werden.

Mit Ekel wagte ich den ersten Schritt ins Wasser. Der glitschige Sandboden quoll unter meinen Füßen hoch. Wie ein Blitz schwammen mindestens zehn Monsterfische auf mich zu und umkreisten meine Beine. Ich holte ganz tief Luft. „Es ist für Mama."

Ich klemmte das Foto zwischen meine Zähne und ließ mich in das Wasser gleiten. Meine Klamotten sogen sich mit Wasser voll und machten mir das Schwimmen sehr schwer. Meine Füße konnten auch nach vier Zügen den Grund noch gut berühren. Die Fische schwabbelten mit ihren Körpern an meinen Beinen entlang. Wellen schwappten in meinen Mund, dann verfärbte sich das Wasser. Vom Grund her strahlte es hellblau.

Getrieben von Panik schwamm ich schneller, als würde ich von einem Hai verfolgt. Unter mir wurde es eiskalt, der See gewann an Tiefe. In der Mitte des Sees verdunkelte sich die Farbe des Wassers, als würde ein Fass Tinte ausgegossen und sich in dunklen Fäden genüsslich um mich herum verteilen. Labbrige Stränge von Algen spannten sich wie Tentakeln um meine Finger. Meine Füße verhedderten sich in meiner Jeans und ich konnte mich nicht mehr an der Oberfläche halten. Irgendwas zog an meiner Hose. Ich trat nach den Fischen.

Der Sog wurde stärker. Unter der Wasseroberfläche war ich nicht mehr fähig, nach oben oder nach unten zu gleiten, festgenagelt in einem tödlichen Element. Meine Luft wurde immer knapper. Scheiße.

Das Foto! Meine Lungen brannten, es ging nicht mehr, ich musste ausatmen. Meine letzte Reserve wich in dicken Blasen nach oben. Mein Körper stand senkrecht zum Grund. Das Foto entglitt mir und trieb nach oben. Krampfhaft kämpfte ich darum, wieder nach oben zu kommen. Der Grund vom See wurde zur Leinwand, auf der ein Film ablief.

Ein Zimmer mit dunklem Holzboden.

Ein Bett darin.

Eiche rustikal.

Meine Lungen zogen sich zusammen und brannten wie Feuer.

In dem Film ging die Tür auf.

Eine Gestalt kam herein.

Mit Hut und Mantel.

Das Bild auf dem Seegrund wurde schwarz. Der Druck auf meinen Körper wich und ich trieb nach oben. An der Oberfläche konnte ich vor Husten kaum atmen. Es tat so weh! Mein Körper hatte den Überlebensmodus eingeschaltet. Zwischen meinen Fingern spürte ich das Foto wieder und steckte es in meine Kapuze, nass und labbrig, wie es jetzt war.

Ich schwamm.

Schwamm.

Schwamm.

Schluckte Wasser.

Schwamm.

Nach unendlich schrecklichen Sekunden oder Minuten oder Stunden näherte ich mich dem Ufer und traute mich, meine Füße auf den Grund zu stellen. Das Wasser wechselte erneut die Farbe und strahlte nun hellblau.

Unerwartet wurde ich von den Füßen gerissen. Etwas zog mich wieder unter die Oberfläche. Die Wasserfarbe wurde tintenblau.

Aber diesmal konnte ich noch eines der aus den wasserragenden Schilfrohre packen und zog mich mit allerletzter Kraft ans Ufer. Mehr tot als lebendig lag ich am Rand des glitzernden Sees. Mein Gesicht war flach auf matschige Steine gedrückt. Dann sah ich zur Seite, denn auf der Wasseroberfläche setzte sich nun der Film fort. Ich konnte jedes Detail erkennen.

Das gleiche Zimmer.

Wieder die gleiche Gestalt mit Hut.

Der Typ beugte sich zu dem Bett herunter und …

Das war doch die gleiche Nummer wie bei Mama. Dieses Arschloch! Ich griff nach einem Stein. Er klatschte ins Wasser.

Der Mann im Film schrak zurück, und als sich die Wellen wieder legten und das Bild aufklarte, stand er entfernt vom Bett und schaute mich an. Einen Stein nach dem anderen schleuderte ich auf ihn.

Ich lehnte mich über das Wasser, während sein Gesicht in unzählige kleine Wellen zerfloss. „Hör mir zu. Ich werde dich vernichten. Gib mir meine Mutter wieder!" Das Bild im See wurde schwarz. Genau wie mein Herz. Mir war kalt. Meine Kleidung klebte an meinem Körper.

Das Foto. Panisch griff ich in meine Kapuze. Es war da. Nass. Wellig. Am linken Rand hatte das Wasser eine grüne Stelle hereingewaschen, aber sonst konnte ich alles noch erkennen. Mama war unversehrt.

Ich legte es zurück in meine Kapuze mit der bunten Oberfläche nach oben. Meine Schuhe musste ich im See verloren haben.

Da lag der Bahnhof nah vor mir. Ich versuchte, eine logische Erklärung für die letzten Ereignisse zu finden. Zwerge, sprechende Riesenviecher, ein See, der wie eine Livecam Bilder von einem Psychopathen wiedergab …

Das alles schien Teil eines Planes zu sein. Genauso wie ich Teil dieses Planes werden sollte.

Ich griff nach einem spitzen Stock und hielt ihn einsatzbereit in der Hand. Damit würde ich ihn überraschen und überwältigen. Ohne weitere Probleme betrat ich den Garten und erkannte sie nun. All die Menschen um mich herum.

14

Eine alte Dame mit Hut und grünem Mantel ging kichernd am Arm einer jungen Frau mit Punkfrisur und zerrissenen Jeans spazieren und erzählte laut von einem Apfelkuchenrezept. Sie nickten mir lächelnd zu.

Auf einer Bank saß ein Mann mit geschlossenen Augen und Turban im Schneidersitz.

Ich war zum Angriff bereit und hielt Ausschau nach Mama. War sie im Gebäude? Büsche versperrten mir den Weg. Ich lief durch sie hindurch, zertrampelte sie. Dabei trat ich so viele von den lila Beeren kaputt, wie ich nur konnte. Sie waren viel zu schön. Wut. Ich war so wütend.

Nach einigen Atemzügen wurde ich ruhiger. Und das war plötzlich so einfach. Da flogen so süße, schnuckelige kleine Schmetterlinge durch die Gegend. Irgendwas sagte mir, dass nun alles wieder gut werden würde. Es roch unglaublich gut.

Meine Laune, meine Stimmung wurde besser, ich war wieder fröhlich. Und unbeschwert. Innerhalb von drei weiteren tiefen Atemzügen fiel mein Aggressionslevel von 100 auf 40 Prozent. Mein Atem wurde ruhiger und nichts schien mir mehr wichtig.

Wofür sollte ich mich beeilen? Da flatterte ein Schmetterling. Hier krabbelte ein Käferchen. Und der Duft … In der Luft.

Zu meinen Füßen war er besonders stark. Die kleinen, lilablauen Blumen wehten auf ihren Stängelchen im Wind. Ich ließ mich neben sie sinken. Alles in mir war so leicht. Und fröhlich. Ich legte mich zu den Blumen. Und wollte mit ihnen eins werden.

„Lilli?“ Eine warme Hand berührte meinen Kopf. War es meine Freundin, die Blume? Ich wollte sie gerne umarmen. „Lilli! Was machst du hier? Mach die Augen auf!“ Ich kannte die Stimme. Sie war so vertraut wie meine Blumenfreunde.

„Sie muss von den Büschen weg. Das ist Scheinbuschkraut.“ Eine andere Hand, die mir unbekannt war, griff mich fest unter den Armen. Nein. Ich wollte da nicht weg. Ich wollte bleiben.

Mit einem Ruck packte mich jemand, hob mich hoch und setzte mich einige Schritte später wieder ab.

Langsam öffnete ich die Augen. Meine Peacestimmung wich. Verschwommene Umrisse zeichneten sich ab. Krampfhaft versuchte ich, meine Augen offen zu halten. „Mama?“

Ein Arm legte sich liebevoll um meine Schultern. Meine Mutter hielt mich in den Armen. Es war ihr Duft. Ihre Stimme. „Mama, ich hab’ dich wieder.“ Tränen liefen aus meinen Augen.

Meine Mutter drückte mich fest an sich. Ihre Haare … Ihre Haare kitzelten in meinem Gesicht. Es war unglaublich. Sie war so schön. Und sah so gesund aus.

„Lilli, wie bist du hier hingekommen? Du darfst nicht hier sein! Und warum bist du so nass? Was ist dir passiert?“ Sie legte ihre Hand auf mein Herz. „Gott sei Dank. Es schlägt.“

Ich stand auf und mir wurde so schummrig, dass ich mich wieder hinsetzen musste.

Meine Mutter stützte mich besorgt. „Was ist mit dir, meine Kleine?“

„Es wird ihr in einigen Augenblicken besser gehen.“ Die Stimme kam von einem Mann.

Ich drehte mich irritiert um. Ein Stück hinter uns stand ein junger Typ. Er war groß. Hatte viele Muskeln. Und sah ziemlich gut aus. Er strich seine dunklen Haare aus dem Gesicht und guckte arrogant auf uns runter.

Ich wendete mich wieder meiner Mutter zu und redete leise auf sie ein. „Lass uns gehen. Ich habe mir den Weg gemerkt.“

Meine Mutter sah mich mit hochgezogenen Augenbrauen an. „Wohin willst du gehen? Und wo kommst du her?“

„Ich bin durch den See geschwommen, um zu dir zu kommen. Du … Mama. Bist du wieder gesund?“

„Lilli, warum hast du nicht die Brücke genommen? Hoffent lich erkältest du dich nicht. Komm, zieh doch die Sachen aus und leg sie hierhin zum Trocknen.“ Sie zeigte zum See. Und über ihn führte tatsächlich eine feste Holzbrücke. Die war eben noch nicht da gewesen.

Ich rückte näher an meine Mutter heran. „Psssst. Mama. Nicht so laut. Lass uns später reden. Wir müssen jetzt hier weg. Da lang. So schnell du kannst.“ Ich zeigte auf den Weg, der hinter mir lag.

Meine Mutter geriet in Panik. „Lilli, da ist nichts. Du willst doch nicht in dieses Loch da gehen.“

Ich ließ Mamas Hand los. Sie musste noch unter Schock stehen. Ich lief zurück auf den Weg. Einige andere Menschen, die weiter wegstanden, schrien auf.

Meine Mutter ging langsam auf mich zu, in ihrer Stimme lag Angst. Angst um mich. „Jetzt bleib ganz ruhig. Hörst du Lilli? Keinen Schritt weiter. Sonst fällst du da rein."

Ich hoffte immer noch, sie schnell wieder beruhigen zu können, balancierte auf einem Bein auf den Wiesenrändern des Weges. Klar war das auffällig. Aber ich musste überzeugend sein.

„Siehste? Alles in Ordnung, Mama. Mach dir keine Sorgen, ich bring uns hier weg."

„Lilli-Marai! Du bleibst, wo du bist!" Ihr scharfer Ton erschrak mich und ich blieb stehen. Sie riss mich an sich. „Du bleibst jetzt an meiner Hand. Lilli, deine Fantasie ist wunderbar. Aber auch gefährlich."

„Mama. Siehst du das nicht?!" Meine Mutter bemerkte, dass es mir mindestens genauso ernst war wie ihr. Sie ließ meine Hand los und ging bis zum Wegrand. Dann legte sie vorsichtig ihre Hand auf den Weg. Der Boden öffnete sich und ihre Hand verschwand in einem schwarzen Loch. Schnell zog sie die Hand zurück.

„Das muss eine optische Täuschung sein. Los, komm weg von hier." Ich legte meine Hand auf die gleiche Stelle. Nichts geschah.

„Herrschaften? Es kann gleich losgehen. Bitte kommen Sie zu den Gleisen." Ein runder, breit grinsender Schaffner mit roten Wangen und einer bordeaux gefärbten Uniform winkte uns auffordernd zu.

Meine Mutter zog mich hinter sich her. „Komm Lilli, ich kann nur hier lang gehen.“ Ihre Hände waren warm. Im Gegensatz zu meinen. Mir war schon ziemlich kalt.

Dann gingen wir eben zusammen fort.

15

Wir gingen durch einen Rosenbogen, dann waren wir schon an einem sauber gepflasterten Gleis mit zwei paar glänzenden Schienen im Boden. Eine kaputte Uhr hing an der Wand. Auf dem Bahnsteig warteten noch andere Menschen.

Eine alte Dame stand hinter einem Eisstand. Ihre weißen Haare waren ordentlich in Wellen gelegt, sie hatte zarte Gesichtszüge mit gütigen grünen Augen. Sie trug einen edlen, braunen Hut mit Brombeerranken verziert, dazu ein Kostümchen, wie meine Uroma es gerne mochte: eine dunkle, hautfarbene Strumpfhose und glänzende Schuhe.

Als wir noch alle am Leben waren und belanglos Kaffee an einem gekachelten Couchtisch tranken. Als im Hintergrund die große Pendeluhr den Raum immer wieder andächtig verstummen ließ, weil er zur vollen Stunde eine laute Glocke schlug. Es war nur ein kleines Wohnzimmer in einem kleinen Haus, aber es war mir mehr wert als ein Schloss.

Die Dame schien hier Eis zu verkaufen. Ein kleiner, dicker Junge in kurzen Hosen saß davor und leckte eine Eiswaffel aus. Er trug ein Kostüm. Rosa Flügel standen von seinem Rücken ab und glitzerten in der Sonne.

Ein Mann und eine Frau um die vierzig stritten, ob es sich bei der Ausrichtung der Gleise um Norden oder Süden handelte.

Ein mittelalter Mann mit dunklen Haaren und großen Händen, mit einem rosa Schal um den Hals, modernen Jeans und blauem Wollpulli zog seine Schuhe und Strümpfe aus und warf sie in den Mülleimer. Das Gleiche machte er mit seiner goldenen Uhr und seinem Fitnessarmband. Es kamen mir alle hier bekannt vor.

„Lilli, wo sind denn deine Schuhe? Guck mal, wie schwarz deine Socken sind. Was sollen denn die Leute denken, wo du herkommst?", fragte meine Mutter.

Während ich – unter den entsetzten Blicken meiner Mutter – meine Strümpfe auszog und in den Mülleimer warf, versuchte ich herauszufinden, ob wir bei der Weiterreise sicher sein würden.

„Mama, wie bist du eigentlich hierhin gekommen? Und …" Ich ging näher an sie heran und das raue Pflaster kitzelte an meinen Fußsohlen. Dann flüsterte ich in ihr Ohr: „… wo ist der Typ, der dich mitgenommen hat?"

Meine Mutter sah keinen Anlass, leise zu reden. „Also, ich weiß es nicht genau. Es war wie ein Traum … Meinst du den netten, gut aussehenden Herren, der mich begleitet hat?" Sie strich sich verlegen eine Haarsträhne aus dem Gesicht.

Ich fiel aus allen Wolken. „Nett? Mama!"

Meine Mutter sah mich verwirrt an. „Ich versuche, mich schon die ganze Zeit daran zu erinnern, was er mir gesagt hat. Ich habe wohl auch etwas von diesen Blumen abbekommen."

Plötzlich versteinerte sich ihr Gesicht. Sie griff so fest nach meiner Hand, dass es wehtat. „Lilli. Nein. Nein. Nein. Nicht du … Du … Bist du auch? Dein Herz schlägt aber doch?“ Ihre Stimme wurde von einem extra lauten Gong übertönt.

„Bitte greifen Sie in Ihre linke Tasche. Wenn Sie keine Taschen haben, sehen sie unter der Achsel ihres rechten Armes nach. Dort befindet sich Ihre Fahrkarte.“

Dann ratterte der Zug ein. Meine Mutter griff in ihre Hosentasche und zog eine silberne Fahrkarte heraus. Ein Gewusel begann.

Ich steckte meine Hände mehrmals in meine Jackentaschen und in meine Hosentaschen, aber da war nichts. Ich hatte keine Fahrkarte. Alle anderen schon.

Mama nickte mir zu. „Wir gehen erst mal zusammen.“

„Mama?“ Meine Mutter war bereits an der Zugtür und gab ihre Fahrkarte beim Schaffner ab. Der steckte sie in einen achtkantigen silbernen Pappkarton und ließ Mama in den Zug.

Meine Mutter nickte mir aufmunternd vom Gang des Zuges aus zu. „Komm Lilli.“

„Mama? Ich hab keine Fahrkarte.“

Sie wandte sich irritiert an den Schaffner. Der zuckte nur mit den Schultern. „Wenn sie keine Fahrkarte hat, dann kann sie nicht mitfahren.“

Meine Mutter suchte in ihren Taschen nach Geld. „Wo kann man eine Fahrkarte erwerben?“

Der Schaffner guckte verständnislos. „Entweder sie hat eine oder nicht. Wenn sie keine hat, dann ist sie noch nicht berechtigt, mitzufahren.“

Meine Mutter kam ein paar Schritte auf mich zu. Wieder öffnete sich ein schwarzes Loch, in das sie hineintrat. Sie streckte mir über die Schulter des Schaffners ihre warme, geliebte Hand entgegen.

Ich griff sie – das Kostbarste, das ich jemals angefasst hatte. Ich bekam keine Luft mehr, so groß war meine Angst, sie jetzt zu verlieren. „Mama, ich geh nicht weg von dir!"

Meine Mutter weinte. „Also doch. Du solltest gar nicht hier sein, Lilli." Das tat mir noch mehr weh. Sie versuchte es wieder beim Schaffner. „Bitte. Können Sie nicht eine Ausnahme machen?"

Der Schaffner verneinte beharrlich.

Meine Mutter schob ihn zur Seite. „Gut, ich bleibe auch hier!" Sie schaffte es diesmal sogar, ihren Fuß auf den Bahnsteig zu setzen. Dann brach der halbe Boden unter ihr auf.

Sie rutschte bis zur Hüfte in das Loch hinein. Wir konnten uns grade noch aneinander festhalten. Der Schaffner zog Mama zurück in den Zug. Ein dritter und vierter Arm schnellten aus seiner Uniform hervor. Dann schnappten die Türen zu.

Meine Mutter schlug von innen gegen die Tür. Sie schrie hysterisch. „Lasst mich hier sofort raus. Lilli-Marai! Ich will zu meinem Kind!"

Ich trat und hämmerte mit ganzer Kraft von außen gegen die Scheiben und die harte Tür. Und ich versuchte, meine Finger zwischen das Türgummi zu drücken. „Nein! Mama! Nein! Lasst mich rein!"

Die unbarmherzig monotone Stimme des Schaffners machte diesen Abschied noch kälter. „Bitte zurücktreten. Der Zug fährt jetzt ab!"

Der Zug setzte sich langsam in Bewegung. Weinend schlug meine Mutter gegen das Glas der Tür. Ich lief neben dem Zug her. Irgendwo war ein Funke Hoffnung in mir, doch noch in den Zug zu kommen.

„Ich liebe dich. Vergiss mich nicht." Das waren die letzten geschrienen Worte meiner Mutter, bevor der Zug mir ihre Stimme nahm.

16

Ich blieb stehen, wo ich grade stand. Ließ mich fallen. Und wollte nie mehr aufstehen. Wollte tot sein. Ich begriff langsam. Das hier war das Leben. Und ich stand mittendrin. Allein. Ich weiß nicht genau, wie lange ich auf dem Boden saß und weinte. Irgendwann fühlte ich mich leer. Ich hatte Angst, nicht genug Tränen für meine Traurigkeit zu haben. Noch war sie nicht verloren.

„Geh zurück, Kind." Die alte Frau vom Eiswagen hielt mir eine ordentlich in Servietten geschlungene Eiswaffel hin.

Ich schüttelte den Kopf und drehte mich weg. Der kleine, dicke Junge mit den rosa Karnevalsflügeln saß immer noch am Eiswagen. Und aß jetzt mein Eis. „Warum ist er noch da?", fragte ich.

Die nette Dame lachte. „Weil er seine Fahrkarte nicht abgegeben hat. Er kann einen späteren Zug nehmen. Oder fliegen. Kinder haben doch Flügelchen."

Ich guckte hoch. „Fahren hier öfter Züge?"

Die Frau nickte. „Wenn du mich fragst, zu oft."

„Und wann kommt der nächste?"

„Das weiß niemand. Wenn es wieder voll wird. Wenn ein Flugzeug abstürzt, geht es schneller." Ich hörte ihr nur noch mit einem Ohr zu. Meine ganze Aufmerksamkeit hatten nun der kleine Junge und seine linke Hosentasche. Da blitzte eine silberne Fahrkarte.

Die alte Dame schüttete eine lange Eisschale von ihrem Wagen auf den Boden aus. Das machte sie mit so feinen Bewegungen, dass sich der Eisrest zu einer ordentlichen Pfütze sammelte. Mit einer bestickten Stoffserviette, die sie aus ihrer Rocktasche zog, nahm sie die Pfütze auf und legte sie fast noch perfekter zurück in die leere Edelstahleisschale.

Der kleine Junge machte ein enttäuschtes Gesicht. „Oh. Isch möschte derne ein Eis!"

Die nette Dame musterte mich und den Kleinen und nickte. Kurz verharrte ihr Blick auf etwas hinter mir, ihre Augen verengten sich. Dann lächelte sie uns wieder an. „Ich bin gleich zurück. Hast du ein Auge auf ihn? Dass er nicht wegläuft? Ich möchte ihn gerne noch etwas behalten." Sie ging mit der leeren Schale in das Gebäude. Als sie in dem Gebäude ihren Hut abnahm, starrte uns auf ihrem Hinterkopf ein schrumpeliges Auge an, bis sie nicht mehr zu sehen war.

Ich lächelte dem kleinen Jungen vertrauensvoll zu und krabbelte näher an ihn heran. Er war echt süß. Sein ganzer Mund war voller Schokolade, und als er zurücklächelte, hatte er so süße kleine Zähnchen. Schnell nahm ich seine Fahrkarte und ließ sie in meiner nassen Tasche verschwinden.

Kurz darauf kam die alte Frau schon wieder. Dicht hinter ihr liefen zwei Skelette. Beide trugen eine Jeans. Sonst nichts. Bei jedem Schritt klapperten ihre Knochen aufeinander. Die nette alte Dame hob ihren Finger und zeigte in meine Richtung. Die Skelette nickten lächelnd und rannten los.

Ich zog die Fahrkarte aus der Tasche und wollte mich ergeben. Aber die Skelettmänner beachteten mich gar nicht. Sie rempelten mich nur an und ihre harten Knochenfinger berührten meine Schulter. Ich wich zurück und drückte mich an die Mauer des Bahnhofs.

Die Skelette waren inzwischen bei dem jungen Typen angekommen, der im Garten stand. Der, der mich vom Haschisch Busch weggehoben hatte. Er senkte seinen Kopf und ließ sich von ihnen abführen. Als er an mir vorbeigeführt wurde, trafen sich unsere Blicke. Er hatte sehr schöne Augen.

„Was? Was willst du denn? Ich kann dir nicht helfen", flüsterte ich ihm zu. Ich sah mich nach dem kleinen Jungen um. Der saß weiterhin glücklich mit einem neuen Eis bei der alten Frau.

Neue Reisenden trudelten ein. Unter ihnen eine zerrupfte Fußballmannschaft. Sie suchten alle einen Uwe und waren sich sicher, ihn irgendwo vergessen zu haben. Doch die Sehnsucht nach Uwe konnte nicht so groß sein, denn schon hoben sie ihre Hände und brüllten los: „SV Warenschnatt, unsere Liebe. Unser Leben. Unser Verein. Hey. Hey. Hey."

Der Bahnsteig wurde voller. Und meine Hoffnung wuchs.

Ein Gong erklang. Dann ertönte die Stimme mit der Ankündigung, dass bald der Zug eintreffen würde. Auf dem Bahnsteig wurde es so eng, dass die ersten Menschen in meine Reichweite kamen. Ein älteres Ehepaar stand neben mir, beide mit weißen Socken in braunen Ledersandalen. Sie zupfte bei ihm Fusseln vom Pullover. „Nääää wat war dat für ein netter Mann. Wat Heinrich? Dat war ener. Nit su wie du."

Heinrich nickte und rückte seine Brille mit Goldrand zurecht. „Elfriede, ich sach et doch immer widder. Die Minsche op de Dorf sin netter. Nit su wie du."

„Aber … Nääää. Der kam janz bestimmt nit us so ne kleen Kuhdörfche. Der wor so charmant und jebildet. Nit su wie du." Elfriede kicherte aufgeregt.

Ich versuchte wegzuhören. Das war nicht auszuhalten. Endlich war das Rauschen des einfahrenden Zuges zu hören. Die Türen öffneten sich und ein kugelrunder Schaffner mit Schnauzbart und roten Wangen lächelte mich an. „Na junge Dame! Wie schön, dass Sie mit uns reisen! Haben Sie ihre Fahrkarte bereits gefunden?"

Ich zog charmant lächelnd meine Karte aus der Tasche und gab sie ihm. Er nahm sie an sich, pfiff eine Melodie vor sich hin und wischte mit dem Ärmel seiner blauen Uniform einen braunen Schokofleck von der Karte.

„Ein kleiner Eisrest." Er zwinkerte mir zu und steckte die Karte zur Hälfte in den Pappkarton.

Ich hielt die Luft an. Die silberne Karte verfärbte sich rot. Noch lächelte der Schaffner. „Na, dann schauen wir doch genauer." Er steckte die Karte wieder bis zur Hälfte in den Pappkarton. Und sie verfärbte sich rot. Genauso rot wie das Gesicht des Schaffners. Er guckte ganz böse. „Das ist gar nicht Ihre Fahrkarte, junge Dame! Wem gehört die Fahrkarte?"

„Mir natürlich. Das ist meine … Wirklich. Sie war hier in meiner Tasche. Ist vielleicht ihr Hightech-Gerät da kaputt? Ich meine, Pappe ist nicht das neueste Material auf dem Markt."

Der Schaffner ignorierte meine Ausreden. „Wo hast du sie her?"

Ich zuckte mit den Schultern. „Hab ich vergessen."

Er holte tief Luft und blies in seine silberne Trillerpfeife. Die Luft bebte und meine Oma hätte gesagt, dass ihre Ohren geschlackert hätten. So laut war es. Dann kamen die Skelettmänner gelaufen und wollten diesmal zu mir. Weglaufen war zwecklos. Ich verschränkte meine Arme und stellte mich auf einen Sitzstreik ein. „Lasst mich los! Ich gehe doch nicht mit Fremden mit! Vor allem nicht mit welchen, die so bescheuert aussehen!"

Aber sie hoben mich mühelos hoch und trugen mich weg. Ich fand ihre Berührung so unangenehm, dass ich mich nicht unnötig bewegte.

17

In meinen Rücken drückte sich ein knochiger Finger, um mich anzuschubsen. Ich versuchte, schneller zu gehen. Sie hatten mir ein stinkendes Tuch um die Augen gebunden, aber so, dass ich durch einen Schlitz zwischen Auge und Nasen hindurch gucken konnte. Ich sah neben den Knochenfüßen der Skelette auch den Boden. Und der Untergrund änderte sich grade.

„Stehenbleiben, Weibchen!" Eine spitze Hand drückte sich durch meine Kleidung.

„Sag mal, gehts noch? Wie redest du denn mit mir?" Anstelle einer Antwort klopfte eines der Skelette an eine Tür oder ein Tor, das sich knarrend öffnete. Schleifende Schritte näherten sich. Ich hörte das Schnalzen von Gummi. Dann wurden meine Hände mit Handschuhen abgetastet. Ich schlug um mich.

„Nanu. Beißt sie auch?" Mit zurückgelegtem Kopf in den Nacken konnte ich durch meine Augenbinde einen Zwerg erkennen. Er war vor mir zurückgewichen und umkreiste mich schleichend.

„Ach, ich glaube nicht. Aber sicherheitshalber ins dritte Untergeschoss." Das musste von einem Skelett hinter mir kommen. Die Stimme war erstaunlich hoch.

Jemand berührte meinen Kopf, dann fiel mein Tuch zu Boden. Ich konnte erst nur blinzeln. Vor mir lag ein gläsernes, kleines Gebäude. In diesem Glaskasten war ein großes, schweres Eisentor gelassen. Es stand offen und ich konzentrierte mich darauf, mir so viel wie möglich von der Gegend und dem Eingang einzuprägen. Aus dem Gebäude kamen vier weitere Zwerge gerannt. Sie hatten schwarze Bärte und schwarze Zähne. Jeweils zwei von ihnen packten sich einen meiner Arme und zogen mich ins Gebäude. Der graue Zwerg blieb bei den Skeletten stehen. „Wo habt ihr die denn her?"

„Schwarzfahrerin." Mehr konnte ich nicht verstehen. Die Zwerge zerrten mich in einen gläsernen Aufzug. Fast wäre ich auf einen Frosch getreten. Der Boden des Aufzugs wimmelte von sonderbaren Tieren. Eine Maus mit zwei Nasen kaute am Schwanz einer Schlange, die auf ihrem Kopf einen menschlichen Zeh trug. Diese wiederum schlängelte sich um mein Bein und meinen nackten Fuß. Beim Versuch, sie loszuwerden, trat ich gegen das Bein eines anderen Menschen.

An der Aufzugswand lehnten fünf Kanten und grinsten mich an, ihre Arme übersäht von glotzenden Augen, die jeden meiner Atemzüge mit einem Blinzeln kommentierten. Zum Glück steckten ihre Hände in Handschellen – genauer gesagt in Plüschhandschellen. „Hola guapísima! So ganz allein hier?"

Einer der Typen grinste mir zahnlos zu. Er zuckte entschuldigend mit den Schultern. „Kriegsverletzung."

Ich versuchte, meinen Blick auf den Boden zu richten. Aber ihn da zu halten, war gar nicht so einfach. Denn dort paarte sich grade der Frosch mit einem haarlosen Eichhörnchen.

Der Aufzug stoppte. Die Türen öffneten sich. Vor mir lag ein heller, gefliester Raum mit gekachelten Steinpritschen. Wie erstarrt blieb ich stehen und beobachtete die groteske Szene. Auf den Pritschen lagen zwei Zwerge mit einem goldenen und einem silbernen Anzug. Die beiden stritten sich um einen Apfel. Der Aufseherzwerg stieg aus und winkte die fünf Typen aus dem Aufzug zu sich. Beim Rausgehen warf mir der Zahnlose Luftküsse zu. Dazu zwinkerten alle seine Augen auf einmal. „Man sieht sich, Kleines."

Ich versuchte, meine Aufmerksamkeit auf den Frosch und das Eichhörnchen zu lenken. Die beiden Zwerge sprangen in heller Freude von ihren Pritschen auf und hüpften den fünf Ankommenden abwechselnd in die Arme. „Das wurde aber auch Zeit!"

„Na auch wieder da?" Der Zwerg wühlte seinen Kopf in den Bauch des Zahnlosen.

„Schwarzmarkt, was sonst, du alter Falschspieler."

„Sag mal …" Mr. Zahnfee hob den Zwerg an seine Nase hoch, drehte ihn auf den Kopf und roch an seiner silbernen Paillettenhose. „Ist der Pool hier immer noch kaputt?"

Der Wächterzwerg kam zurück zu mir in den Aufzug, seine lächelnde Miene wurde wieder ernst. Dann schlossen sich die Türen vom Aufzug wieder und wir setzten uns in Bewegung.

Und da stand er plötzlich. Dicht in die Ecke gedrückt. Der Typ vom Bahnhof. Er musste die ganze Zeit schon da gewesen sein. Als sich unsere Blicke trafen, guckte er beschämt auf den Boden. Mir fiel das herzförmige Muttermal an seinem Kinn auf. Der Aufzug stoppte wieder. Die Türen öffneten sich.

Ein komplett gekachelter Raum lag vor uns. Goldene Futternäpfe, Kratzbäume und weiche Körbchen standen überall rum. In einem Wasserschälchen badeten zwei Meerschweinchen. Die Maus mit den zwei Nasen sprang aus dem Aufzug und biss sich in einem der Meerschweinchen fest. Ein Hund kam schwanzwedelnd an die Tür und begann laut zu miauen, als ihm der rechte Zwerg den Kopf tätschelte. „Feines Hundileinchen."

Ein Zwerg packte die Tiere im Aufzug nacheinander beherzt und warf sie raus. Als er nach der Schlange griff, biss diese ohne Vorwarnung zu. „Du bist ein blödes Vieh!" Wütend trat der Zwerg nach ihr.

Die Schlange kroch zum zweiten Zwerg, der sie auf die Hand nahm und ihr ein Küsschen gab. „Der meint das gar nicht so, du kleines süßes Schlangileinchen." Vorsichtig setzte er sie auf den Boden und beide Zwerge kamen in den Aufzug zurück.

Ich lachte. Guckte zu dem attraktiven Typen, er lachte auch mit gesenktem Kopf. Erneut schlossen sich die Türen. Wir fuhren im Aufzug immer tiefer nach unten.

Die Zwerge grinsten sich zu. Der Größere von ihnen kramte aus seiner Hosentasche ein paar Kieselsteine und bewarf den Jungen mir gegenüber damit.

„Das nervt. Lass das!", rief ich.

Der blöde Zwerg wendete sich dem Beworfenen zu. Mich ignorierte er. „Hast du gehört? Willst du nichts dazu sagen?"

Der starke Mann, der dreimal größer war als der Zwerg, schaute ängstlich hoch. „Iiicch. Iiicchhh …"

Der Zwerg ging näher an ihn heran. „Was?“

Der Typ guckte kopfschüttelnd nach unten. Der Zwerg begann, ihn nachzuäffen. Ich trat reflexartig auf den dicken Zwergenfuß und verlagerte mein Gewicht nach vorne. „Ich hab gesagt, du sollst das lassen!“

Der Zwerg sprang weg. Kurz darauf stoppte der Aufzug. Und wir hielten wieder an. Als die Türen sich öffneten, kam uns staubige Luft in dichten Wolken aus einem dunkeln Gang entgegen. Wir waren in einem Gewölbe. Es war durch Fackeln an den Wänden beleuchtet wie in einem Geisterfilm. Von hier aus gingen andere kleinere, vergitterte Räume ab. Die Zwerge schubsten uns aus dem Aufzug und ich war froh, hier unten nicht allein zu sein. Auf dem Boden war Stroh ausgelegt. Wir wurden einen Gang entlang getrieben, vorbei an vielen kleinen Zellen. Ich versuchte, etwas zu erkennen. Aber es war unmöglich. „Stehenbleiben.“ Der schwere Schlüsselbund klimperte. Eine Zelle wurde aufgeschlossen. „Rein da.“ Der Atem des Zwerges roch bestialisch.

Beim Vorbeigehen streifte die Hand von meinem mysteriösen Begleiter meinen Arm. „Mein Name ist Phagory“, hauchte er mir beim Vorbeigehen ins Ohr.

Dann krachte die Gittertür zu. Der Schlüssel drehte sich im Schloss. Jetzt saß ich fest.

18

Der viereckige Raum war nur zur Hälfte von den Fackeln beleuchtet. Phagory ließ sich auf den Boden fallen und kroch auf allen vieren in eine unbeleuchtete Ecke.

„Halt! Wartet! Kommt zurück. Ich muss hier raus. Ich habe etwas zum Tauschen!“, rief ich den Zwergen nach. Schritte näherten sich. Es musste funktionieren. Ich kramte in meiner immer noch feuchten Pullitasche. Mamas Foto. Und Müll. In meiner Tasche war ein Loch und im Innenfutter spürte ich etwas Hartes.

Während ein Zwerg an den Gitterstäben erschien, versuchte ich, den Gegenstand in meiner Jacke mit zwei Fingern herauszuangeln. Der Zwerg kam näher an die Gitter und leckte sich mit seiner Zunge über die Lippen. „Nicht, dass uns das interessiert, aber was kriege ich dafür?“

Endlich war das Loch in meiner Tasche besiegt. „Das hier!“ Ich hielt ihnen meine flache Hand entgegen. Auf ihr stand ein kleines Nagellackfläschchen in Cremerosa.

Interessiert betrachtete der Zwerg die Flasche. „Was ist das? Und was macht man damit?“

Mit sehr geheimnisvollen Bewegungen schraubte ich das Fläschchen auf, zog den Pinsel langsam heraus und hielt ihn den Zwergen verführerisch entgegen. „Damit … kann man zaubern.“

Der Zwerg schreckte zurück. „Igitt. Hexenwerk. Das stinkt." Er rannte einfach weg.

Tränen brachen wieder wie ein Gewitter über mich aus. Mein Kopf versank in meinen Knien. Sanft streichelte jemand über meine Haare. Ich schloss meine Augen und versuchte, mich nicht zu bewegen. Die vorsichtigen Berührungen waren gleichmäßig und taten so gut. Langsam wurde ich ruhiger. Irgendwann hörte das Weinen auf. „Hast du Hunger?" Seine Stimme war klar und tief.

Ich schreckte zusammen, wischte mir die Tränen weg und strich meine Haare glatt. Dann drehte ich mich zu ihm um. Sein Gesicht wurde vom Schein der Fackeln beleuchtet. Nein. Es wurde vom Licht der Fackel betanzt. Schatten schlugen Pirouetten über seine grade Nase, das Feuer pulsierte in seinen tiefen, blauen Augen. Ich glaubte, noch nie so ein perfektes Gesicht gesehen zu haben. Schnell guckte ich auf den Boden.

„Hast du Hunger?"

„Nein. Ich weiß es nicht."

Er verschwand kurz in der dunklen Ecke. Kam mit einem Stück Brot zurück und legte es mir auf mein Bein.

„Komm zurück. Du kennst sie nicht."

„Geh da weg."

„Phagory!"

Flüsternde Stimmen kamen aus der dunklen Ecke. Plötzlich leuchteten mich Scheinwerfer an. Ich sprang hoch und versuchte, meine Augen zu schützen. „Ist da jemand? Hallo? Da ist doch noch jemand!"

Phagory nickte mir zu. „Keine Angst, das sind meine Freunde.“

Es war wieder still. Nur zwei Doppelscheinwerfer, die in ganz engen Abständen an und aus gingen, blendeten mich. „Was hast du denn für komische Freunde? “

„Kommt raus. Sie ist ungefährlich.“

In der Ecke wurde es unruhig. Langsam krochen zwei Gestalten ins flackernde Fackellicht. „Hab keine Angst vor uns. Wir sind nicht so, wie wir aussehen!“ Ein blonder Mann, genauso groß und muskulös wie ein Bodybuilder, hob entschuldigend seine Arme in die Höhe.

Sein Begleiter tat es ihm nach. „Genau. Hab keine Angst.“

„Wie seid ihr denn?“, fragte ich unsicher.

„Nett. Wir tun keinem, was zuleide.“

Phagory trat zu seinen Freunden und flüsterte ihnen etwas Unverständliches zu. Die zwei nickten und der Blonde ging lächelnd ein paar Schritte auf mich zu. „Entschuldige. Ich muss mich an mein Aussehen erst gewöhnen. Früher war es schwerer für uns. Ich bin Elegory und das ist Namos.“ Der andere verbeugte sich vor mir.

„Und ... ihr macht was genau? Warum sitzt ihr hier drin?“ Die drei sahen sich prüfend an. Ich hielt Phagory den Nagellack Pinsel entgegen. „Okay. Bitte. Ich will euch was zeigen. Es riecht zwar komisch. Aber ich sage euch, jeder will es haben. Los, gib mir deinen Finger!“

Die anderen wichen zurück in ihre Ecke. Und wieder gingen zwei Doppelscheinwerfer an. „Tu es nicht! Sie hat Gift!“

Phagory blieb unsicher stehen. „Macht die Augen zu! Ihr blendet sie!“ Das Licht in der Ecke ging wieder aus.

„Gib mir deinen Finger!“, sagte ich. Er streckte seinen zitternden Ringfinger aus. Ich bestrich den Nagel mit rosa Farbe. „Und jetzt trocknen lassen.“

Erleichtert zog Phagory seinen Finger zurück. „Du konntest deiner Mutter nicht folgen. Das tut mir leid.“

„Ich muss sie aber wieder finden.“

Er guckte mich mitfühlend an. „Er hat sie geholt. Er macht immer alles kaputt.“

Ich suchte in seinen Augen nach einer Lüge. Mein Gesicht kam näher an seins. „Er? Kannst du mir sagen, wer er ist?“

Phagory holte tief Luft. Elegory sprang aufbrausend auf. „Der Tod. Er hat wieder zugeschlagen, stimmts?“

„Bitte? Meine Mutter ist nicht ... tot. Sie lebt. Ihr geht es viel besser als früher. Sie ist im Zug. Und ich muss dorthin, wo der Zug hinfährt. Und ich muss schnell sein. Ich darf nicht hier sein.“ Ich fühlte mich wieder so verzweifelt und unorganisiert.

Namos bekam Schnappatmungen. „Da willst du hin?“

„Genau. Und zwar schnell. Wisst ihr, wo das ist?!“

Phagory stand auf, hockte sich vor mich und verdeckte damit die dunkle Ecke mit den anderen. Er zeichnete etwas in den Sand. Ein hässliches Strichmännchen, daneben ein hübsches Strichmännchen im Kleid. Zwischen den beiden zog er eine senkrechte Grenze. Darauf malte er nun einen Zug und drum herum einen Haufen von schiefen Bäumen. „Das ist die Zugstrecke. Hier ist deine Mutter abgefahren. Auf diesem Teil der Strecke fährt der Zug sehr langsam … Und hält genau hier.“ Auf einen der Bäume schnellte sein Finger hinab. „Hier. Im verzauberten Wald muss der Zug abbremsen …“

Er malte eine waagerechte Grenze am Ende der Zugstrecke, darauf legte er Kieselsteine. Dann zeigte sein Finger auf den Endpunkt, an dem beide Linien sich kreuzten. „Und hier endet der Zug. Er löst sich auf. Bis dahin musst du deine Mutter gefunden haben. Aber …“ Er malte vor der Grenze auf die Seite des schönen Strichmännchens mit Kleid ein Schloss. Hinter der Grenze bohrten seine Finger Löcher. Dann stand er auf, ging zu den Wänden und zog zwischen den Steinen drei dicke, schwarze Käfer heraus. Die setzte er in die kleinen Löcher. „Diese Käfer bedeuten Gefahr. Da, wo der Zug endet, ist es so gefährlich, dass niemand freiwillig hingehen würde. Dort wohnt der Tod. Wir nennen es das Totenreich.“

„Wer ist das denn, euer Tod? Das klingt wie eine Geschichte für Kleinkinder. Ist ja ganz spannend, aber …“

Elegory trat von hinten dazu und drückte seinen Finger in das missgestaltete Strichmännchen. „Der hässliche Mann ist der Tod. Ihm gehört hier alles, was du bis jetzt gesehen hast.“ Dann malte sein Finger kleine Herzen um das weibliche Strichmännchen. „Und die hübsche Frau ist das Leben. Sie lebt in dem Schloss an der Grenze zum Totenreich.“

Ich war noch nicht überzeugt. „Woher weißt du, dass sie hübsch ist?“

Elegory blieb weiter im Traummodus: „Man erzählt sich, sie soll die schönste Frau aller Zeiten sein. Und derjenige, der ihr hilft, den Tod zu fangen, den will sie heiraten. Und …"

Namos, der Größte von Ihnen, fiel ihm ins Wort. „Sei still. Du machst alles kaputt."

Phagory zog mich an die Wand mit den vielen kleinen Käfern. Er sah mir wieder tief und eindringlich in die Augen. „Lilli. Ich weiß, du bist ein Mensch. Und für dich muss das alles sehr eigenartig klingen. Das ist nicht für Menschenohren. Wir wollen, dass der Tod keine Macht mehr hat. Er hat so viele Menschen auf der Erde getötet. Bitte denk kurz drüber nach. Hatte deine Mutter einen Unfall? Oder war sie sehr krank?"

Ich fühlte mich ertappt. „Ja, sie hat Krebs. Und es sah wirklich nicht gut aus. Und im Krankenhaus dachte ich auch erst, sie ist tot. Aber dann …"

Jetzt traf mich der Schlag. Phagory beendete meinen Satz für mich: „Aber dann kam er. Nahm sie mit hierher und sie wurde wieder lebendig. Nur zurückgehen kann sie nicht."

Betäubt sank ich auf den Boden. Phagory setzte sich neben mich. „Weißt du, jeden Tag kommen hier in der Zwischenwelt Neue an. ER setzt sie in den Zug und dann fahren sie ins Totenreich."

„Und wie kann ich ihn finden? Den Tod? Und meine Mutter?" Phagory zitterte und er fasste sich an die Brust. Ich legte meine Hand auf seine Hand, um ihn zu beruhigen. „Was hast du?"

„Erinnerungen. Erinnerungen, die wehtun." Er holte tief Luft. Dann wurde er ruhiger. Meine Hand blieb auf seiner liegen. Er sah mich lächelnd an. Er sah so wunderschön aus. „Lilli, wie dein Herz schlägt! Das habe ich noch nie bei jemand anderem gespürt."

„Was soll es denn sonst tun?" Ich wurde unsicher und wollte meine Hand wegziehen.

Er griff nach ihr. „Pass auf dich auf. Du bist hier eine Rarität. Eine Trophäe, die nur zu viele besitzen möchten."

Ich versuchte, gut auszusehen, und lächelte, aber ich fühlte mich so schmutzig und staubig, und meine Füße waren inzwischen schwarz. „Wie finde ich meine Mutter?", fragte ich erneut.

Phagory ließ meine Hand los. Und ging zur gezeichneten Karte am Boden zurück. „Hier. Aber wir müssen uns beeilen." Es war der Wald. „Ja, dort müssen die Menschen im Zug ihre Erinnerungen abgeben. Und ER kommt dazu und sammelt sie persönlich ein."

Ich musste das genauer verstehen. „Aber bis ich da bin, ist der Zug doch schon weg!"

Elegory mischte sich in das Gespräch ein: „Das wage ich zu bezweifeln, der Zug fährt erst weiter, wenn der letzte Reisende alle Erinnerungen an sein Leben abgegeben hat. Na ja. Fast alle. Phagory? Diesmal waren sicherlich auch wieder einige über Hundertjährige im Zug, oder?"

Phagory nickte. Mir fiel das Fenster ein. Es war so hoch in der Wand, dass ich zu klein war, um durchzuschauen. „Namos? Richtig? Kannst du mir mal helfen?“

Er zögerte, dann kam er zu mir getrottet und stand hilflos neben mir. „Wie kann ich dir helfen?“ Seine Stimme war sehr tief. Er war noch ein ganzes Stück muskulöser und größer als die anderen.

„Heb mich doch bitte hier hoch.“

„A … a … ans FFFenster?“

„Genau.“

„Aber … Aber … D … Das ist gefährlich.“

Ich lächelte ihn an. „Bitte.“

Er guckte unsicher zu Phagory, der uns entsetzt ansah. Dann legte Namos seine Hände um meine Taille und hob mich hoch. Vor mir lag ein Hof, gepflastert mit Unkraut, gebettet in und wahrscheinlich bewacht von dem Glashäuschen. Ganz hinten patrouillierten zwei Zwerge. Es war hell, vielleicht Nachmittag. „Okay. Lass mich runter.“ Als ich wieder auf dem Boden stand, atmeten alle zusammen auf. „Könnt ihr mir helfen? Wir müssen sofort los.“

Phagory stellte sich in meine Nähe. „Was hast du vor? Es ist hoffnungslos. Wir kommen hier niemals raus.“ Er ließ sich neben mir auf den Boden fallen. Man. Was war das denn für eine Einstellung? Ich konnte mir noch keine klare Meinung über diesen Typen bilden. Die anderen Jungs setzten sich neben ihn.

„Ja. Er hat recht.“

„Wir müssen uns eben damit abfinden."

Ich zwang mich zur Ruhe. „Okay. Mal ganz langsam. Da ist ein Fenster. Es ist so breit, dass alle durchpassen, und jetzt die Supernachricht des Tages. Es ist nicht vergittert!"

Phagory schüttelte energisch den Kopf. „Nein. Man darf da nicht rausgehen. Da sind überall Wachen."

„Es muss einen Weg geben. Ich darf da raus. Und ihr auch. Wir müssen die Wachen ablenken."

Elegory schlug mit der Faust auf den Boden. „Wir vier wurden gefangen genommen. Es ist aussichtslos. Die Zwerge helfen uns nicht. Sie wollten ja noch nicht mal das da!"

Der Nagellack an Phagorys Finger schien Eindruck hinterlassen zu haben. Elegory bewunderte ihn von allen Seiten und hielt Phagorys Hand mit dem bunten Finger wie einen Schatz vor seine Augen.

Ich dachte nach. „Als ich vorhin auf dem Rummelplatz war, hatte ich kein Geld dabei. Da hat mir ein Zwerg auf den Kopf gepustet und hat Scherben mit laufenden Bildern hervorgeholt."

Wie absurd und sonderbar das klang! Phagory stand auf und kniete sich vor mich. Er nahm mein Gesicht zwischen seine Hände und sah mich ernst und sehr besorgt an. „Eins musst du dir merken. Tausche niemals deine Erinnerungen. Du darfst sie nicht weggeben. Sie haben es hier in der Zwischenwelt alle darauf abgesehen. Einige würden dafür über Leichen gehen. Hast du verstanden? Gib keine Erinnerungen weg, sie sind das Kostbarste, was du hast."

„Aber das ist doch die Chance. Wir müssen sie mit Erinnerungen ablenken. Mit meinen Erinnerungen." Ich war so laut und aufgeregt, dass Phagory erschrocken seine Hände von meinem Gesicht nahm und sie anstarrte, als hätten sie etwas Verbotenes getan. Er zog sich einige Meter von mir zurück. Jetzt war ich es, die vor ihm kniete. „Hol eine Erinnerung aus meinem Kopf!"

Phagory wendete sich von mir ab. „Nein, ich will das nicht."

Ich wollte nicht schreien. Aber es ging ja nicht anders. „Mach! Das ist ein Notfall!"

Phagory schüttelte meine Hände von seinem Arm ab. „Nein."

Das verletzte mich noch mehr. Er dachte über meinen Vorschlag überhaupt nicht nach. „Gut. Dann wird es jemand anderes machen."

Ich drehte mich zu Namos und Elegory. Und erschrak. Ihre Augen waren dunkelrot. Komplett. Sie starrten mich gierig an. Ihre Körper hatten Haltung angenommen. Angespannt zuckte jeder Muskel an Ihnen. Ich ging mit zitternden Knien auf sie zu. „Wer holt mir eine Erinner …"

Phagory sprang auf und stellte sich wütend zwischen uns. Er streckte seinen rechten Arm aus und hielt seine Hand abwehrend in Richtung der beiden Jungs. Aus Elegorys Kehle kam ein tiefes Knurren. Phagory drehte sich blitzschnell zu ihm um. Seine Hand lag jetzt an seiner Kehle. „Nicht sie."

19

Es war wie ein stummes Duell. Dann verließ Elegorys Körper die Spannung, seine Schultern sackten zusammen. Er zog sich mit gesenktem Blick zurück. Namos folgte ihm rückwärtsgehend. Phagory beobachtete sie, bis sie an der Wand entlang auf den Boden rutschten. Wie ein Häufchen Elend begruben sie ihre Gesichter in den Händen. Dann sah er mich an. Seine Augen waren auch feuerrot. Ich konnte seinem Blick standhalten. In seinen Augen bewegte sich etwas. Es war, als würde ein Feuer in ihnen brennen. Er war immer noch schön. Vielleicht noch schöner, wenn er gefährlich aussah. Seine Schultern waren ausgefahren, wie das Rad eines balzenden Pfaus.

Ich blieb stehen. Mein Herz schlug mir in den Ohren. „Hol eine Erinnerung." Ich flüsterte so leise, dass ich nicht sicher war, ob er mich gehört hatte.

Langsam ging er auf mich zu, ohne den Blick von mir abzuwenden. „Schließ die Augen!" Er klang so sicher.

Ich schloss sie und sein warmer Atem kitzelte an meiner Stirn. Er atmete tief ein und beim Ausatmen blies er auf meine Haare. Es kribbelte. Ein angenehmer Schauder ging von meinem Kopf aus durch meinen gesamten Körper. Er strich über meine Wange. Ich konnte diese Spannung nicht mehr ertragen, ohne ihn anzusehen, und öffnete die Augen, als seine

Hand in der Höhe meines Mundes war. Er hielt inne. Sah mir tief in die Augen. „Diese?"

„Bitte?" Ich konnte grade nicht denken.

„Diese Erinnerung?" Er zeigte mir eine rosa glänzende Scherbe. Auf ihr tanzte meine Mutter mit meinem Vater. Glücklich und ausgelassen. Das musste letzten Sommer gewesen sein. Ich hatte die beiden von meinem Fenster aus beobachtet. Da hatten sie schon die zweite Flasche Rotwein geleert. Ich fand es damals megapeinlich. Und jetzt?

„Ist die Erinnerung dann weg? Für immer?"

Phagory nickte. „Du bekommst sie nicht wieder."

Ich wusste nicht, wann meine Eltern das letzte Mal so glücklich waren. „Nein. Leg sie zurück. Nimm eine andere. Geht das?"

Phagory nickte. „Du musst dich auf etwas anderes konzentrieren."

„Das ist nicht so einfach. Ich denke nur an sie. Auch wenn ich es gar nicht will. Irgendwo in meinem Kopf sind sie immer da." Mein Foto! Ich zog es aus der Tasche. Und versuchte, auf ihm etwas zu finden, das mir egal war. Ganz außen am Rand lag ein roter Strumpf über der Heizung. „Den. Okay. Ich bin so weit."

Mit seiner Hand, die warm auf meinem Gesicht lag, schloss er meine Augen. Dann wieder sein heißer Atem auf meinem Kopf. Als ich meine Augen öffnete, schien er mir ein Stück nähergekommen zu sein. In seinen Händen lag eine andere Scherbe. Diesmal eine Dunkelgrüne.

Auf ihr war der Garten meiner Oma Ewa zu sehen. Ein kleines Kind. Ich saß auf der hell gekachelten Terrasse am Tisch mit Oma Ewa und Mama zusammen und pulte Erbsen aus ihrer Hülle. An meinen baumelnden Füßen waren zwei rote Socken in Sandalen. Die kleinen Erbsen sammelten wir in einer Schüssel auf dem Tisch. Ich warf einige Erbsen auf einmal und sie sprangen an der Schüssel vorbei. Oma Ewa rückte meinen Stuhl zurecht. „Nu aufpassen und alle in die Schüssel." Meine Mutter lachte.

Dann begann der Film auf der Scherbe von vorne. Behutsam nahm ich die Scherbe in die Hand. Lange hatte ich Oma Ewa nicht mehr gesehen. Als ich zehn Jahre alt war, war sie gestorben. Phagory riss mich aus meinen Gedanken. „Soll ich sie wieder zurücklegen?"

„Nein. Wir haben keine Zeit. Ich hab ja das Foto." An der Stelle auf dem Foto, an der die Strümpfe lagen, war nur noch ein weißgrauer Fleck zu sehen. Ich steckte es in meine Tasche zurück.

Phagorys Hände umklammerten die Scherbe. Aus seinen Augen liefen zwei Tränen. Ich öffnete vorsichtig seine Hand und nahm die Scherbe heraus. Es stach in meinem Herzen, meine Oma zu sehen. Du blöder Tod. Ich hielt die Scherbe zwischen meinen Fingern und suchte nach einem Käfer. Elegory und Namos standen an der Wand gelehnt und mussten sich beim Anblick meiner Erinnerung sichtlich zusammenreißen. Auch aus ihren Augen liefen jetzt Tränen. Ich wollte sie nicht länger quälen. Da krabbelte ein dicker Käfer über die

Wand. Mehrmals musste ich ihn nach der ersten Berührung wieder loslassen. Ich riss mich zusammen und mit viel Überwindung hielt ich ihn zwischen den Fingern. Seine Beine streiften beim Strampeln meine Hände. Wo bekam ich jetzt einen Faden her?

„Ich halte ihn für dich!“ Phagory wischte sich die Tränen aus dem Gesicht, dunkle Spuren zeichneten sich auf seinen Wangen ab.

„Danke!“ Ich gab ihm den Käfer und drehte mich mit dem Rücken zu allen. Ich zog einen Faden aus meinem Schildchen am BH und … hatte das ganze Schild in der Hand. Schnell ribbelte ich einen Faden ab und steckte das Schild zurück in meinen BH. Dann war ich so weit. „Phagory, bitte den Käfer.“

Er gab ihn mir mit einem schüchternen Lächeln und seine Augen waren wieder blau. Ich konnte nicht sagen, welche seiner Seiten mir besser gefiel. Jetzt wirkte er so unsicher, obwohl er eben noch so selbstbewusst gewesen war. Ganz vorsichtig und darauf bedacht, meine Hand nicht unnötig lange zu berühren, legte er mir den Käfer in die Hand. Ich band einen Faden um seinen dicken Panzer und die Erinnerungsscherbe mitten drauf.

Es funktionierte nicht. Elegory stand plötzlich mit ausgestreckter Hand neben mir. Seine Augen waren zur Hälfte rot, zur anderen Hälfte blau. Ich ließ den Käfer zögernd in seine Hand purzeln. Er hielt mir seine Hand weiterhin. „Die Scherbe.“

Ich reichte sie ihm unsicher. „Aber nicht essen!“

Elegory schüttelte den Kopf. Biss sich auf die Lippen, als er die Scherbe in die Hand nahm. Sofort waren seine Augen wieder komplett rot. Dann – mit einem beherzten Schlag – drückte er die Scherbe in den Panzer des Käfers.

Ich konnte gar nicht hingucken. „Nein, nicht kaputtmachen. Wir brauchen ihn noch."

Aber er war nicht kaputt. Elegory ließ ihn auf seinem Arm krabbeln und die Scherbe hielt fest in seinem Panzer. Er setzte den Käfer zurück auf meine Hand. „Bitte. Das ist ein alekriptorismastrerischer Käfer. Dem macht das nichts."

„Aha, danke. Jetzt müssen wir den Käfer auf den Hof setzen und dann ganz schnell aus dem Fenster klettern." Ich wartete auf eine Reaktion von Phagory. Er zeigte nach draußen. Wie groß er doch war. Er konnte ohne Probleme aus dem Fenster gucken.

„Und wie wollen wir die Wand da hochkommen?", zischte Elegory.

„Welche Wand? Kann mich jemand hochheben?", fragte ich.

Namos stand bereit. Diesmal wandte er sich vorher an Phagory. „Darf ich?" Der nickte großmütig. Ich schob den Ärger über ihn beiseite und zwang mich, die Wand anzugucken. Der Gefängnishof war umrundet von einer durchgehenden Stahlwand. Jetzt erst verstand ich, dass die „Wand" ein Weg nach oben war. Das erklärte auch die Dauer, die wir mit dem Aufzug unterwegs nach unten gefahren waren.

„Wir klettern. Es gibt da so einen Film, in dem habe ich das gesehen." Namos setzte mich ab. Ich landete wieder auf dem Boden. Dann ging er drei Schritte weg von mir.

Phagory kam näher. „Was hast du gesehen?"

„Vertrau mir. Ich hab so was schon oft gemacht." Ich war eine gute Lügnerin. Mit gespielter Sicherheit hielt ich Namos den Käfer entgegen. „Auf den Hof damit bitte."

Namos griff ihn gierig. Dann roch er genüsslich an der Scherbe, die in dem Käfer steckte, und schloss die Augen. Elegory schlug ihm auf die Schulter. „Namos!"

Erschrocken riss der seine Augen auf und schleuderte den Käfer auf den Hof. Die Scherbe begann zu leuchten. Die Zwerge wurden aufmerksam und dann hörte ich ihre eiligen Schritte auf dem Hof. Sie wollten den Käfer fangen.

„Wir haben nicht viel Zeit, gleich wird es dunkel. Komm, Lilli!" Namos wollte mich hochheben, aber da war schon Phagory. Er hob mich bis an den Rand der Fensterbank. Nun konnte ich allein rausklettern. Auf der anderen Hofseite balgten sich die Zwerge, die sich um die Erinnerungsscherbe prügelten. Dicht an die Wand gedrückt wartete ich, bis Phagory, Namos und Elegory bei mir waren. Ein Blick in die Gesichter der anderen verriet mir, dass die aber noch weniger als ich wussten, wo es nun langging.

20

Es rauschte in der Luft, als ob jemand eine lange Papierrolle ausschüttete. Von einer Sekunde zur anderen wurde es finster. Ich sehnte mich nach meinen Schuhen.

Die Schritte der Zwerge näherten sich über den Hof in unsere Richtung. „Da war doch was. Der Käfer. Kommt hierhin!"

Einem anderen Zwerg schien das nicht zu passen. „So ein Blödsinn. Du willst den Käfer nur für dich haben. Wo ist er überhaupt?" Die Schritte entfernten sich wieder. „Da hinten. Du hast ihn laufen lassen!"

Ich tastete mich an Phagory Arm entlang bis zu seinem Gesicht und ertastete dann sein Ohr, um hineinzuflüstern. „Ich kann nichts sehen."

Er öffnete die Augen und das Wunder geschah: Es wurde richtig hell. Ich hielt mir geblendet die Hand vors Gesicht. „So besser?", fragte er und schloss ein Auge, doch das Licht blieb zu grell, auch wenn seine Kraft abgenommen hatte. Zum Glück waren die Zwerge zu beschäftigt.

„Versuch nur ein Viertel deines Auges", sagte ich. Ein schmaler Lichtstrahl leuchtete über mich. Mit Phagory an der Hand zog ich die Truppe hinter mir her.

Phagory drückte meine Hand. „Und, was jetzt?"

Ich musste improvisieren. „Also in dem Film … Ich meine … Ich hab das sonst so gemacht. Wir nehmen ein Seil und werfen das über die Mauer!“

Phagorys Finger strich sanft über meinen. „Wir haben aber kein Seil.“

Ich versuchte, mit meiner Handfläche seinen Finger abzufangen. „Dann graben wir einen Tunnel.“ Phagory stolperte auf mich. Sein Oberkörper berührte meinen Oberkörper. Er schloss sein Auge und es wurde dunkel. Fast berührten sich unsere Lippen.

„Hallo? Seid ihr noch da? Wir sehen nichts.“ Das kam von Namos und Elegory, sie rückten mit geschlossenen Augen dicht an uns heran.

Phagory richtete sich schnell wieder auf. In meinem Bauch kribbelte es. „Wir graben einen Tunnel“, schlug ich vor.

Elegory schüttelte den Kopf. „Wie denn? Hier drunter ist Lava!“

„Dann mach doch auch mal einen Vorschlag!“

„Wir könnten zurückgehen“, sagte Elegory.

Namos stimmte zu. „Ja. Lasst uns zurückgehen. Ich habe Angst.“

Ich wartete darauf, dass Phagory mir auch noch seine Angst gestand. „Und Phagory, hast du auch Angst?“

Sein leuchtender Lichtschlitz aus seinem Auge bewegte sich, als würde er lachen. „Ich muss dich beschützen.“ Wenigstens Phagory war auf meiner Seite. Es war so still.

Alle warteten, dass ich etwas sagte. „Nein. Wir müssen da hochklettern.“

Elegory seufzte. „Ich sehe aber nichts.“

„Wir müssen nach Lücken in der Wand suchen und dann da hoch.“

Hinter uns erklang eine schrille Zwergenstimme. „Nichts müsst ihr. Ihr geht schön wieder zurück! Aber dalli!“

Namos antwortete: „Na gut. Tut mir leid.“

Ich konnte es nicht fassen. „Nein. Wir gehen nicht zurück. Wir klettern jetzt hier hoch!“

Phagory setzte mich auf seine Schultern. Nun strahlten sechs leuchtende Augen, ohne zu blenden, und der Weg schien ganz klar. Immer nach oben. „Elegory, Namos kommt jetzt.“

Sie folgten uns. Ich klammerte mich an Phagorys Hals fest. Er kletterte kraftvoll und rammte dabei seine Hände in die Stahlwand. Ich glaubte kurz, dunkle, spitze Nägel zu erkennen.

Wir waren schnell auf der Spitze der Mauer, dicht gefolgt von Elegory und Namos. Bei ihnen konnte ich ganz deutlich Krallen an den Fingern erkennen. So oft hatte ich in den letzten Minuten Phagorys Hand gehalten, und doch war es mir nicht aufgefallen.

Unten auf dem Hof tobten die Zwerge wie Rumpelstilzchen persönlich. „Sie fliehen! Beeilt euch!“ Ihre Stimmen hallten an den Mauern wider.

Phagory hob mich vorsichtig von seinen Schultern. „Das sollten wir wirklich tun. Sie werden überall nach uns suchen.“

Ohne mein Ziel zu kennen, lief ich gemeinsam mit Phagory, Elegory und Namos in die Dunkelheit.

21

„Meine Füße tun weh.“ Blitzartig blieben die drei Jungs stehen. Phagory sah mich mit seinem Scheinwerferblick besorgt an und blendete mich dabei. „Nicht. Ich werde blind, wenn du das machst!“

„Entschuldige! Zeig mal deine Füße!“ Er hatte seinen Blick auf meine Füße gesenkt und wollte sie abtasten.

Ich zog mein Bein schnell weg. „Nee. Ganz bestimmt nicht. Die sind schmutzig!“

Er sah sich in der Gegend um. „Lasst uns hier eine Pause machen. Lilli, da hinten ist ein See. Da kannst du dich waschen.“

Ich ging zum See, der durch Phagorys Augen beleuchtet wurde. Elegory wandte sich an Phagory. „Wohin geht sie?“

„Zum See.“

„Allein?“

„Ich kann sie doch nicht … Meinst du, es ist zu gefährlich?“

Ich drehte mich um und rief: „Sie kann das allein. Ich bin schon mit ganz anderen Seen fertig geworden.“ Als ich den See mit seiner spiegelnden Oberfläche sah, kamen alte Erinnerungen hoch. „Vielleicht kannst du doch … nur ein kleines Stückchen näherkommen“, bat ich Phagory.

Er kam näher. Elegory und Namos entfernten sich, um Feuerholz zu sammeln. Ich zog mein völlig dreckiges Oberteil aus. Phagory schaute interessiert in meine Richtung.

„Aber nicht gucken!“ Er schloss die Augen und es wurde dunkel.

„Okay. Augen auf! Aber eher nach links.“ Im Halbdunkel zog ich mich bis auf die Unterwäsche aus. Dann ging ich zum Seeufer und glitt in das lauwarme Wasser. Es tat so gut. Ich blieb ganz nah am Rand.

Das Schilf am Ufer begann zu flüstern: „Ebiel tgiel ni red tful.“

„Bitte?“

„Liebe liegt in der Luft!“ Phagory kam ein Stück näher. „Das hat es gesagt. Das ist Flüstergras. Es sagt das, was es denkt. Und das, was wahr ist.“

Ich musterte Phagory. „Und was denkst du?“

Er verzog die Augen. „Nicht fragen … Jetzt antwortet es für mich.“

Und ja. Das Gras begann zu flüstern: „Ud tsib nöhcs!“

„Phagory übersetz es mir bitte!“

Er kam mit einem kleinen Stöckchen an das Ufer und setzte sich auf den sandigen Boden. „Komm, ich zeig es dir.“

Ich wusch mich erst, zog meinen BH unter Wasser aus, wickelte ihn mit seinen Trägern um meinen Arm und tat das Gleiche mit meiner Unterhose.

Phagorys Blick lag auf mir. Das störte mich nicht, denn ich war ja unter Wasser. „Komm. Ich zeig es dir“, rief er.

„Ich habe grade nichts an."

Er lächelte.

Ich lächelte zurück. „So komme ich nicht aus dem Wasser."

Er lächelte immer noch, stand auf und knöpfte sein Hemd auf. Er sah so gut aus. Nun streifte er den dünnen Stoff seines Hemdes von seinen großen, muskulösen Armen. Ich wusste nicht, ob ich ihn weiter angucken durfte, aber warum nicht? Phagory stand mit freiem Oberkörper am Ufer und hielt mir sein Hemd entgegen. „Jetzt hast du was zum Anziehen."

Ich stieg langsam aus dem Wasser. „Guck dir das Gras an!" Er tat es.

Ich stieg sehr unelegant aus dem Wasser, weil ich erst meine um den Arm gewickelte Unterwäsche losbekommen musste. Ich legte sie zum Trocknen ans Ufer. Von hinten beleuchteten mich zwei Scheinwerfer. Schnell drehte ich mich zu Phagory um. Der guckte wieder das Gras an.

Ich nahm mir von seinem ausgestreckten Arm sein Hemd. Beim Anziehen roch es so gut, dass ich es nie wieder hergeben wollte. Die hellen Knöpfe und der helle Leinenstoff lagen wie eine zweite Haut auf meinem nassen Körper. Es reichte fast bis zu meinen Knien.

Angezogen ging ich zu Phagory. „Was wolltest du mir zeigen?"

Seine Augen waren rot. Sie leuchteten nur noch ganz wenig. Sie flackerten. Das Feuer brannte wieder in ihnen. Im Hintergrund ging die pastellfarbene Sonne auf. Er lief zum Ufer und kniete sich in den Sand. „Weißt du noch, was du mich grade gefragt hast?"

„Was denkst du?"

Er nickte. Griff wieder nach dem kleinen Stöckchen. „Jetzt komm zu mir."

Ich setzte mich neben ihn. Mein Arm nah an seinem Arm. Er drückte mir das Stöckchen in die Hand, behielt seine Hand aber auf meiner. Sein Gesicht lehnte er an mein Ohr. „Hör, was sie sagen!"

Ich schoss die Augen, hörte nur seinen Atem und versuchte dabei, mich auf das Gras zu konzentrieren. „Ud tsib nöhcs." Wir schrieben es gemeinsam in den Sand. Phagory kam mit seinem Gesicht noch näher, seine Worte liefen sanft meinen Nacken entlang. „Jetzt lies es rückwärts."

Ich beugte mich über die Buchstaben und Worte. „Du bist schön."

Er lächelte mich an. Dann nahm er meine Hand und küsste sie. Ich wurde fast ohnmächtig, so gut fühlte es sich an. Er sah mir tief in die Augen. „Nein. Du bist schön."

Das Feuer in seinen Augen loderte auf und er zog mein Gesicht zu sich. Seine weichen Lippen ließen mich alles vergessen.

„Wo seid ihr?" Elegory und Namos kamen aufgeregt zum Ufer gelaufen.

Phagory und ich stoben auseinander. Seine Augen wurden wieder blau. Erschrocken betrachte er sein Hemd an mir. „Es ist also nichts Schlimmeres passiert!"

„Nein. Keine Angst. Aber du hast dein Hemd an mir vergessen. Das geb' ich dir sofort wieder." Ich zog es aus. Elegory, Namos und Phagory drehten ihre Köpfe weg. Sein Hemd warf ich ihm an den Kopf. Nackt wie ich war, suchte ich nach meiner Unterwäsche. Sie war sandig und immer noch nass. So zog ich nur Hose und Shirt an.

Die drei waren in der Zwischenzeit ein Stückchen weiter weggegangen und warfen Holz auf ein glimmendes Feuer. Es brannte zu wenig, um uns zu nützen. Sie redeten kein Wort.

Ich ging zu ihnen, nahm mir einen Ast und spießte ihn mit aller Kraft in die Erde. Dann hängte ich meine Unterwäsche zum Trocknen übers Feuer. Die zu Beginn fast toten Flammen fraßen sich in das Holz und Rauch stieg auf.

Elegory rammte ebenfalls einen Ast neben den von mir. An seinem hing ein Stück Fleisch. Er zog einen zerknitterten Zettel aus seiner Tasche. „Das hier wollte ich euch noch zeigen."

„Was ist das?", fragte ich.

„Oh Verzeihung. Deine Augen können nicht so weit sehen." Elegory hielt mir den Zettel vor die Nase. Ich erkannte Zeichnungen von uns allen. Meine Haare waren viel zu kurz gemalt. Über den Bildern stand „Venustas" geschrieben. Über der Zeichnung von mir prangte ein „Vorsicht! Lebendiger Mensch!"

Namos nahm den Fleischspieß vom Feuer. „Will jemand?"

Ich hatte Hunger, aber bei dem Anblick schüttelte es mich. „Das ist ja noch roh."

Namos riss sich ein Stück ab und legte das Fleisch näher ans Feuer. „Oh. Du magst es lieber durch."

Ich drehte mich zu Phagory. „Ich mag es lieber tot. Du auch, Phagory?"

„Nein."

Ich stand auf und stellte mich neben Namos. „Wie geht es jetzt weiter? Ich muss schnell zu meiner Mutter."

Namos nickte und nagte einen Knochen ab. „Wir bringen dich zuerst zum Lager des Lebens. Da wird man dir sicher weiterhelfen können."

Ich nahm meine Unterwäsche vom Feuer weg. „Gut, dann gehen wir!"

Elegory schüttelte den Kopf. „Nicht im Dunkeln. Wir sind zu auffällig."

Ich verschwand hinter einem Busch und zog mich um. „Was ich euch schon immer fragen wollte. Wenn meine Mutter im Zug ist … Ist sie dann … tot?" Es kam keine Antwort. „Sagt endlich!"

Namos räusperte sich. „Also … noch nicht ganz."

Elegory legte Feuerholz nach. „Erst, wenn sie an der Endhaltestelle aussteigt und in das Totenreich geht. Dann …"

Phagory stand auf und fasste mich an den Schultern. „Lilli, du kannst noch zurückgehen. Mit all deinen Erinnerungen. Für deine Mutter ist es zu spät, befürchte ich."

„Was denkst du dir eigentlich?"

Phagory schielte zu seinen Freunden rüber. „Elegory, ich denke, wir brauchen mehr Holz …" Elegory und Namos gingen weg. Super. Da blieben dann nur das tote Etwas am Spieß, der Vollidiot und ich übrig. Der versuchte noch mal mit mir zu sprechen. Ich setzte mich ans Feuer.

„Lilli. Ich kann das manchmal nicht kontrollieren. Es tut mir so leid, wenn …“, begann Phagory.

„… du dich nicht unter Kontrolle hast? Und mich küsst?“ Phagory setzte sich neben mich. Ich drehte mich weg. „Jetzt kannst du auch gehen.“

Ich legte mich vor das Feuer, schloss die Augen und dachte beim Einschlafen an Mama. Bald würde alles so wie früher sein.

22

Als ich wach wurde, schob Namos mir ein Stück gebratenes Fleisch zu. Ich setzte mich auf und begann zu essen. Es duftete gut. Und so schmeckte es auch.

Ich wollte nur nicht fragen, was ich da grade aß. Phagory schlief noch. Seine Brust senkte sich langsam und gleichmäßig und hob sich genauso anmutig. Sein Gesicht war unglaublich schön mit den sanft geschwungenen dunklen Augenbrauen und der grade Nase. Das Kinn, die vollen Lippen.

Leise stand ich auf und ging noch mal nach unten zum See. Das Schilfgras flüsterte, als ich am Wasserspiegel ankam: „Sedölb nhuhneppus."

Das Stöckchen lag genauso da, wie es gestern Abend liegen gelassen wurde. Ich schrieb das Wort auf und las es rückwärts. „Blödes Suppenhuhn."

Ich beugte mich über die glatte Wasseroberfläche und betrachtete mein Spiegelbild. Ich fand mich hübsch. Mein Bild wurde immer klarer und lächelte. Ich tastete mein Gesicht ab, lächelte aber nicht. Jetzt fuhr eine Hand durch mein Gesicht im Wasser und strich sich durch die Haare. Das war wie verhext.

Mein Gesicht im Wasser begann mit mir zu sprechen. „Hallo Lilli. Wie geht es dir?"

„Bis auf das ein oder andere Problem… gut."

„Kann ich dir bei dem anderen Problem behilflich sein?"

Ich überlegte kurz. „Nein."

Von oben rief mich Phagory: „Lilli? Wo bist du?"

Das Gesicht im Wasser lauschte und verdrehte die Augen. „Duck dich hier hin zu mir. Er hat es verdient, dich nicht zu finden."

„Ja, du hast recht." Ich duckte mich auf die Erde.

Aber ein bisschen albern kam ich mir dabei schon vor. Phagory rannte aufgeregt nah an mir vorbei. Elegory folgte. Wo Namos war, wusste ich nicht.

Mein Gesicht im Wasser lachte leise. „Er wird sich immer schlechter fühlen, wenn du nicht auftauchst."

„Lilli? Wo bist du? Wir müssen schnell weiter." Elegory kam näher an uns heran. „Sie werden gleich hier sein." Er lief wieder von uns weg.

Mein Spiegelbild machte mir schöne Augen. „Hey, Kleine. Komm näher zu mir. Noch näher ans Wasser. Ich kann dir helfen. Deine Mutter zu finden."

„Was?" Ich beugte mich zu meinem Gesicht übers Wasser.

„Komm näher und hör mir gut zu!"

Ich beugte mich so tief, dass meine Nase fast das Wasser berührte.

„Du musst ganz zu mir kommen. Aber pass auf, dass dich keiner sieht."

Ich sah mich nach Phagory um. Seine Stimme rief mich von Weitem.

Das Gesicht im Wasser wurde lauter. „Er mag dich sowieso nicht. Komm näher und wir beide finden deine Mutter."

Ich hatte nichts zu verlieren? Mein reales Gesicht berührte mein Wassergesicht.

Lange, dünne Arme ragten aus dem Wasser und zogen mich plötzlich an sich. Sie drückten auf meinen Rücken und sogen mein Gesicht unter Wasser.

Ich bekam keine Luft mehr. Mir wurde schwindelig.

23

Eine kräftige Hand zog an mir. Immer stärker und stärker. Dann war ich wieder an der Oberfläche. Danach wurde es schwarz vor meinen Augen. Mir war schlecht.

Als ich meine Augen wieder öffnete, stand Namos vor mir. Ich musste Wasser spucken. „Was war das denn bitte?"

„Seefrischhuhn. Sie nehmen dein Gesicht und deine Stimmung an. Und wenn sie dich unter Wasser gezogen haben, dann ernähren sie sich von dir."

„Sie sah aus wie ich ..."

„Liegt jetzt geviertelt auf dem Seegrund."

„Hast du mich rausgeholt?"

Namos wurde rot. „Ja, ... tut mir leid."

Ich verstand nichts mehr.

Phagory und Elegory kamen.

Sie musterten ihren Freund. „Da bist du ja endlich. Aber warum so nass? Hast du Lilli?"

Namos verzog wütend die Augenbrauen. Und zeigte auf mich, gut versteckt hinter seinen Schultern.

„Schon mal, was von Seefrischhühnern in dem See gehört?", versuchte ich Namos beizustehen. Ich zog meine klatschnasse Jacke aus und fühlte mich wie gerädert.

Phagory knöpfte sein Hemd auf, zog es aus und wollte es mir wieder geben.

Namos lachte höhnisch und blickte Phagory verschlagen an: „Nein. Ab jetzt passe ich auf sie auf. Sie muss ins Lager des Lebens. Und das versaust du uns nicht noch mal, Phagory. SIE wird mir helfen."

Dann nahm er mich ohne Vorwarnung auf die Arme und warf mich über die Schulter. Er lief schneller als die anderen voraus.

24

Auf Namos Schultern zählte ich die Zettel an den Bäumen. Vor einigen Kilometern hatte noch an jedem zehnten Baum ein Zettel gehangen. Nun flatterte uns jetzt von nahezu jedem Baumstamm eine Suchanzeige zu. Seit fünf Bäumen waren die Zettel mit kleinen orangenen Aufklebern überklebt.

„Okay. Lass mich runter." Namos setzte mich unsanft auf der Erde ab. Mit den nackten Füßen spürte ich jeden einzelnen kleinen, spitzen Stein. Ich ging näher an einen der Zettel heran und riss ihn ab, um den Aufkleber genauer zu betrachten. „Unsere Kopfgeldprämie wurde verdoppelt." Es musste neu überklebt worden sein.

Mit dem Zettel in den Händen drehte ich mich zu den Venustas, wie sie sich nannten, um. Sie waren weg. Mein Herz rannte schneller als meine Gedanken. In der Nähe krähte ein Vogel. Empörung breitete sich über diese Idioten in meinem Herzen aus. Ein Schrei von Wut und Verzweiflung kroch aus mir.

„Leg dich flach hin. Wir sind in Gefahr", zischte Phagory.

Ich beugte mich zu ihnen herunter. Alle Venustas lagen flach ausgestreckt auf dem Boden. „Sollten wir nicht lieber weiter gehen?"

Elegory stand als Erster wieder auf den Beinen und klopfte sich den Staub aus der Hose. „Das ist ein angeborener Reflex.

Da kann man nichts gegen machen. Sie hat recht. Stehen wir auf und rennen weiter. Sie müssen hier ganz in der Nähe sein."

Ich traute mich nicht, zu fragen, wer SIE genau waren. Ich konnte aber ahnen, dass es sich hier wahrscheinlich nicht um gute Feen handelte. Rennen war keine Bezeichnung für das Tempo, das sie jetzt an den Tag legten. „Okay. Geht das ein bisschen langsamer? Meine Füße!"

Phagory rannte zu mir zurück. „Wir haben keine Zeit. Ich muss dich tragen."

Widerwillig ließ ich mich auf seine Schultern heben. Nach einer Weile wurde die Gegend flacher und der Boden heller. Auf einigen Fleckchen sammelten sich Sandberge. Auch der Fahrtwind, der mir durch das schnelle Rennen von Phagory entgegenkam, trug Sand in meine Augen. Ich hielt mir die Augen zu. „Es ist nicht mehr weit. Nur den See müssen wir noch schaffen", sagte er.

„Ein See?"

„Ja. Ein Kristallsee."

„Das ist doch scheiße. Ich will nicht mehr schwimmen." Von Seen und allem, was sich darin aufhielt, hatte ich genug.

Phagory schüttelte den Kopf, ohne anzuhalten. Er schien kein bisschen aus der Puste zu sein. „Schwimmen wäre mir lieber." Er wurde noch schneller. Ich klammerte mich mit meinen Armen um seinen Hals, sonst wäre ich runtergefallen. Durch meine halb zusammengekniffenen Augen konnte ich es von Weitem schon glitzern und funkeln sehen.

„Wow! Das ist er?"

Phagory hob mich von seinen Schultern runter. „Wir müssen uns beeilen. Pass auf, sobald wir auf dem See sind. Egal, was passiert, dreh dich nicht um. Und guck auf keinen Fall nach unten. Hast du das verstanden?“

Mir fiel eine Geschichte aus der Bibel ein. Da erstarrte die Frau zu einer Steinsäule, weil sie sich nach einer brennenden Stadt umdrehte. Phagory zog einen dunkelblauen Stein aus seiner Tasche und gab ihn mir. „Hier. Er muss irgendwo an deiner Haut liegen.“

Ich steckte ihn widerwillig in meinen BH. Der See wechselte vor uns regelmäßig seine Bodenfarben wie bei einem strahlenden Fernseher. Irgendwo klapperte es laut.

Elegory drückte seinen Finger in den Boden, dann in den Wind. Er nickte. „Gleich ist es so weit.“

Namos zog mich an den Rand des Sees. „Wenn das Wasser erstarrt, rennen wir los. Du wirst nicht viel sehen können. Ich versuche, meine Augen offen zu halten. Folge meinem Licht.“

Ich versuchte, meine Augen mit meinem Ärmel vor den immer stärker werdenden Sandwinden zu schützen. Unsere Gruppe rückte zusammen. Der Himmel wurde gelb. Dann braun. Ein Platzregen aus Sand, Staub und Dreck setzte ein.

„Jetzt!“ Elegorys Stimme wurde vom Wind weggetragen. Ich konnte gar nichts mehr sehen.

25

Ich tastete um mich, fand eine Hand und wurde mitgezogen. Die erstarrte Seefläche war wie Eis unter meinen Füßen. Verschwommene Farben vom Seegrund blendeten mich.

Dann, ganz plötzlich, hörte der Spuk auf. Wie bei einem Magnetspiel fiel der aufgewirbelte Sand schwer und statisch auf den leuchtenden Eisboden. Es war still, bis auf das unerklärliche Klappern auf der anderen Seite. Ich wischte meine Augen frei und ließ die Hand los.

Phagorys Stimme schien aus großer Entfernung zu kommen. „Nicht nach unten gucken. Bleib ruhig stehen und renn erst weiter, wenn der Sandsturm wieder anfängt."

Unter mir liefen Bilder ab wie der Film einer fest installierten Überwachungskamera.

Eine leere Brücke. Im Hintergrund summten und rauschten Autos. Dann rannte ein Mädchen ins Bild. Marie?

Als ob die Kamera meine Gedanken gelesen hätte, zoomte sie näher an das Gesicht des Mädchens heran. Sie war es. Marie. Meine Erzfeindin stand am Rand einer Autobahnbrücke. Ich konnte ihren schnellen Atmen hören und die heranschnellenden Autos unter ihr. Ihre Augen waren rot und verheult. Sie sah sich suchend um. Dann kletterte sie über das Geländer und … ließ sich nach vorne fallen.

„Nein! Nicht!“ Mir schien, dass sie zu mir hochsah. Ich warf mich auf das harte, meterdicke Eis und schlug darauf.

Marie schrie. In letzter Sekunde bekam sie mit einer Hand den untersten Abschnitt des Geländers zu fassen und baumelte jetzt über den Abgrund.

Ich versuchte, das Eis im Boden zu zerbrechen. Es knirschte leise. „Hier muss doch jemand helfen! Marie!“ Sie guckte zu mir hoch. „Marie! Halt dich fest. Ich hole Hilfe!“ So einen dummen Satz hatte ich noch nie hervorgebracht. Sie war auf der anderen Seite von irgendwas.

Schritte wurden lauter. Vom linken Bildausschnitt spazierte ein Mann mit Hut und Mantel näher. Langsam und gemütlich ging er auf Marie zu. Die Hände in den Manteltaschen vergraben. Er war es. Der Tod setzte sich seitlich auf das Geländer und sah teilnahmslos zu Marie runter.

„Jetzt hilf ihr doch! Hilf ihr!“ Meine Schreie hallten ins Leere.

Marie schien den gleichen Gedanken zu haben. „Hilf mir!“

„Das kann ich nicht, verehrtes Fräulein.“ Er bewegte sich keinen Zentimeter.

„Aber ich will noch nicht sterben.“ Marie zitterte vor Erschöpfung.

„Nun, Sie gehören zu einer der Wenigen, die mich herbeiwünschen.“

Marie weinte wie ein kleines Kind. „Bitte! Bitte helfen sie mir.“

Endlich kletterte er auf das Brückengeländer und balancierte darauf. Der Saum seines schwarzen Mantels wehte im Wind. Der Tod breitete die Arme aus und schloss die Augen.

Ich schlug und trat gegen die Eisfläche und schrie, wie ich nie zuvor in meinem Leben geschrien hatte. „Ich hasse dich! Hörst du? Ich hasse dich!“ Es knackte und bröckelte im Eis. Es riss. Wie aus einem kleinen Bohrloch rieselte Staub von oben herab vor die Linse der Überwachungskamera und türmte sich zu einem großen Haufen auf. Der Tod sprang vom Geländer und baute aus dem Staubhaufen eine Burg. Der Wind wirbelte den Staub zusätzlich auf und hüllte Marie vollständig ein.

Ich sprang auf und ließ meine nackten Füße mit wiederholten Sprüngen auf die Eisfläche schlagen. „Verdammt. Verdammt. Du Arsch. Jetzt hilf ihr!“

Er sah zu mir hoch. „Sie werden verstehen, dass ich ein viel beschäftigter Mann bin. Ich werde später zu Ihnen kommen.“ Dabei sah er mich die ganze Zeit an. Dann flackerte das Bild und verschwand.

Wind kam erneut auf. Der Sand auf dem Boden hob sich wieder und wirbelte zunächst sanft durch die Gegend. Ein Stück entfernt von mir saß Phagory regungslos und in sich zusammengesunken. Ich schleppte mich zu ihm. Er vergrub sein Gesicht zwischen den Knien. Ich legte meine Hand auf seine Schulter.

„Ey. Lass das!“, knurrte er und schüttelte meine Hand ab. „Ich habe gesehen, wie meine Mutter gestorben ist.“ Seine Stimme klang dunkel.

„Deine Mutter ist … Auch … Also nicht wie meine … Aber deine ist tot?“ Er reagierte nicht mehr. Der Sand wurde immer dichter um uns. Ich setzte mich neben ihn. „Wir müssen weitergehen. Du wolltest doch nicht nach unten gucken.“

„Nein, Lilli. Es geht um dich. Du solltest nicht nach unten gucken.“ Er hob sein Gesicht. Seine Wangen waren eingefallen, die Augen glühten schwarz.

„Komm. Wir müssen weiter gehen.“ Ich riss mich zusammen und berührte seinen Arm, der unverändert schien. Phagory schüttelte mich wieder ab. Auf dem Arm wuchs nun braunes Fell. Aus seinen Fingern kamen Krallen. „Okay. Dann lass ich dich mal allein weitergehen. Wenn du bleibst, dann … fasse ich dich an.“

Phagory stand auf. Sandregen setzte ein. Phagory behielt seine Augen offen. Mit vorgehaltenem Arm und brennenden Augen folgte ich ihm und seinen leuchtenden Lichtkegeln. Dann, so plötzlich wie der Regen kam, verschwand er auch wieder. Der Sand wurde magnetisch auf den Boden gezogen. Und es wurde still.

Phagorys Stimme klang tief und leidend. Er sah noch erschöpfter aus, als er sich zu mir drehte. „Bitte guck nicht nach unten!“

Zu spät. Phagory stöhnte auf. Unter mir erschien Marie. Inzwischen stand der Tod neben ihr. Sein Schuh rückte näher an ihre zitternden Finger heran.

„Marie! Halt durch. Ich komme zu dir …“ Sie zeigte keine Reaktion. Ich wandte mich an den Tod. „Okay, ich weiß, dass du mich hörst. Du Feigling! Komm her zu mir. Und sag, was dein beschissenes Problem ist. Ich warte hier auf dich. Nimm mich. Lass sie gehen!“

Er grinste in die Kamera. Dann drehte er sich wieder zu Marie, legte sich flach auf den Rücken, an den Rand der Brücke, an dem Marie hing, und ließ den Kopf baumeln. Auf gleicher Höhe von Maries Kopf. Marie konnte nicht mehr. Ich spürte, wie sie langsam losließ. Sie schloss ihre Augen, während ihre Finger abrutschten.

Der Tod blieb seelenruhig liegen. „Ich bin für manche kostbarer als das Leben, meine Liebste.“ Marie fiel.

In letzter Sekunde griff der Tod ihren Arm und hielt sie fest. Jetzt zitterten meine Hände so sehr, dass ich nichts mehr damit greifen konnte. Das Bild wurde dunkel.

Der Sand hob sich wieder in die Luft. Schnell lief ich zu Phagory. Er lag mit dem Gesicht auf dem See und schluchzte. Ich legte meine unruhige Hand auf seinen Rücken. „Phagory. Wir müssen weiter gehen.“

Er drehte sich zu mir um. Ich wich zurück. Aus seinen jetzt blutroten Augen tropften rubinrote Tränen. Sie verfingen sich in seinem inzwischen komplett mit Fell überzogenen Gesicht. Sie trieften weiter auf seine Hände, die zu großen, scharfen Pranken wurden. Seine Stimme war unbeschreiblich dunkel und tief. „Lilli. Bitte! Guck nicht mehr nach unten!“

Ich nickte. Er raffte sich auf und verharrte gebückt in dem einsetzenden Sandsturm. Mit dem Kopf im Pulli wollte ich Phagory folgen und hakte meinen Arm bei ihm ein. Aber er lief nicht. Gebeugt stand er einfach nur da. Ich suchte Namos Lichtkegel. Sandkörner peitschten in meine zwangsweise geöffneten Augen. Ganz in der Ferne konnte ich ein Licht erkennen. Mit viel Kraft zog ich an Phagory und er knurrte. Aber er folgte mir.

Es dauerte lange, bis sich der Sand endlich wieder zum Boden senkte. Ich konnte schon das Ufer sehen, als der Untergrund sich erneut mit Bildern füllte. „Phagory. Wir müssen weiterlaufen. Guck nicht nach unten. Lauf einfach weiter." Ich konzentrierte mich auf mein Ziel. Unter mir begann das Lied vom Tod wieder von vorn.

Die Stimme vom Tod erklang laut und deutlich, sie drang in meinen Kopf, bis in meine Gedanken: „Guck mich an Marie. Und weil der Tod so kostbar ist, wäre er nicht noch mal zu dir gekommen."

Maries Schrei folgte. Dann ein dumpfer Schlag.

Mein Herz wurde schwer. „Warum sollst du noch weitergehen?", fragte der Tod. „Jetzt ist deine Mutter tot. Marie ist tot. Und du hast sie beide auf dem Gewissen. Du bringst den Tod, Lilli."

Ich konnte keinen Schritt mehr machen. In meinem Kopf hämmerte die Stimme des Todes und flüsterte mir in meiner eigenen Stimme immer neue verzweifelte Gedanken zu, obwohl das Ufer doch schon so nah war. Ich erstarrte. Die Schuld auf meinen Schultern war zu schwer. Tränen liefen aus meinen vom Sand gereizten Augen. Die ersten Tränen taten richtig weh. Danach war mir der Schmerz egal.

Dann packte mich Phagory mit seiner Kralle und hob mich hoch. Ich versteckte mein Gesicht im Pulli. „Gleich haben wir es geschafft, Lilli. Siehst du, was der Tod mit uns macht? Wie er uns verändert?“

Erst als er mich am Ufer absetzte, schaute ich aus meinem Pullover hervor. Phagory sah wieder normal aus. Er schrie in den Nebel: „Es lebe das Leben!“

Namos und Elegory stimmten ein.

„Das Leben! Für immer!“

26

Schnell hob ich meinen Fuß auf die sichere Seite, weg von dem schmerzenden Eisboden und von dem schrecklichen See. Der Sandsturm legte sich. Und vor uns lag eine weite, helle Wüste.

Phagorys Pranken waren wieder zu Händen geworden, das Fell war verschwunden. Er erwiderte meine Blicke und kam auf mich zu. „Wir sind in Sicherheit – jetzt haben wir es geschafft." In seiner Stimme schwang Euphorie mit. Er setzte an, mir auf die Schulter zu klopfen. Doch er stoppte seine Hand und starrte sie an, dann zog er sie wieder zurück.

Auch ich konnte die Erinnerungen nicht abschütteln, die Phagorys Veränderungen in mir auslösten. Sie brachten Erinnerungen an Mama mit sich. Und auch an Marie. „Sind wir in einer Zwischenwelt? Kann ich Mama überhaupt zurückbringen? Und was wird aus mir?", fragte ich.

Phagory schwieg.

„Und wie ist das … Muss Mama noch essen? Oder trinken?" Angst wurde das stärkste Gefühl in mir. Meine Knie zitterten.

„Geht es dir gut?" Phagory nahm meine Hand. Ich nickte und zog die Hand wieder weg. Er nahm sie zurück und drehte die Handfläche nach oben. Mit seinem Zeigefinger fuhr er meine Lebenslinie nach. Dabei verzog er keine Miene.

„Und?", fragte ich.

Phagory legte meine Hand zurück. „Das, was du gesehen hast, ist vorbei. Man kann nie sagen, ob der Kristallsee gelogen hat oder nicht."

„Kann es also sein, dass Marie noch lebt?"

Phagory nickte. Er sah von unten auf und in seinen Augen blitzte immer wieder rotes Feuer auf. „Wer ist Marie?"

„Jemand aus meinem alten Leben."

„Magst du sie?" Er sah mich lange an. Ich glaubte, seit ewiger Zeit so was wie heißes Blut in meinen Wangen zu spüren. Schnell guckte ich nach unten und klopfte den Dreck von meinen Füßen ab.

„Warum fragst du?"

Phagory stand auf und hob die Hand vor seine Augen. Jetzt ignorierte er mich schon wieder. Wieso tat er das immer wieder. „Ich glaube, er kommt."

Bei solchen Sätzen zuckte ich neuerdings unfreiwillig zusammen. „Wer kommt?" Die Frage konnte ich mir selbst beantworten. Mitten in der flirrenden Wüstenluft tauchte eine Silhouette in der Sonne auf, schob sich mit einem Stock durch den Sand und bewegte sich auf uns zu.

Der Stock entpuppte sich als Paddel, geführt von einem alten, bärtigen Mann. Der Mann stand auf einem Floß, das wiederum auf einem Fluss fuhr. Der Fluss kam zusammen mit dem Boot auf uns zu. Als der Bootsmann stoppte, schwappte das Wasser zu meinen Füßen. Auf dem wankenden Holzfloß stand eine Gartenbank.

Meine drei Begleiter warteten auf das Boot wie an einer normalen Bushaltestelle. Der Mann auf dem Floß zog seinen verbeulten Hut. Er hatte eine kreisrunde Glatze und drei Arme. Über einem engen Hemd trug er eine graue Weste und eine grau karierte Anzughose. Eine rote Krawatte hing locker um seinen Hals und sein Gesicht war gezeichnet von buschigen Augenbrauen. „Guten Tag, die Herrschaften. Was kann ich für Sie tun?“

Hinter seinen Beinen sprang ein Rauhaardackel bellend auf uns zu. Namos erhob Mittel- und Zeigefinger zum Peacezeichen. „Es lebe das Leben!“

Der Mann auf dem Boot nickte und winkte uns einladend zu. „Sehr gerne. Nur herein. Nur herein.“

Elegory setzte einen Fuß auf das Floß, der Dackel kroch knurrend rückwärts. Sein Herrchen griff ins Wasser, holte einen kleinen, zappelnden Fisch heraus und warf ihm den Hund hin. „Kerberos. Sei still. Papi muss jetzt arbeiten.“ Er klatschte sein Paddel auf die feuchten Planken. Jedem von uns reichte er beim Einsteigen in das schwankende Boot einen Arm.

Phagory half mir trotzdem hoch. Wir setzten uns auf die Bank. Ich fühlte mich unbeholfen. Der Fährmann öffnete eine Klappe im Bootsboden. Mit einem Ruck zog er einen Leierkasten nach oben. Er drehte an der Kurbel und während die Melodie von der Ode an das Leben erklang, setzte sich das Boot langsam in Bewegung. Dazu lächelte der Bootsmann verträumt und summte mit.

Nach einiger Zeit zwinkerte er mir zu und nickte zu Phagory. Dann klackerte es im Leierkasten. Wie schön. Endlich. Das Lied war vorbei. Das Boot stoppte und fuhr erst weiter, als nach einigen Kurbelbewegungen ein neues Lied erklang: „Love is in the Air."

Ich schüttelte den Kopf. Jetzt begann der Leierkastenspieler zu singen. Der nach Fisch riechende Rauhaardackel legte sich zu meinen Füßen, um sie zu lecken. Ich wusste nicht, wo ich hingucken sollte, und als Phagory auch noch mit summte und seinen Arm um meine Schultern legte, tat ich so, als würde ich stinkende Hunde mögen.

Phagory beugte sich zu mir nach unten und klang belustigt. „Da kann man ja fast neidisch werden." Seine Augen waren blau. Er konnte sich also später noch an mich erinnern.

Ich drückte den Dackel noch mal fester an mich. „Ja, ich hab' eben ein Händchen für Tiere." Phagory zog sich zurück und schaute auf den Fluss hinaus. Nach einiger Zeit konnten wir ein Ufer erkennen. Endlich.

Elegory beugte sich zu dem Dackel und mir. Der Dackel schnappte nach ihm. Elegorys Augen färbten sich rot. Der Dackel fing an zu fiepsen und pinkelte eine gelbe Pfütze vor mich.

Der Fährmann fischte seinem Hund noch einen Leckerbissen aus dem Fluss. Knackend verschwand der kleine Fisch in dem Hundemaul. „Es tut mir wirklich leid, aber Kerberos muss sich an die neue Situation gewöhnen. Jetzt, wo ihr Venustas seid, … er hat das alles noch nicht ganz verstanden."

Bis wir anlegten, redete keiner mehr ein Wort. Das regelmäßige Heranschwemmen der von uns erzeugten Wellen war einschläfernd. Endlich stoppten wir.

Das Floß wurde befestigt und wir stiegen aus. Ich wusch so unauffällig wie möglich meine stinkenden Hände im Fluss.

„Wir sind in Sicherheit! Fürs Erste! Es ist so toll, wieder hier zu sein!“ Namos wischte sich voller sentimentaler Begeisterung eine kleine Träne mit seinen großen Fingern aus dem Auge.

„Hier sieht es doch genauso aus wie dort, wo wir eingestiegen sind. Überall Wüste.“

27

Ein dicker, feuchter Nebel verschleierte meine Sicht. Er zog rauchig in meine Nase und machte alles noch ungemütlicher. In der Nähe vom Ufer standen Wellblechhütten. Blech und Eisenteile stapelten sich vor den Hütten auf Haufen. Es war dreckig und schmutzig. Und es roch nach verbranntem Gummi.

Hinter dem Nebel zeichneten sich langsam hagere, große Figuren ab, die vor den Hütten um kleine Feuer saßen. Wir gingen auf sie zu. Die Männer am Feuer starrten mich an. Ein Rothaariger mit einer hohen Stirn und auffallend großen Füßen und Händen nahm einen Stock vom Boden und kaute darauf herum.

Sie kamen näher und der Abstand zu mir, den Phagory, Elegory und Namos grade noch um mich hielten, wurde enger. Mindestens hundert Männer näherten sich. Sie schwiegen. Namos Blick war extrem ernst und angespannt. Die anderen Venustas standen auf und folgten uns schweigend.

Eine Weile gingen wir durch Sand und Staub. Die Hütten wurden weniger, die Haufen von Schrott wurden größer. Wir erreichten einen mit schwarzen Steinbrocken eingegrenzten Platz mit einem alten Brunnen in der Mitte. Die Männerhorde hinter uns hielt Abstand. Ich drehte mich immer wieder zu ihnen um. Keiner von ihnen redete.

Uns wehte so viel Staub entgegen, dass ich nicht weit sah. Aber ich konnte erkennen, dass uns jemand am Brunnen erwartete. Er winkte aufgeregt und lief auf uns zu. Durch die Staubwolke kam ein junger Mann mit dunklen Locken, breiten Schultern und einem großen, schwarzen Fleck auf seiner Stirn zu uns gerannt. Er lachte! Emotionen! Wow. Und das hier unter harten Männern.

Meine drei Begleiter lagen sich kurze Zeit später abwechselnd lachend und balgend bei dem Fremden in den Armen. „Ich dachte, ihr hättet es nicht mehr geschafft." Er umarmte Phagory als Letzten.

„Mein alter Freund Bachus, wie schön, dich wiederzusehen!" Phagory klopfte ihm lange auf die Schulter.

Namos ließ seinen Tränen freien Lauf. „Das dachten wir auch … Aber dann …" Er machte einen Schritt zur Seite und gab den Blick auf mich frei.

Der Freund wich erschrocken zurück. „Ist … Ist sie eine von …"

Phagory stellte sich neben mich. Er schüttelte kaum bemerkbar den Kopf. „Das ist Lilli. Sie ist ein Mensch."

Die Augen von Bachus färbten sich blitzschnell in rote Feueraugen. In der uns verfolgenden Menge wurde es unruhig. Elegory trat näher zu mir. „Und das Beste ist: Sie lebt!"

Jetzt waren es die Augen aller Anwesenden, die einen dunklen, lodernden Rotton annahmen. Langsam wurde der Kreis um uns enger. Ich suchte Phagorys Blick. Er war noch wilder, roter und feuriger als bei den anderen. Die Luft in meiner Nase wurde weniger, mein Atem schnellte in die Höhe. Angst. Da war sie. Die Männer um mich herum bemühten sich nicht mal, leise zu sprechen.

„Unglaublich. Wir müssen ihr davon erzählen …“

„Ein unschätzbarer Wert …“

„Lebendige Erinnerungen. Das ist die Rettung.“

„Sie sieht nicht besonders stark aus …“

Auch Elegory und Phagory flüsterten hinter mir: „Wusstest du, dass sie so reagieren?“

„Woher denn? Ich dachte, sie benehmen sich.“

Mein Herz pochte in meinen Ohren. Der Abstand zu uns war schon so gering, dass ich sie atmen hören konnte. Namos schoss mit voller Wucht eine verrostete Blechdose in die Menge. „Wie sieht es hier eigentlich aus?“ Seine Stimme klang tiefer.

Bachus zuckte zusammen und für wenige Momente wandte er sich von mir ab. Er schaute zu Namos. „Das gehört zu unserem Schutzprogramm.“ Dann wurde sein Blick wieder gierig und lag auf mir. Er kam näher an mich heran und zog seine Nase über meine Haare. Mit seiner Nasenspitze berührte er meine Stirn.

Mein Körper war steif vor Angst und Abneigung. Dem Mann an meiner Stirn lief Spucke aus dem Mund und aus seinen filigranen Fingern schoben sich unter den Nägeln Krallen hervor. An meiner Brust brannte es so stark, dass ich gezwungen war, mich zu bewegen. Das musste von dem blauen

Stein kommen, den ich Phagory zuliebe in meinen BH gesteckt hatte.

Ich sprang einige Schritte zurück, stellte mich nah an Phagory und versuchte, den Stein herauszuangeln. Er hatte sich schon abgekühlt. „Ich hab' Angst vor dem. Vor allen …", flüsterte ich.

Phagory baute sein breites Kreuz vor mir auf. „Bachus! Welches Schutzprogramm?" Als Phagory mit seiner tiefen Stimme sprach, schwangen die Muskeln auf seinem Rücken leise mit.

Bachus schien wieder aus seiner Trance zu erwachen. Seine lüsterne Starre aus dem Gesicht verschwand und er grinste. „Ja. Vielleicht wollt ihr es sehen. Kommt." Er deutete uns an, ihm zu folgen. Bachus drehte sich zu mir um. „Kleines, mutiges Mädchen. Darf ich dich tragen?" Seine Augen blitzten jetzt zwar wieder schwarz, aber ich traute ihm nicht. Ich blickte in ein Meer von Augen wie roten Kohlen.

„Nein, ich will sie tragen …"

„Nein ich …"

„Nein ich …"

Eine Prügelei brach aus. Bachus sprang mit unglaublicher Kraft in die Menge und knurrte. Sofort waren alle wieder still. Ich drückte mich vor Schreck enger zu Phagory. „Sag mal, woher kennt ihr die Typen da?"

Phagory und Elegory warfen sich einen besorgten Blick zu. „Das läuft nicht nach Plan, Lilli."

Dann nickte Elegory, und Phagory griff kräftig nach meiner Hand. Er riss meinen Arm mit voller Wucht in die Höhe. „Ich habe sie gefunden. Deswegen gehört sie mir." Ein Konzert aus bedrohlichen Geräuschen flirrte in der Luft, schmerzte in meinem Ohr.

Ich riss mich los. „Ich werde von keinem von euch getragen, betatscht oder sonst irgendwie gegen meinen Willen berührt. Hat das der letzte Höhlenmensch von euch jetzt auch begriffen?" Um meine Worte zu unterstreichen, trat ich einen Blechhaufen um.

Es war still. Es blieb still. Meine Wut wich. Meine Unsicherheit kam zurück. Bachus stand ruhig vor mir. Sein Gesichtsausdruck war leer. Nur der Nerv seiner rechten Augenbraue zuckte und auf seiner Stirn schwoll eine blaue Ader an.

Ich drehte mich zu Phagory um. Sein Gesichtsausdruck war ebenso leer wie der von Bachus. Seine Nasenflügel blähten sich auf und senkten sich ebenso kraftvoll wie bei einem Turnierpferd, das auf einen Sprung wartete.

Bachus und Phagory sahen sich starr in die Augen. Die anderen Venustas hatten ihre Köpfe auf die Brust gesenkt, und ihre Schultern hingen spannungslos in den Gelenken. Sie wirkten, als würden sie schlafen.

Bachus holte tief Luft. „Deins?"

Phagory stieß seinen Atem aus. „So ist es."

Bachus ballte seine Hand. „Mit allen Konsequenzen?"

Phagory sog seinen Atem tief ein, bevor er antworte. „Ich weiß, was das bedeutet."

28

Immer noch hielten ihre Blicke den Kontakt. Dann hob Bachus seine Hand und die Venustas schauten ihn an. Er schrie sie im Kommandoton an: „Weiter. Zum Schauplatz!“

Bachus ging voran und der Tross setze sich in Bewegung.

Nur Phagory stand starr an der gleichen Stelle. Ich stellte mich hilflos neben ihn. Ohne mich anzugucken, sprach er mit mir. Seine Gesichtsmuskeln zeichneten sich im unteren Bereich des Kinns ab. „Was willst du eigentlich, Lilli? Wenn ich dir helfe, passt es dir nicht, und wenn ich dir nicht helfe, dann auch nicht.“

Ich legte entschuldigend meine Hand auf seine Schulter.

Er schüttelte sie ab und ließ mich einfach stehen. „Ja, geh doch.“

„Er hat ziemlich viel für dich riskiert, Lilli.“ Elegory stand neben mir und sprach leise. „Er hat dich grade als sein Eigentum bezeichnet. Bachus hat aber einen höheren Rang. Er will dich auch haben. Und die Soldaten unterstehen ihm.“

Ich war nicht überzeugt. Wie konnten denn so Machos noch existieren?! Gleichgültig zuckte ich mit den Schultern. „Ich gehöre keinem.“

Elegory ließ es nicht bleiben. „Er wollte dich schützen. Gib ihm den Xaliten wieder. Ich denke, er braucht ihn jetzt eher als du.“ Dann lief er den anderen hinterher.

Ich stolperte mit und versuchte, den Zusammenhang zu begreifen. Xalit … Was war das denn schon wieder?

Ich beobachtete Phagory. Bachus drehte sich beim Laufen nach ihm um. Die Blicke, die Bachus Phagory dabei zuwarf, waren tief böse. Wir kamen an einen sandigen Platz, der aussah wie ein dreieckig angelegtes Fußballfeld.

Bachus hob wieder die Hand. Seine Armee stoppte. Dann ging er zu einem Blechhaufen und trat ihn um. Mit viel Lärm und Chaos legte er damit ein Erdloch frei.

Es war voll mit langstieligen Gewehren. Er nahm eins nach dem anderen heraus und warf jedem vierten Soldaten ein Gewehr zu.

Derjenige, der eins der Gewehre gefangen hatte, machte einen Schritt nach vorne. Bald stand eine lange Reihe bewaffneter Venustas vor uns.

Das letzte Gewehr flog in Phagorys Richtung. Namos fing es noch im Flug ab. Er stellte sich mit in die Reihe der Soldaten.

Bachus war sichtlich enttäuscht darüber. Schnell hatte er sich wieder gefangen und zog flink eine silberne Schatulle aus seiner Hosentasche, schraubte sie auf und zum Vorschein kamen kleine, zusammengerollte, bunte Blätter wie Lose einer Tombola.

Die Dose ging durch die Reihe der Bewaffneten und jeder Mann zog sich einen Zettel heraus. Öffnete ihn. Las ihn heimlich. Zerriss ihn. Und aß ihn.

Bachus stellte sich abseits von uns. Seine Blicke lagen nicht mehr auf mir, sondern auf Phagory.

Ich guckte ihn böse an. Seine Augen hatten ein so tiefes Schwarz, dass sie wie tiefe Löcher wirkten. Seine starken Schultern waren fast doppelt so kräftig wie Phagorys. Sein Kiefer bewegte sich unaufhörlich.

Bachus erwiderte meinen Blick. Mir lief ein kalter Schauder über den Rücken. Er sah mich so böse und grausam an und schob mir einen Blechhaufen entgegen.

„Bitte. Setz dich doch. So bereiten wir uns auf eine Begegnung mit dem Tod vor. Aber hoffentlich passiert das nie." Er zog eine Sanduhr aus der Tasche, stellte sich vor die Männer und drehte die Sanduhr um. „Und. Los!"

Ein blonder Junge, ungefähr so alt wie ich, warf sein Gewehr auf den Boden und sprintete los, als würde er um sein Leben rennen. Das letzte Korn der Sanduhr fiel.

Die anderen Männer setzen die Gewehre auf ihre Schultern und schrien: „Der Tod ist tot. Es lebe das Leben!"

Dann schossen sie.

Der Rennende wurde mehrere Male getroffen und sank leblos zu Boden. Ich sprang auf. Meine Knie zitterten. Meine Stimme überschlug sich. „Oh Gott. Er ist tot. Was macht ihr denn?!"

Bachus packte die Sanduhr gelassen wieder in seine Tasche. Dann applaudierte er. „Nicht bei uns. In unserer Welt kann keiner sterben."

Er nickte von unten herauf zu Phagory. „Leider."

Der Getroffene rappelte sich wieder auf und klopfte sich den Staub aus seinen Hosen. Bachus zeigte stolz auf den schwarzen Fleck auf seiner Stirn. „Die Kugeln können nur Spuren hinterlassen."

„Das ist so bescheuert. Warum macht ihr so was?"

Phagory schlug sich die Hand vor die Stirn. Bachus nutze die Gunst der Stunde und kam näher an mich heran. „Was genau?"

„Euch beschießen. Ihr macht das jeden Tag?"

Bachus wirkte gekränkt. „Ja. Dreimal."

„Das ist saudämlich."

Hinter mir stöhnte Phagory.

Bachus drehte sich zu Phagory um und musterte ihn. Seine Augen wurden blutrubinrot. Dann beugte er sich so nah an mein Ohr, dass ich seinen Atem spürte, der sich bei jedem Wort erneut durch meine Ohrmuschel drücken wollte. „Also, wenn du das so siehst, dann …"

Er roch anders. Anders als Phagory.

Bachus drehte sich zu Phagory um. „Ich möchte gerne wissen, wie du das siehst, Phagory. Findest du das auch?"

Phagory trat nach vorne und stellte sich neben mich. Er schwieg.

Bachus kam in Fahrt. „Warum so still, mein Freund? Haben wir uns nicht immer alles gesagt? DEINS hat gesprochen."

„Bachus. Sie ist neu hier. Sie kennt sich nicht aus. Sie weiß nicht, wie es läuft."

Bachus sprang Phagory an die Kehle und drückte zu. Phagory sank in die Knie. „Mit allen Konsequenzen. Deins. Und ihr beide, ihr seid eine Gefahr für uns. Für das Leben. Ich werde dich bestrafen und deins zu meinem machen."

Er brüllte laut. Seine Soldaten stampften mit den Füßen. Namos und Elegory halfen Phagory nicht. Sie hatten ihre Köpfe gesenkt.

Ich schrie, so laut ich konnte. „Ihr wollt dem Leben gefallen?“ Das Fußstampfen der Soldaten verstummte. „Ich kann euch helfen!“

Bachus ließ von Phagory ab und kam zu mir. Phagory rang nach Luft und lag auf dem Rücken. Er stützte sich auf seine Ellenbogen. Bachus baute sich neben mir auf. „Und wie?“

„Ich weiß, dass du das Leben für dich haben willst. Du allein. Und ich bin der Schlüssel dazu.“ Bachus Augen glänzten. In seiner Armee dagegen brach Unruhe aus:

„Nein. Ich werde sie heiraten!“

„Neeeein! Ich!“

Unzählige Venustas wurden wütend. Jetzt löste sich Namos aus der Gruppe und begann, Bachus zu umkreisen. „Er will sie uns wegnehmen!“

Immer mehr Soldaten folgten seinem Beispiel und bedrängten Bachus. „Du willst das Leben für dich allein haben!“

Bachus hob die Hände, um Ruhe zu schaffen.

Es gelang ihm. „Meine lieben Brüder! Bitte schaut euch an, was wir geschafft haben! Wir haben ein Lager gebaut. Unseren Vater verlassen. Schaut euch an. Wie schön ihr seid.“

Ich trat ein Stück näher. Holte tief Luft. „Genau. Schaut euch an. Und schaut ihn an. Wer wird das Leben bekommen?

Ich würde jedem von euch dabei helfen. Wir könnten gemeinsam gehen. Ich habe viele Erinnerungen … Aber würde Bachus diese Erinnerungen mit euch teilen?“

Alle Augen wurden rot.

„Und? Bachus? Wie entscheidest du dich? Wem von euch soll ich helfen? Denen? Oder dir?“, fragte ich.

Bachus ließ sich vor mir auf den Boden sinken und landete auf den Knien. Dann griff er schnell nach meinen Händen und vergrub sein Gesicht darin. Er schluchzte leise.

Ich suchte Phagorys Blick. Der verdrehte die Augen und schüttelte den Kopf.

Bachus weinte lauter in meine Hände. „Bitte nicht so eine Entscheidung! Wir haben uns hier versammelt, aber wissen nicht weiter. Überall ist es so gefährlich. Wir wollen ja dem Leben helfen. Der Tod ist stark. Ich will, dass das Leben einmal stolz auf mich ist.“

Er stand auf, wischte sich echte Tränen aus den roten Augen und wandte sich an seine Soldaten. „Wir haben es versprochen!“ Seine Männer ließen sich auf den Boden sinken.

„Was sollen wir nur tun?“

„Wir wollen sie doch nicht enttäuschen.“

„Das Leben wird uns nie wieder lieben.“

Bachus kniete sich vor mich hin. „Bitte Lilli. Wenn du uns helfen kannst, dann hilf uns!“

Namos und Elegory ließen sich jetzt auch auf den Boden zu den anderen Soldaten fallen. Nur Phagory blieb stehen und sah mich an. Seine Lippen formten ein Nein. „Wir wollen doch alle, dass der Tod keine Macht mehr hat."

Ich zögerte. „Ja, ich glaube, ich kann euch helfen."

Ich beugte mich zu dem heulenden Anführer hinunter und klopfte ihm auf die Schulter. Eigentlich wollte ich etwas Cooleres machen, aber mir fiel nichts ein.

Dann wandte ich mich an die anderen. „Okay ... Leute. Wir müssen den Tod stoppen. Wie können wir das am besten? Wenn wir ihm da wehtun, wo es am meisten schmerzt. Bei seinen Opfern. Wir nehmen ihm die Toten weg, bevor er sie ins Totenreich bringen kann. Wir stürzen diesen Zug. Und unterbrechen so die Kette. Ihr könnt das dem Leben erzählen. Ich nehme mir das, was ich brauche. Und gehe nach Hause."

Elegory sah zuerst unter den sitzenden und knienden Venustas wieder auf und wandte sich nach einem kurzen Lächeln an die Menge. „Das Leben würde sich über die Toten freuen, sehr sogar. Es könnte den Saft des Lebens brauen. Vielleicht kann man damit den Tod vernichten ... und das Leben heiraten."

Ich erschrak mich über seine Worte. „Sag das nicht. Meine Mutter ist nicht tot. Sie lebt!"

Phagory meldete sich mit verschränkten Armen. „Wie soll das funktionieren? Das hat noch niemand geschafft."

Ich verschränkte ebenfalls meine Arme. „Genau deswegen braucht ihr mich. Das Leben liebt mich, weil ich lebe! Wir warten auf den Zug. Laufen dagegen. Und werfen ihn um."

Jubel brach aus. Ich versuchte zu begreifen, was hier vor sich ging – vergeblich.

Dann räusperte ich mich. „Folgt mir. Und wenn ihr nicht mitkommt, mache ich das allein. Ich bin unbesiegbar, Baby! Ich habe schon viele Züge gestürzt!"

Der Jubel steigerte sich. Nur Phagory sah mich mit hochgezogenen Augenbrauen an. „Hast du etwa schon einmal einen Zug gestürzt?"

Ich ignorierte ihn und feuerte die Menge weiter an. „Glaubt mir, wir schaffen das. Ich … Ich bin schließlich ein Mensch!"

Bachus kniete immer noch vor mir. Er küsste meine Hand.

„Willst du unsere Anführerin sein?"

29

Das war ein sagenhaftes Gefühl. Ich griff nach einem Stück Eisen. „Ja. Von mir aus!"

Bachus sprang hoch. „Ich werde berechnen, wann wir den Zug erreichen können." Die anderen Venustas setzten sich ebenfalls in Bewegung. Sie belagerten mich, aber mir machte das nichts mehr aus. Phagory wandte sich ab und ging.

Ich sah ihn erst wieder, als es dunkel wurde. Er saß auf dem Boden an einem Feuer und schlug ein Stück Blech mit einem Stein glatt. Er schaute nicht einmal auf. Ich setzte mich neben ihn. „Was machst du so?"

Er deutete mit dem Kopf hinter sich. Zwei Blechknieschoner lagen hinter ihm. „Eine Rüstung."

„Sieht aber klein aus."

„Die ist für dich. Du weißt nicht, mit wem du dich anlegst … Anführerin."

Das klang spöttisch. Ich rückte näher. „Meinst du, weil es der Tod ist?"

Phagory blickte hoch. „Du glaubst immer noch nicht, dass er existiert?"

„Nein. Ich habe akzeptiert, dass es ihn gibt. Aber ich kann ihn besiegen. Er hat mir meine Mama genommen. Ich tue alles für sie. Nur …" Ich zögerte. „… Wenn hier keiner sterben kann, warum wollt ihr den Tod haben?"

Phagory verzog sein Gesicht und fasste sich an die Brust. „Er ist schlecht. Durch ihn habe auch ich meine Mutter verloren. Aber ich kenne jemanden, der noch schlechter für dich ist."

„Ach ja, und wen?" Schritte näherten sich und Phagory verstummte.

Bachus kam zu uns. Er lächelte mich an und hielt mir ein Paar neue weiße Lederschuhe und ein fliederfarbenes Leinenkleid entgegen. „Es ist nicht das, was du verdienst, aber es ist leider das Einzige, was ich in der Schnelle für dich organisieren konnte. Wir haben dir ein eigenes Haus gebaut, wenn du magst, mach dich frisch!"

Er deutete ein Stück weit weg von uns auf eine silberne Hütte. Sie glänzte im Feuerschein und sah viel besser aus als alle anderen Bretterbuden.

Ich richtete mich auf und begutachtete mein neues Haus. Bachus folgte mir mit gehörigem Abstand. Eine Wassertonne stand vor dem Eingang.

„Reines Silber. Ich hoffe, dein Bett ist weich genug. Sieh dich um. Ich lasse dich jetzt allein. Wir möchten später ein Fest für dich geben." Dann ging er weg.

Das Haus war aus Schrott. Aber sehr einfallsreich gebaut. Da war eine verbeulte Blechschüssel, über der eine verrostete Gießkanne an einem Draht baumelte. Die Konstruktion aus Blech und Stoffen war wohl mein Bett.

Ich versuchte, erst mal zu duschen. Das klappte erstaunlich gut und ich zog anschließend das Kleid an. Meine Jacke mit den vollen Taschen, mit dem Foto und dem Stein von Phagory, ebenso wie den Nagellack hängte ich vorsichtig an ein hervorstehendes Blechstück.

Der Stein begann zu blinken. Er fiel mir vor die Füße. Ich nahm ihn hoch. Er glänzte und schimmerte in verschiedenen Blautönen.

„Na du Stein? Wie heißt du denn?“ Er antwortete nicht.

Ich sah an mir runter. Das neue Kleid hatte keine Taschen. Und es war durchsichtig. Ich musste mir draußen aus der Tonne neues Wasser holen, um die Unterwäsche zu waschen. Dabei fiel mein Blick auf den Platz, an dem Phagory gesessen hatte.

Phagory war weg. Aber meine Rüstung glänzte mir entgegen. Schnell zog ich sie über.

30

Schon von Weitem trug der Wind Leierkastenmusik vom Marktplatz heran. Bachus lief auf mich zu und in seinem Gesicht spielte sich eine Tragödie ab. „Oh, passt dir mein Kleid nicht?"

„Die Rüstung ist einfach sicherer."

„Aber meine Schuhe hast du an!"

„Die sind auch wirklich das Beste, was meinen Füßen passieren konnte."

Wir liefen los und kamen bald am Marktplatz an. Bäume standen in einem Dreieck gepflanzt. Auf dem Boden reihten sich Holzfässer aneinander. Bachus riss einige vertrocknete Blätter von einem Baum ab und faltete sie so geschickt, dass daraus ein Becher wurde. Er zog aus einem kleinen Loch am Fass ein Stöckchen und ließ weißen Sirup in den Becher rinnen. Randvoll gab er ihn mir. Dieser Sirup roch süß und schmeckte auch so.

„Trink nicht zu schnell. Das ist Scheinkrautsirup." Dann klatschte er. Alle wandten sich ihm zu. Und Phagory? Hinten im dunklen Winkel sah ich ihn. Ich ging ein paar Schritte auf ihn zu und verfluchte dabei das Klappern meiner Rüstung. „Lilli! Warte! Bleib bei mir! Wir wollen dich feiern."

„Sorry, Bachus, ich kann jetzt nicht." Er knurrte.

Ich drehte mich zu ihm um. Seine Augen waren feuerrot und seine Fäuste geballt. „Ich habe gesagt, ich kann jetzt nicht!" Eilig ging ich weg von ihm zum hintersten Winkel dieses Platzes.

Phagory stand auf und seine Augen duellierten sich wieder mit Bachus, bis ich bei ihm angekommen war. Umständlich setzte ich mich mit der Rüstung hin.

Er tat es mir nach. „Du musst sie doch nicht abends tragen, Lilli." Er löste mit seinen Fingern die Fäden, die den Schutzpanzer aus Blech um meinen Oberkörper zusammenhielten.

Ich rückte enger an ihn. Dann öffnete ich meine Hand. Der Stein sah im Dunkeln unspektakulär aus. „Ich glaube, du brauchst ihn eher als ich."

Phagory schloss meine Hand blitzschnell. „Keiner von denen darf wissen, dass du ihn hast. Er ist der beste Schutz."

„Und was ist mit dir? Wer beschützt dich?"

Phagory schüttelte lachend den Kopf. „Das sind meine Brüder. Egal was passiert, Blut ist dicker als Wasser."

„So richtig, deine Brüder?"

„Ja, wir haben alle die gleiche Mutter. Sozusagen … und den gleichen Vater."

„Wo ist er? Dein Vater?"

Phagory stand auf. Sein Becher war leer. „Willst du auch noch was trinken?"

Ich kippte meinen vollen Becher mit Scheinkraut aus. „Wasser bitte. Ich fühle mich jetzt schon benebelt."

Phagory griff nach meinem Becher. „Beneidenswert. Ich werde dich zu deiner Hütte bringen. In ein paar Stunden soll der Angriff starten."

„Bin ich nicht die Anführerin? Ich habe das nicht entschieden."

„Du hast Bachus erlebt. Bitte tu uns den Gefallen und sieh deine einzige Aufgabe morgen darin, alles sicher zu überstehen. Da reicht es schon, dass du ein verletzlicher Mensch bist. Anführerin ist nicht nötig." Er half mir auf und trug den oberen Teil meiner Rüstung hinter mir her. Mein Kopf drehte sich. Ich konnte nicht klar denken, wo ich hinlaufen wollte.

Phagory hielt mir seinen Arm entgegen. „Lilli. Du musst hier aufrecht durchgehen. Bachus darf nicht bemerken, wie es dir geht. Er will dich besitzen. Er ist gefährlich."

Bachus winkte uns freundlich zu. „Lilli, mein Schatz. Komm doch zu mir!"

„Später."

Bachus stellte sich auf eine Blechtonne und hob seinen Becher. „Liebe Brüder. Ich habe eine wichtige Mitteilung für euch. Ich trete als Anführer zurück und mache Platz für Lilli." Er verbeugte sich weit vor mir. Dann sprang er von der Tonne und warf seinen vollen Becher hinter sich. Phagory und ich sahen uns ratlos an.

„Verstehst du das?", fragte ich.

Phagory schüttelte den Kopf. Dann nahm er mich in den Arm und stütze mich. Und im Schein des Feuers standen wir bald vor meiner Hütte.

„Mir ist so übel!“ Ich wankte.

Phagory zog ein Brot aus seiner Tasche und gab es mir. „Geh schon mal rein. Bin gleich wieder da.“

Ich tat, was er sagte. Ließ mich ins Bett fallen. Versuchte vergeblich, meine Blechknieschoner loszuwerden und auch das geschenkte Brot. Das konnte ich nicht essen. Sobald ich meine Augen schloss, hämmerte eine sich drehende Spirale auf meinen Kopf ein. Wenn ich sie öffnete, wurde mir immer übler. Kurz bevor ich auf allen vieren aus dem Bett kroch, kam Phagory zurück und reichte mir einen Becher.

„Trink das. Gleich gehts dir wieder gut.“ Er setzte sich neben mich und flößte mir das Gebräu ein.

„Ekelhaft!“ Ich würgte.

„Aber es hilft.“

„Phagory, kannst du mir bitte Wasser holen? Von draußen?“

31

Als er mit einer vollen Gießkanne zurückkam, hatte mein Kopf sich schon beruhigt. Ich wusch mein Gesicht und fühlte mich, als hätte ich 12 Stunden geschlafen.

„Kannst du bei mir bleiben?“, fragte ich.

Phagorys Augen wurden rot. Sanft küsste er mein Gesicht und ließ seine Lippen auf meinen Hals gleiten.

„Du bist so schön“, flüsterte ich.

Draußen wurde es unruhig. Phagory sprang sofort auf und stellte sich auf Lauerposition an die Tür. Ich ging auf Zehenspitzen hinterher. Vor der Tür flüsterten Stimmen.

„Lass das, das ist zu gefährlich.“

„Ich muss sehen, ob sie wirklich noch da ist!“

„Ich gehe wieder, mir wird das zu heiß.“

„Sie muss es bekommen.“

Phagory riss die Tür auf und stürmte hinaus. Es ging so schnell, dass ich erst nicht begriff, was geschah – dann lag Phagory auf einem der sieben Venustas und würgte seine Kehle.

Um die beiden herum tausend kleine gelbe Blüten. „Was willst du von Ihr?“

„Nichts.“

Phagory drückte fester zu. Es hörte sich an, als würde er die Zähne fletschen.

Der andere Venustas schrie auf und der Boden färbte sich rot.

„Ist das Blut? Was tust du?“ Ich schubste Phagory runter.

Seine Lippen waren blutverschmiert und seine Augen färbten sich langsam wieder von Rot zu Blau. Ungläubig wischte er sich das Blut von den Lippen.

Ich kniete mich neben meinen vermeintlichen Feind. Er hielt sich schreiend die Hand auf die linke Kopfseite. Neben ihm lagen verschieden große Stücke von hellrotem Fleisch. Ein Ohr!

Phagory näherte sich langsam dem verletzten Venustas und berührte ihn sanft. Aus einer großen Wunde spritze Blut. Phagory schob vorsichtig die gelben Blumen zu einem Haufen zusammen, und mit der anderen Hand strich er dem Jungen über die Wangen.

Dann spuckte er in den Blumenhaufen und drückte ihn mit der Handfläche platt, bis Saft herauskam. „Haltet ihn fest. Bitte.“

Die sechs anderen Venustas fixierten Phagorys Opfer. Mit voller Wucht schleuderte Phagory den Blumenklumpen auf die Wunde.

Der Verletzte brüllte, aus seinen dunkelroten Augen sprühten Funken. Er bäumte sich auf, knurrte, fletschte die Zähne und trat um sich. Dann riss er sich los. Er wuchs. Seine Fingernägel wurden zu spitzen, schwarzen Krallen. Aus dem Rücken falteten sich pergamentene Flügel. Seine Stimme wandelte sich und bewegte sich auf einem einzigen tiefen Ton: „Warum Bruder?“

Er schwang sich mit seinen Flügeln in die Luft und mit jedem Flügelschlag trat eine weitere Veränderung ein. Auf seinem Rücken wuchsen Haare. Seine Nase wuchs und wurde breit. Jetzt flog er zwei Meter über uns.

Phagory warf sich über mich und nahm mir so die Sicht. Dicht neben uns hörte ich einen schweren, dumpfen Aufprall.

Phagory atmete lange aus, dann rollte er sich von mir runter. Einige Zentimeter von mir weg lag der Venustas auf dem Bauch. Er hatte seine Augen geschlossen und seine Flügel falteten sich wieder zusammen und wuchsen in seinen Rücken ein, bis sie nicht mehr zu sehen waren. Ihm wuchs ein Ohr. Genau da, wo es hinsollte.

Dann wachte er auf. Und sah aus, als wäre der Kampf nie geschehen. „Man! Ich wollte ihr nur Gelbkraut bringen. Sie kann ja sterben. Idiot!"

Der eben noch verletzte Venustas klopfte sich munter den Staub aus den Hosen und grinste Phagory an.

Phagory half ihm hoch. „Es tut mir leid. Bruder."

„Komm mal wieder klar. Ich stehe auf das Leben, nicht auf deine Kleine!"

Phagory kniff seine Augen zusammen und lächelte schief. Dann tat er das, was er immer tat, wenn er nicht weiterwusste. Er redete über das Wetter. „Die Sonne wird bald aufgehen. Machen wir uns für den Aufbruch fertig."

Und wirklich. Nach einigen Minuten stieg eine leuchtende rosa Scheibe empor. An diese Pastellsonne in der Zwischenwelt hatte ich mich noch nicht gewöhnt.

Ich musste Phagory was fragen. „Das, was ich grade gesehen habe, kam das vom Scheinschleierkraut?“

„Was hast du denn gesehen?“

„Da war ein Tier.“ Er strich mir über den Kopf.

Schweigend beobachteten wir den allerschönsten Sonnenaufgang meines Lebens. „Ob Mama vom Zug aus auch grade den Sonnenaufgang sieht?“

Ich erwartete keine Antwort.

Bald! Bald würde alles wieder so wie früher sein.

32

Die Sonne hatte ihren letzten Pastellschimmer verloren. Schon musste ich mein erstes eigenes Haus wieder verlassen. Die ersten Venustas krochen aus den Hütten. Gesang und Gelächter schallten herüber. Ich platzte fast vor Anspannung. Phagorys Blick war in die Ferne gerichtet. Ich drückte mich näher an ihn. „Kannst du mir deinen Plan leihen?“

„Was?“ Entsetzt starrte er mich an.

Ich stand auf und klopfte mir die Beine ab. „Scherz. Hilfst du mir, die Rüstung anzuziehen?“

Er strich mein Kleid am Rücken glatt und während ich die einzelnen Metallteile überstreifte, begann er, kleine Schleifchen zu binden. „Warte! Ich muss noch meinen Pulli holen!“

Das Foto und den Nagellack stopfte ich zurück in die Taschen, zog den Pulli an. Den blauen Stein, diesen geheimnisvollen Xaliten, hielt ich Phagory entgegen. „Das ist deiner. Nimm ihn wieder. Er hat mich gestern fast verbrannt.“

Phagory schob meine ausgestreckte Hand zurück. Seine Augen funkelten feuerrot. „Lilli! Wann? Wann war das?“

„Gestern, als dein wahnsinnig netter Freund Bachus mich fressen wollte.“

Er sprang hoch. Seine Augen brannten in lodernden Flammen. Seine geballten Fäuste wurden größer, als seine Fingernägel Krallen hervorbrachten.

„Kannst du das bitte mal lassen? Das macht mir Angst, Phagory."

Er hielt mir drohend einen seiner Krallenfinger entgegen. „Du legst den Xaliten sicher an deine Haut zurück. Jetzt!"

Ich steckte den Xaliten wieder zurück. Er drückte sich kalt und hart an mich. Mein Magen drehte sich vor Aufregung. Ich holte tief Luft und trat vor die Tür.

Alle Venustas standen vor mir, die gesamte Truppe. „Es lebe das Leben!" Rund hundert Hände streckten ein Peacezeichen in die Luft. Mein Hals schnürte sich zu bei all den Erwartungen, die auf mir lagen, und ich verschwand im Haus.

Ich lehnte mich an die Wand aus Blech. Schnappatmungen schluckten meine Gedanken. Meine Knie waren weich. Dann trat ich wieder vor sie.

Alle starrten mich an. Ich versuchte, aus meinen Händen zwei Finger nach oben zu strecken. Es waren die Falschen. „Hi!"

Es blieb erwartungsvoll still.

„Also dann. Bachus? Kann Bachus mal bitte zu mir kommen?" Ich wollte nicht mehr Anführerin sein. Nichts regte und rührte sich. „Bachus? Ich habe ein Jobangebot für dich."

Anstelle von Bachus kam ein wutschnaubender Phagory zurück. „Er ist weg. Bachus ist weg."

„Was machen wir jetzt?"

„Lilli. Das ist nicht gut. Ich kann dir nicht sagen, was er vorhat. Aber unser Plan steht. Wenn wir uns beeilen, schaffen wir es, den Zug im Wald abzufangen, falls Bachus uns nicht in die Quere kommt."

„Ich habe keine Ahnung von irgendwas hier. Ich will einfach nur meine Mutter."

Phagory schnaubte. „Lilli! Wir zählen alle auf dich. Du lebst! Du bist einzigartig. Und wir retten jetzt deine Mutter."

„Okay. Dann Männer … Lasst uns gehen! Phagory? Du weist uns den Weg!" Ein sehr eigenartiges Gefühl von Macht und Hochmut, beflügelte mich.

Ich war wer. Hier. In einer sandigen Wüste mit einem Gefolge. Und wir waren stark.

Stärker als der Tod.

33

Die Wüste zog sich. Lange und trockene Weiten lagen vor uns. Wir passierten Hügel um Hügel. Die Sonne stand nun hoch am Himmel und brannte auf den Haaren.

Und dann mittendrin im Sand und im Nichts tauchte ein Tor auf, mit Torbogen und zwei Flügeltüren. Drumherum, davor, dahinter, überall sonst war sandige Wüste. Als wir davorstanden, sah es alt und schäbig aus.

Phagory strahlte. „Dahinter liegt das Reich des Lebens."

„Und wo sind wir grade?"

„In der Zwischenwelt, an der Grenze zwischen dem Reich des Lebens und dem Reich des Todes." Phagory spuckte nach dem Satz auf den Boden.

„Und der Tod? Er lässt den Zug hier durchfahren? Durch das Reich des Lebens?"

Phagory lachte verächtlich. „Der Tod nimmt sich, was er will. Ob es ihm gehört oder nicht." Er sog einen großen Schluck aus der Wasserflasche und spülte sich den Mund aus.

„Und was sagt das Leben dazu?"

„Das Leben ist dagegen machtlos. Es kann nur immer wieder versuchen, seine Attentate abzuwehren."

„Aber …"

Phagory drehte sich zu den Venustas um, ohne mir weiter zuzuhören. „Elegory, willst du das Tor öffnen?"

Elegory guckte erst irritiert, doch dann schien er zu begreifen. Er zog seinen Xaliten aus seinem Hemd und hielt ihn nah an das Tor. Knarrend öffnete es sich.

Stimmen von Millionen Vögeln erklangen. Der Duft von Wundern, von Magie und Magnolien schlug uns entgegen. Das geöffnete Tor gab den Blick auf einen Wald frei. Jeder Baum war groß und stark und bildete zusammen mit den anderen eine grüne, dichte Wand.

Zwischen den Bäumen lag ein heller gepflasterter Weg, an dessen Rändern sich ein Fluss von bunten Steinen bewegte. Er sah aus wie ein fließender Regenbogen, der sich immer wieder in neuen Farben erfand. Links neben dem Eingang war eine Felswand. An den einzelnen Felsvorsprüngen entsprangen viele kleine und größere Wasserfälle und unterlegten mit ihrem Plätschern den Vogelgesang. Jetzt war der ganze Weg in dieses Paradies frei.

„Wie wunderschön es hier ist!“ Ich stellte mich nah an die Felswand, um diese unglaubliche Gegend genau einzuprägen. Die bunten Steine rollten übereinander, ohne jegliche Ordnung. Sie waren immer in Bewegung.

Weitere Venustas marschierten durch das Tor und stellten sich vor der Felswand auf. Jetzt erst erkannte ich die Besonderheit der Wasserfälle: Sie flossen von oben nach unten und wieder zurück. Zwei gleich große Ströme bewegten sich hin und her, tauschten sich aus, aber berührten niemals den Boden.

„Lilli? Lilli!“ Das Tor schloss sich wieder. Der Letzte, der durchging, versiegelte es mit einer Berührung seines Xaliten. Alle Venustas standen nun groß und stark vor der Felswand.

Phagory deutete auf die Kronen der riesigen Bäume. „Wir müssen oben weitergehen.“

„Ganz oben? Sollen wir da etwa hochklettern?“

„Alles andere ist zu gefährlich.“

„Ich bleibe lieber auf dem Boden. Was ist mit dem schön gepflasterten Weg und dem Fluss?“

Phagory nickte mir aufmunternd zu. „Du gehst vor.“

Der Regenbogenfluss schob sich nach vorne. Ich setzte meinen Fuß auf den ersten Stein. Er rollte weiter. Den zweiten Stein erreichte ich nur knapp – und fiel. Mühsam rappelte ich mich hoch und kämpfte mich über die sich bewegenden Steine voran.

Langsam kam ich auf dem Weg an. Meine Füße sanken nach unten ein in ein weiches Gummi, das sich wie Schleim um die Füße legte.

„Gehen wir oben lang.“ Phagory sprang mit einem eleganten Satz über den Fluss und den Weg. Er hielt mir seine Hand entgegen, während die anderen Venustas ihm leichtfüßig folgten.

Die Baumgiganten hatten kleine und große Triebe von den Seiten abstehen. Daran konnten wir die ersten Meter wie an einer Leiter hochklettern. Dann begannen meine Beine zu zittern. Es wurde mir zu hoch.

„Lilli, du darfst nie daneben treten.“ Zu spät. Mein Fuß rutschte ab und schlug gegen den Baumstamm.

Im Baum bewegte sich etwas, er zitterte. Dann trat aus der Baumrinde gelber Schleim aus. Er tropfte von oben auf uns runter. Er lief über die Hände und die Füße, denn auch die Sprösslinge fingen an, Schleim abzusondern.

„Schneller!" Phagory zog mich zu sich hoch und nahm mich huckepack. Einige Sekunden schwebte ich frei in der Luft. Ich schrie. Ein kalter Schauder lief über meinen Rücken und verschwand auch nicht mehr, als ich Phagorys warmen Körper unter mir spürte. Ich traute mich nicht, nach unten zu sehen.

Unsere Truppe kletterte schnell. Es wurden nach oben hin immer weniger Triebe zum Klettern, aber der Schleim nahm ab. In den Wipfeln des Baumes verharrten die Venustas. „Du musst sagen, wie es weiter geht, Lilli!"

Mir war so unglaublich elend. Meine Arme waren schwer und ich hatte wahnsinnige Höhenangst. Flüsternd hoffte ich, dass Phagory mich verstehen konnte. „Das, was du denkst."

Er nickte kurz und rief laut in die Baumkrone: „Lilli will, dass wir über den Baumweg weitergehen. Wir warten beim fünften Baum auf den Zug. Dann verfolgen wir ihn parallel bis zur Lichtung!"

Die Venustas sprangen auf die nächsten Bäume und landeten in den Baumkronen.

„Phagory. Was machen wir?"

„Wir klettern. Das haben wir immer schon gemacht. Auch damals." Hinter uns rauschte es. Schwere Schwingen durchschlugen die Luft. „Elefanten von links."

Ich drehte mich zur Seite. Da war nichts.

„Links Lilli.“ Sieben dicke Elefanten schwebten auf uns zu. Sie hatten große, gefederte Flügel. Die Venustas drückten sich dichter an die Äste und Zweige. Trompetend strich einer der Elefanten den Ast über uns. Ein Nest fiel auf mich.

„Oh nein, Nein. Nimm das weg. Ich hasse Vögel. Bitte! Weg damit!“ Ein Venustas mit glänzender Glatze nahm mir das Nest vorsichtig vom Kopf. Im Nest saßen drei kleine, quiekende Quallen. Sie schimmerten durchsichtig blau und ihre Kulleraugen sahen mich fragend an.

Ich nahm dem Venustas das Nest wieder weg. „Hallo ihr Kleinen! Ihr seid ja süß. Kommt zu Tante Lilli.“

Phagory seufzte. „Lilli. Du kannst sie nicht behalten!“

„Warum?“

„Weil sie eine sehr aggressive Mutter haben. Gib mir das Nest.“ In dem Moment schaltete sich zwischen den Zweigen das Licht an. Blaues Licht mit Augen. Aus den Zweigen löste sich eine Riesenqualle. „Lass das Nest fallen. Jetzt.“, rief Phagory.

„Du spinnst. Ganz bestimmt nicht.“

Ein Venustas riss es mir aus der Hand und schleuderte es weg. Die Riesenquallenmutter schoss dem Nest hinterher und verschwand in der Tiefe.

„Tickt ihr noch sauber? Jetzt sind die tot.“, stöhnte ich auf.

„Lilli. Hier kann keiner …“ Phagorys Satz wurde durch drei kleine Explosionen beendet. Blauer Staub stieg fast bis zu uns hoch. Mit der vierten, großen Explosion erreichte die blaue

Staubwolke auch uns. Phagory zuckte mit den Schultern. „Sie leben jetzt als Blumen weiter.“

Oben über uns in der Krone wurde es lauter. „Der Zug kommt!“

Phagory drehte sich um, damit wir zum Tor sehen konnten. Langsam hatte ich mich an den Blick aus dieser Höhe gewöhnt. Das Tor barste auseinander in unzählige Teile. Der Zug donnerte hindurch. Als seine Waggons alle auf der Seite des Lebens standen, stoppte der Zug mit lautem Quietschen. Er schien auf dem Regenbogenweg abzubremsen. Hinter dem Zug setzte sich das Tor Stückchen für Stückchen wieder zusammen. Die vordere Tür öffnete sich und ein Schaffner stieg aus. Er zog irgendwas aus seinen Taschen und setze es an die Zugräder.

„Das sind die Magnete. Mit denen fährt der Zug über den Steinfluss.“, erklärte Phagory.

„Woher weiß ich, dass es der richtige Zug ist?“

Phagory wandte sich an den Quallenmörder. „Kannst du mir deinen Xaliten geben?“

„Hast du keinen eigenen?“ Phagory streckte ihm seine Hand entgegen. Der Venustas gab ihm murrend seinen Xaliten.

Phagory wiederum reichte den blauen Stein an mich weiter. „Guck dir den Schaffner an.“

„Soll ich das durch den Xaliten tun?“ Ich sah mit einem Auge hindurch und richtete ihn auf den Boden aus. Er zeigte die Umgebung gestochen scharf. Die Fenster des Zuges waren verspiegelt. Ich scannte den ersten Wagen. Den zweiten Wagen. Den dritten Wagen. Daneben stand der Schaffner.

Er war es. Er hatte Mama und mich so brutal getrennt. Dieses rot leuchtende Gesicht und die drei Arme so dicht nebeneinander … Seinen Anblick hatte ich nicht vergessen. „Es ist der richtige Zug."

Ich gab den Xaliten zurück. Dabei strich ich zu nah an dem Xaliten in meinem BH vorbei. Er wurde eiskalt.

„Heiß oder kalt?" Phagory entging nichts.

„Eiskalt."

Phagory nickte. „Kannst du Anweisungen geben?"

„Mach du lieber. Ich übernehme wieder auf dem Boden."

Phagory schrie: „Wir verfolgen den Zug. Sobald er die Lichtung erreicht, gehen wir zu Boden." Die Reise durch die Baumwipfel ging weiter. Der Zug ratterte langsam über das Regenbogensteinfeld. Immer wieder sprang ein Magnet von einem Rad und musste von dem schimpfenden Schaffner neu angesetzt werden. Von Weitem konnten wir die Lichtung schon sehen.

Plötzlich hielten die Venustas in ihrem Baum-Jumping inne und wurden still. Sie horchten. Einige zogen ihre Xaliten aus den Hemden und drückten sie an ihr Ohr.

Phagory beobachtete die anderen. Er flüsterte: „Bachus. Dieser Mistkerl."

„Ist er hier?"

Phagory schüttelte den Kopf. „Er nicht. Aber sehr alte Freunde. Aus seinem früheren Leben. Dieser Verräter."

Ich verstand nicht.

Phagory richtete sich an seine Freunde: „Lilli sagt, wir müssen hier runter. Lasst sie uns erledigen!“

Siegesschreie halten durch die Luft: „Es lebe das Leben!“

„Zerschlagen wir die Drecksäcke.“ Und schon begann eine steile Kletterpartie nach unten. Um mich herum färbten sich die Augen rot. Phagorys Krallen wuchsen. Mit Mühe hielt ich mich fest. Meter für Meter wurden die wilden Venustas schneller, weil sie ihre langen Krallen nutzten. Der Baum schleimte, doch das behinderte sie nicht mehr. Von Phagorys Rücken aus beobachtete ich, wie sie sich mehr und mehr in einen Rausch hineinsteigerten.

34

Phagory setzte mich auf dem Waldboden ab. Dicke Wurzeln und weiches Moos zogen sich über die Erde. Bei jedem Schritt knackte und krachte das Unterholz.

Und dort war noch etwas: Es zischte und klapperte nicht weit von uns. Anspannung machte sich breit unter den Venustas.

„Unsere Schritte machen zu viel Lärm. Bleibt stehen“, rief ich. Die Läufer stoppten. Nun war es deutlich. „Phagory! Wie kommen denn Skelette hierher?“

Er sah mich mit glühenden Feueraugen an. „Sie müssen mit dem Zug durchgekommen sein. Skelette schlüpfen durch die kleinsten Löcher. Lass sie kommen. Wir sind vorbereitet.“

„Woher wissen sie, dass wir hier sind?“

„Von Bachus.“

Die Venustas brachen in Kriegsgeschrei aus. Die Stimmung kochte. Es kam zu Rangeleien und hinter uns wurde es laut.

„Phagory, heb mich bitte kurz hoch.“

Es war, als würden Funken aus seinen Augen springen. Schwarz und Orange wechselten sich flackernd ab. Er hob mich hoch und ich blickte in ein Meer von roten, orangen und pinken Augen.

Die plötzliche Stille trieb mir einen Angstschauer über den Rücken.

„Bitte. Bitte versucht, euch zu konzentrieren. Wir haben gleich unser Ziel erreicht!“ Sie starrten mich gierig an. „Phagory, lass mich runter!“

Er hob mich langsam von seiner Schulter und es dauerte einige Sekunden, bis er seine Nase wieder von meinem Kopf löste. „Lilli. Du riechst gut.“ Phagorys Stimme war verzerrt und dunkel und trieb mich einen Schritt weiter von ihm weg.

Während ich nach etwas an mir oder um mich herum suchte, das ich werfen konnte, füllte sich die Luft mit schrecklichen Geräuschen. Knochen schlugen aufeinander. Zähne klapperten. Ansteigendes Zischen und Röcheln verriet, dass die Skelette sehr nah waren.

Die nahenden Töne und Geräusche verwandelten die Venustas in ihren alten Zustand zurück. Ihre Augen nahmen wieder einen dunklen Braunton an, einige Augen färbten sich blau. Ihre Blicke wurden ängstlich und ihre Schultern hingen schlaff. Sie sanken wie gefallene Soldaten auf den Boden. „Wir sind verloren. Es ist aus. Endgültig.“ Tiefe Seufzer gingen durch die Reihen.

„Nein! Ihr könnt nicht hierbleiben! Ihr müsst aufstehen!“ Die starken Männer vergruben die Gesichter weinend in den Händen.

„Phagory?“ Er sah mutlos zu mir hoch.

Die Skelette waren nun fast bei uns. Ich zwang mich zur Ruhe. „Okay. Ihr müsst mir zuhören. Wir verstecken uns in den Gebüschen. Ich befehle es euch!" Langsam schleppten sie sich in die Büsche.

Schon blitzte der erste Schädel durch die dichten Blätter. Es kamen riesige Skelette. Ihre Knochen waren mit Silber überzogen. Ihre Zähne glänzten golden und klapperten aufeinander. Mit spitzen Schwertern schlugen sie sich durch die grüne Enge.

Ich bekam eine Gänsehaut. Die ersten zehn Skelette marschierten wie gesteuerte Maschinen an uns vorbei. Sie bewegten ihre Köpfe suchend nach rechts und links.

Phagory drückte meine Hand kurz und fest. Krallen und Haarwuchs auf den Fingern ließ mich schaudern. Da war es wieder, das Monster.

Nach den ersten Skeletten kam eine größere Lücke in der Schlange. Es folgten fünf weitere Skelette, und das schien es dann gewesen zu sein.

Plötzlich sprang ein Venustas ganz vorne aus dem Gebüsch. Noch einer folgte ihm, bis sie alle auf dem Weg standen und mit ihren Fäusten auf die Skelette einschlugen.

Die Skelette ächzten, stöhnten und zerfielen in Einzelteile, so lange, bis der Waldboden bedeckt war mit weißem Knochenmehl.

„Was macht ihr? Ich habe gesagt, ihr sollt euch verstecken! Ihr seid solche Idioten! Der ganze Kampf war überflüssig gewesen. Sie wären vorbeigegangen."

Namos zuckte teilnahmslos mit den Schultern und pustete den weißen Staub von einer verbogenen Klinge. In seinen

Augen intensivierte sich das rote Licht. „Was sollen wir sonst mit ihnen machen? Das war doch deine Idee."

„Verstecken. Das habe ich gesagt! Glaubt mir. Wenn wir grade nicht so wahnsinnig wichtige Dinge zu tun hätten, würde ich euch als Anführer befehlen, sie alle wieder zusammenzusetzen. Als was leben die jetzt weiter?! Als Mehlwürmer?"

Phagory zuckte mit den Schultern. „Das spielt keine Rolle. Ich frage mich eher, warum sie hier waren. Das ist nicht ihr Gebiet. Sie müssen alarmiert worden sein. Das waren Kampftruppen vom Tod. Bachus allein kann das nicht ausgelöst haben."

Er spuckte angeekelt auf den Boden.

35

„Phagory? Gleich ist es so weit. Ich will zu meiner Mama. Sie ist alles, was zählt.“ Hinter den Ästen, ein Stück von uns weg, begann der Boden zu leuchten. Der bunte Steinfluss schob sich schimmernd über den Waldboden und ganz langsam schwebte der Zug uns entgegen. Wir lauerten etwas abseits auf einer kleinen Anhöhe. Glück strömte durch meine Adern. Das Rauschen des Zuges kam näher. Und näher. Das Rauschen wurde ein Rattern.

Er kam tatsächlich. Ich schrie es heraus. Es befreite mich. Dieses Wort bezahlte mich für alle schrecklichen Dinge, die ich bis hierhin erleben musste: „Jetzt!“

Die Venustas stürmten los wie Kettenhunde, die man von der Leine gelassen hatte. Es gab kein Halten mehr. Wir rannten gemeinsam. Neben mir rissen sie einen Baumstamm heraus. Seine dicken Wurzeln sprengten die tiefe Erde auf. Sie waren zu schnell für mich. Die Lichtung war übersät mit kleinen, runden Büschen, an denen lila und pinke Beeren wuchsen. Scheinkraut. Und die Venustas-Horde zerstampfte die Beeren geradewegs zu Mus, der in kleinen lila Rauchwolken den Boden vernebelte.

Das schien ihre Gewaltbereitschaft nochmals zu erhöhen. Sie stürmten mit geballter Macht auf den Zug zu. Überall hallte ein „Für das Leben“ gebrüllt von vielen tiefen Stimmen. Der eben ausgerissene Stamm rammte sich weit in den mittleren Waggon.

Der Zug wankte. Kippte zur Seite. Die Venustas kletterten auf die Abteile. Rissen die Dächer mit bloßen Händen ab und zerfetzten sie wie Papierschnipsel. Die Glasscheiben traten sie ein. Tausende kleine Splitter flogen dabei durch die Luft. Ihre Augen, ihre Hände, ihre Gesichter waren Fratzen. Es wurde immer schlimmer.

„Hört auf! Ihr verletzt sie! Hört auf! Meine Mutter ist da drin. Stopp!“ Ich schrie mir die Seele aus dem Leib, aber keiner von ihnen reagierte.

In ihrem Rausch zogen sie die ersten Menschen aus den Waggons durch die zersplitterten Scheiben und die zerfetzten Dächer. Sie warfen sie auf die Wiese. Manche Menschen kletterten auf der anderen Seite selbstständig hinaus. Ich verlor den Überblick.

Der schwere, süße Nebel des Scheinkrauts verschleierte mir immer mehr die Sicht. Wie mit Tentakelarmen kroch er die Wiese entlang. Ein paar Meter entfernt rappelte sich der Schaffner auf. Er ging zurück zum Waggon und streifte dabei einen Venustas – ohne dass einer von beiden etwas davon bemerkt hätte. Als weitere Venustas vor ihm standen, die wütend auf eine Wand eines Waggons eintraten, glitt er durch sie hindurch. Er ging durch jedes Chaos, als wäre es nicht vorhanden.

Aus dem vorderen Abteil holte er eine Geige aus einem Fach, das es eigentlich nicht geben durfte, denn das gesamte Abteil wurde zeitgleich von den Venustas zerfetzt. Er ging, wie er gekommen war, durch alles hindurch, was in seinem Weg stand. Mit einem Lächeln auf dem Gesicht legte er die Geige an sein Kinn und hob den Bogen, um ihn sanft zu streichen. Er tanzte zu seiner Musik und schritt in die Richtung des angrenzenden Waldes. In einer langen Reihe folgen ihm viele Menschen aus dem Zug, keiner schien verletzt oder verängstigt.

Das Geigenspiel stoppte kurz. Da war Mama. Sie stand weiter entfernt auf der Wiese und sah sich um.

Ich lief los. In ihre Richtung. Ein kurzes Zischen erklang. Dann landete ein großes Stück vom Zug vor meinen Füßen. Dichter, stickiger Nebel breitete sich durch den Aufprall aus und umhüllte mich. In meinen Ohren setzte ein lautes Pfeifen ein. Mir war schlecht.

In dieser Masse von Menschen, die zu allen Seiten wegliefen, war es nahezu unmöglich, Mama wiederzufinden. Ich öffnete wie in einem Albtraum meinen Mund, konnte mich aber nur flüstern hören. „Hört auf! Hört ihr?"

Ein unsichtbarer Schlag schleuderte mich auf die Wiese. Mir fehlte die Luft zum Atmen. In meinen Ohren dröhnte es.

„Lilli? Lilli!" Es war Phagory. Er stand vor mir. Ich konnte ihn nur noch verschwommen sehen in zerrissener Hose und mit zerzausten Haaren, mit glänzenden roten Augen und einem breiten Lächeln. Ich konnte ihn aber nicht fühlen. Ich konnte gar nichts mehr fühlen. „Lilli, guck, was wir geschafft haben!" Er zeigte auf einen Trümmerhaufen und eine Handvoll umherirrende Menschen, die dem Schaffner noch nicht in den Wald gefolgt waren.

Die Menschen liefen fröhlich durch die Gegend, sangen und umarmten die Bäume und küssten den Boden. Das Scheinkraut schien seine Wirkung zu entfalten. Die Venustas begannen, die übrig verbliebenen Menschen einzupferchen. Einer von ihnen kletterte auf ein Trümmerteil, das in den Himmel ragte, und hielt ein zappelndes Kleinkind mit Flügeln in den Klauen.

Es sah ihn mit großen, verwunderten Augen an. Seine Flügel waren rosa und flatterten weiter, sodass der Venusta es mit viel Kraft festhalten musste, als hätte er einen Engel vom Himmel geholt. Auch die anderen Menschen aus dem Zug blieben bei jeglichem Fangversuch ruhig und gelassen. Wenn sich ihnen ein blutrünstiger Venusta an die Füße warf, sie umstieß oder über die Schultern geworfen wegtrug, breiteten sie ausgelassen ihre Arme aus.

„Lilli!“ Phagory rüttelte an meinen Schultern. „Das hätten wir ohne dich nie geschafft. Niemals.“

Ich schüttelte seine Hand ab. Ein einziges Gefühl breitete sich nun in mir aus. Ekel. Ich stand auf. „Ich bin auch ein Mensch. Genauso wie eure Gefangenen.“ Das Dröhnen in meinen Ohren wurde fast unerträglich. Als ich zu meinen Artgenossen ging, bildeten die Venustas eine Gasse und schlugen mir lachend auf die Schultern. Ihre Schläge schmerzten durch ihre ausgefahrenen Krallen und brannten sich in meinen Rücken.

Nur eine kleine Menschengruppe war vom siegesreichen Zugsturz zurückgeblieben. Ich hielt Ausschau nach Mama. Die Menschen saßen oder lagen auf dem Boden. Ihre Gesichter hatten etwas Unverwundbares an sich. Keine Wut. Keinen Zorn. Keine Fragen. Sie waren einfach da. Und blickten zurück.

Langsam ließ das Dröhnen in meinen Ohren nach. Ein mittelalter Mann mit rosa Schal saß im Schneidersitz da. Auf seiner Stirn schimmerte eine verheilte Narbe in der Sonne. Seine Stimme klang angenehm, nicht zu tief, nicht zu hoch. Er lächelte mich an. „Bin ich jetzt im Paradies?"

Er richtete die Frage an mich, aber die Antwort kam von einer jungen Frau, die dicht neben ihm saß. Sie hatte blonde, feine Haare und viele verteilte Sommersprossen auf den Wangen. Es klang, als würde sie singen. „Wir müssen angekommen sein. Es ist so wunderschön hier." Sie drückte glücklich seine Hand.

„Habt ihr eine Frau mit einem roten Samttuch um den Kopf gesehen? Sie sieht aus wie ich, nur ein bisschen hübscher und größer." Meine Knie verließen die Kraft. Ich spürte jetzt auch die Wirkung des Scheinkrautes und blickte in das zarte Gesicht von einem jungen Mädchen mit schwarzen, langen Haaren. Wir waren ungefähr gleich alt.

Ihre großen, haselnussbraunen Augen ruhten auf dem hektischen Treiben, dann blickten sie mich interessiert an. „Bist du ein Engel?"

Ich wusste nicht mehr, ob ich noch etwas Menschliches in mir trug. Mama war nicht zu sehen. So zuckte ich als Antwort mit den Schultern und taumelte in die Richtung, in die auch der Schaffner lief. Der Xalit an meiner Brust drückte noch schwerer auf mein Gewissen. Er war eiskalt. So kalt, dass es brannte.

Phagory stellte sich mir in den Weg. Er sagte etwas, aber ich konnte ihn nicht verstehen. Dann hielt er mich an der Schulter fest und ich zuckte unter seiner Berührung zusammen.

Irgendwann ließ er seine Hand sinken. Unsere Blicke trafen sich. Seine Augen färbten sich von Rot zu Blau. Erschrocken drehte er sich um. Vor ihm lag das Feld der Verwüstung. Er sank langsam auf den Boden.

36

Ich hatte mich von meinen Begleitern getrennt. Nie wieder wollte ich einem der Venustas begegnen. Vor allem nicht Phagory. Er hatte mein Herz gebrochen. Alleine setzte ich meinen Weg fort.

Der Wald war kühl. Vögel zwitscherten in den buschigen Tannen. Angestrengt lauschte ich nach jedem Geräusch. Eine Richtung auszumachen, war schwer. Denn nun umgab mich ein dichter Tannenwald mit seiner melancholischen Düsterheit. Die Tannen fingen das Licht der Pastellsonne mit ihren Wipfeln ein und filterten es durch ihre unzähligen Nadeln zu einem gedämpft kalten Schein. Auf dem moosigen Boden spiegelte sich dieses Lichtspiel wider. Berge von schwarzen Pilzen schichteten sich mit ihren Stängeln dicht an dicht.

Die Hüte der sonnenbestrahlten Pilze waren angesengt. Schwarze verkohlte Pilzbergreste ruhten im kalten Moosboden. Es war wie ein Abbild meiner Seele.

Neben mir knackte es im Baum. Schritte raschelten ein paar Meter weiter. „Mama? Mama, kannst du mich hören? Wer ist da?" Ein leises, helles Lachen erklang. „Hallo? Wer ist da?"

„Hallo! Junge Dame! Willst du mir nicht guten Tag sagen?" Mehrere Hände griffen vom Boden aus nach meiner Hose.

Ich sprang zurück. Vor mir, zur Hälfte im Grund eingegraben, steckte eine Frau. Ihre weißen Haare waren in Wellen gelegt, die braunbeige karierte, taillierte Jacke sah so ordentlich aus, wie ich sie vom Bahnhof in Erinnerung hatte – ja, sie war es. Sie trug ihren roten Hut nicht mehr, nun waren auf ihrer Stirn vier weitere Augen sichtbar.

Ich machte einen großen Bogen um sie. Inzwischen schien die Sonne wieder klar und hell, die Bäume waren wie zur Seite geräumt, als wäre die Umgebung eine Theaterkulisse.

„Einen schönen guten Tag wünsche ich dir, Lilli."

Ich trat näher an sie heran. „Woher wissen Sie, wie ich heiße? Haben Sie einen Schaffner und viele Menschen gesehen? Bitte, ich suche sie dringend."

„Deine Reisegruppe hast du nicht verloren, Kind. Warum hast du nur nicht auf mich gehört? Du kleine Diebin." Ihre Hände strichen über mein Hosenbein.

Ich zog das Foto aus meiner Hosentasche und kniete mich auf ihre Höhe. „Das hier, das ist meine Mutter. Sie war auch mit mir am Bahnhof."

Die vier Augen auf der Stirn drehten sich rhythmisch im Kreis. Die zwei Augen im Gesicht blickten zwischen dem Foto und mir hin und her. Dann nickte sie. „Ja."

Ich beugte mich noch tiefer zu ihr runter und versuchte, das Foto in die Schnittstelle ihrer schielenden Augen zu halten. „Ja – und weiter?"

Mit geschlossenen Augen sog sie genüsslich meinen Geruch ein. „Ich kann mich so schlecht erinnern. Deine Erinnerungen duften einfach zu gut."

„Bitte, helfen Sie mir. Ich gebe Ihnen auch eine kleine Erinnerung von mir."

Die sechs Augen der Dame füllten sich mit Tränen. „Kind, das kann ich nicht annehmen. Niemals. Es sind deine."

Ich hielt ihr das Foto noch näher hin. Ohne Zögern griff sie danach. Ich schüttelte den Kopf. „Nein nicht alles!"

„Na gut, dann übe ich mich in Bescheidenheit." Sie lächelte wieder in ihrer adretten Form und winkte mich mit dem Zeigefinger zu sich nach unten.

Ich beugte mich runter und sie pustete auf meinen Kopf, ganz sanft, wie mich noch nie jemand angepustet hatte. Ich versuchte, nur an den Teppich zu denken und alle anderen Bilder, die sich dazu schoben, mit noch stärkerem Willen zu bekämpfen.

Sie suchte über meinem Kopf in der Wolke, es klimperte, klirrte und klackerte ein wenig. Dann zog sie eine Scheibe heraus. Ehrfürchtig beobachtete sie den Film darauf und hielt sie wie einen Schatz in ihren Händen. Mir versetzte es einen Stich, als ich die Erinnerung noch einmal betrachtete.

Da saß ich, vielleicht vier Jahre alt, auf dem Teppich ohne Fleck und stapelte Bausteine übereinander. Zwischen ihnen lag eine Schachtel Streichhölzer, die ich nach und nach leerte. Eins, zwei, drei … kein Streichholz fing Feuer. Doch meine Beharrlichkeit zahlte sich aus: Das zehnte Streichholz brannte. Die kleine Flamme fraß sich an dem Holzstab bis zu meinen Fingerspitzen. Erschrocken ließ ich das Streichholz fallen. Erst kokelten die Teppichfransen leicht, und feiner Rauch strich über die

Stelle. Eine kleine Flamme erwachte, hungrig breitete sie sich über den Teppich aus. Bald kam eine zweite Flamme dazu. Mama ebenfalls. Wie liebte ich die Hausschuhe, die sie trug. Sie waren das Leben, das ich wiederhaben wollte. Die Erinnerung erlosch mit dem Wasser, das Mama über das Feuer schüttete.

Das gluckernde Lachen der Dame holte mich zurück. „Na, du warst ja eine Wilde. Kind, Kind, Kind. Ich dank dir recht schön. Ich werde sie bewahren."

Auf meinem Foto war ein weiterer weißgrauer Fleck, wo eben noch der Teppich gewesen war. „Und hast du meine Mutter gesehen?"

„Ja, ich erinnere mich wieder. Sie ist hier vorbeigekommen. Mit all den anderen. Aber ob hier … oder hier … kann ich dir leider nicht mehr sagen. Auch wenn es diese Erinnerung wert wäre. Geh nur immer weiter und folge deinem Gefühl. Sie werden zu Fuß zur Grenze gehen."

„Zeigen Sie mir eine Richtung. Wie komme ich schnell dorthin?"

Sie massierte sich die Stirn und sah unruhig von einer Seite zur anderen. Schließlich nickte sie in eine Richtung. „Geh hier weiter. Zurück kann von denen, die du suchst, keiner mehr gehen. Erst durch Grasland, dann durch den Polarwirbel. Ach, wenn ich daran denke, was dir hier passieren kann …" Sie schlug ihre Hände über dem Kopf zusammen.

„Wie geht es weiter? Grasland, Polarwirbel … Und dann?"

„… und Gebirge. Das war es. Dahinter liegt die Grenze."

Schnell steckte ich das Foto wieder ein.

Das Wetter wurde dunkler, und es brannte wie Brennnesseln auf meiner Haut. Die alte Frau stand plötzlich neben mir. Mit einem Messer ritze sie blitzschnell in meinen Arm, mit der anderen Hand streute sie Asche hinein. Es brannte unerträglich.

Sie lächelte gütig. „Lass es wirken! Es ist gleich in deinen Körper eingezogen. Du hast deinen natürlichen Schutz aufgebraucht." Das Brennen verteilte sich wie Flammen von innen in meinem Körper. „Dass das Leben dich so ungeschützt hierher schickt … Es hat dich doch geschickt, oder?"

Langsam ließ der Schmerz nach. Ich schüttelte den Kopf. „Ich will einfach nur meine Mutter zurück!"

„Und dann? Wirst du hier mit ihr leben? Im Wald? Kind!" Diese Frage hatte ich mir noch nie gestellt.

Mama musste zurückkommen. Wenn ich sie finden würde, wüsste sie die Lösung. „Ich muss weiter! Vielen Dank."

Die Dame strich mir über die Haare. Ich löste mich und sie rief mir noch ihren Segen hinterher: „Alles wird gut, Kind. Vergiss nicht, dein Leben zu leben und zu füllen!"

37

Von Weitem klang ein menschliches Rufen zu mir. Ich folgte der Richtung, aus der mir diese Geräusche entgegenwehten. Zwischen zwei Tannen neben mir blitze es. Dann erklang ein dumpfer Aufprall.

Auf dem Boden lag ein Hühnerei. Die Schale dampfte. Vorsichtig nahm ich das Ei in die Hand. In ihm bewegte sich etwas. Die Bewegungen wurden stärker und Risse durchzogen die Schale. Kurz darauf streckte ein kleines Hühnerküken seinen Schnabel in die Luft.

Ich trug es vor mir auf meiner Hand und betrachtete es. Nichts schien ungewöhnlich an ihm zu sein. Es tat mir in seiner Flauschigkeit gut und deswegen steckte ich es in meine Tasche. Den Reißverschluss ließ ich offen, damit es rausgucken konnte.

Ich kam den Geräuschen näher und wirklich, es waren menschliche Stimmen. Vor mir schlug ein roter Blitz in den Boden ein. Die Stimmen verstummten. Alles war voller Rauch und Nebel. Als sich die Wolken langsam senkten, stand ich plötzlich auf sandigem, trockenem Grasland. Tannen und der dichte Wald waren verschwunden. Dafür blies ein kräftiger, heißer Wind. Das Tier in meiner Tasche wurde unruhig. Hatte es eben noch hineingepasst, bekam ich es jetzt kaum heraus. Über dem gelben Flaum wuchsen Federn.

Ich setzte es auf dem Boden ab. Es begann aufgescheucht hin und her zu springen, sodass ich es wieder hochnahm. Es schien noch ein Stück gewachsen zu sein, in meine Tasche passte es nicht mehr. Die Sonne stach heiß und das Küken wurde zu schwer. Es war fast zu einem erwachsenen Huhn gereift. Ich wollte es an einem schattigen Platz sich selbst überlassen. Ein einziger dünner Baum mit ein paar buschigen, trockenen Wedeln bot sich dafür an. Phagorys Xalit in meinem BH wurde heiß. Ich setzte das Huhn ab. Es pickte unbeteiligt.

Wieder verdunkelte sich der Himmel über uns. Ein riesiges fliegendes Tier stieß auf uns herab. Es hatte einen schuppigen Schwanz und seine gellenden Schreie hallten über den Himmel. Die Augen waren glühende, gelbe Schlitze, und aus den kräftigen Beinen stoben spitze Knochen hervor. Einen Meter vor uns setzte es zur Landung an.

Beim Aufsetzen bebte der Boden und der Baum zitterte, dass die trockenen Äste sich klappernd berührten. Es renkte seinen Kiefer weit aus und riesige Zahnreihen kamen zum Vorschein. Aus ihnen lösten sich vereinzelte Zähne, prasselten wie Pfeilspitzen neben uns in die Erde und schlugen in den Baum dicht neben dem Huhn ein.

Ich nahm das Huhn wieder auf den Arm. Der Xalit vibrierte mehrmals. Er war heiß und machte mir damit zusätzlich Angst. Das Monster visierte uns an und schloss sein Maul mit mehreren Bewegungen. Es legte sich auf den Boden und kroch nah an uns heran.

Langsam ging ich rückwärts, bis mein Rücken die Baumrinde berührte. Noch lag das Ungetüm auf der Lauer. Das Huhn sah kurz zu mir hoch. Dann gackerte es und flatterte unruhig auf.

Hinter mir knarrte es. Im Baum öffnete sich eine Tür. Eine junge, hübsche Frau mit Krone auf dem Kopf und rosa Tüllkleid warf eine schwarze, ausgewachsene Katze vor die Tür, direkt vor die Nase des Monsters. Als sie mich sah, zuckte sie entschuldigend mit den Schultern. „Sie werden so schnell groß, nicht wahr?“ Sie blickte abschätzend auf das Huhn. Im Hintergrund hörte man das Monster schmatzen. Die Frau verdrehte die Augen. „Je größer, desto dummer!“

Es gab einen lauten Knall und das Monster jaulte auf. Wild drehte es sich im Kreis und schlug mit dem Schwanz nach uns. Ich rettete mich durch die Tür hinein in den Baum und versuchte panisch, die Tür zuzuziehen, aber die Prinzessin hatte ihren Fuß dazwischen gestellt. „Das Huhn kommt mir hier nicht rein!“

Ich warf das arme Huhn von meinem Arm durch die Tür nach draußen. Als es auf dem Boden aufkam, explodierte es mit einem lauten Knall. Ich drückte mich geschockt in das Innere der Behausung.

Die Prinzessin beobachtet mich kopfschüttelnd. „Na, das war ja grade noch rechtzeitig. Du bist aber schreckhaft.“ Sie schloss endlich die Tür, nur um sie wieder erneut zu öffnen. „Einen Moment bitte.“ Säuselnd suchte sie den Boden unter dem Baum ab, bückte sich, hob etwas auf und brachte es mit rein. Es war ein Hühnerei. Als sich dann die Tür endlich schloss und geschlossen blieb, spürte ich, welche Schmerzen mir die Anspannung bereitet hatte. Jeder Muskel an mir zitterte.

Die Frau mit Krone legte das Ei, das inzwischen Risse in der Schale hatte, auf ein kleines Kissen. „Wenn sie klein sind, sind sie so süß. Wenn das Platzen nicht immer so eine Sauerei machen würde …"

Mit zitternden Händen zog ich das Foto heraus und zwang mich, mein Ziel im Auge zu behalten. „Kann ich Sie mal was fragen? Haben Sie meine Mutter gesehen?"

Sie kam interessiert zu mir. Hinter ihr hoppelten und tapsten kleine Minikaninchen, Babykatzen und putzige Welpen. Diese Märchenprinzessin strich mir über die Wange. Ich hielt ihr das Foto entgegen, aber sie schaute gar nicht drauf. „Ja. Vielleicht schon. Magst du dich nicht setzen?"

„Ich habe dafür keine Zeit. Ich muss meine Mutter finden."

„Ach, wie schade, ich war mir so sicher, deine Mutter gesehen zu haben. Aber wenn du nicht willst, dann einen schönen Tag noch." Die Tür öffnete sich wieder. Schrille Monsterschreie drangen von draußen herein. Diesmal erwischte sie ein dickes, großes Schlappohrkaninchen. Sie packte es am Genick und schleuderte es vor die Tür.

Ich nutze meine Chance. „Okay. Ich setze mich kurz."

Als die Tür diesmal hinter mir zufiel, rasteten fünf Schlösser nacheinander ein. Ich befand mich in einem gemütlichen Wohnzimmer. Der Boden, die Möbel, alles war besetzt von krabbelnden, hüpfenden, kriechenden, wimmelnden kleinen Babytieren. An der Wand hing ein Bild von einer wunderschönen, anmutigen, lächelnden Frau. Sie hatte wallende, rotblonde Haare, eine grade Nase und sie war nackt.

„Wer ist das?“ Ich konnte den Blick nicht abwenden.

Die Prinzessin musterte mich misstrauisch. „Das Leben?“

„Sie ist schön. Wo hast du meine Mutter noch mal gesehen?“ Ich zog das Foto aus meiner Tasche und hielt es ihr entgegen. Die Prinzessin zog sich eine Perlenkette vom Hals, öffnete das Fenster und maß Katzenbabys, die sie vom Boden hochhob. Wenn eins länger war als ihre Kette, flog es aus dem Fenster.

„Wo hast du sie denn das letzte Mal gesehen?“

„Am Bahnhof. Und vorher hat sie der Tod …“

Die Prinzessin ließ eine Katze fallen. „Pfui. So ein unschönes Wort nimmst du nie wieder in den Mund.“ Sie riss mir das Foto aus der Hand, ging zu einem der Spiegel an den Wänden und hielt es neben ihr Gesicht. „Sie ist schön. Fast so schön wie ich. Nur … Alt ist sie schon.“

„Meine Mutter ist nicht alt. Und ich muss sie finden.“

Die Prinzessin kam zu mir und kniff mir sanft in die Arme. „Nicht aufregen. Stress ist nicht gut. Ich meide es deswegen seit Jahren, weiter als bis vor meine Haustüre zu gehen. Und genau das wirst du ab jetzt auch tun. Deine schönen Haare … Sie sähen wunderschön an mir aus.“

Sie zog mich zu sich an den Spiegel, stellte sich dicht hinter mich und flüsterte in mein Ohr. „Was bekomme ich von dir, wenn ich dir sage, wo deine Mutter ist?“

Ich umklammerte meine Haare. „Die nicht!“ Es hatte so lange gedauert, bis sie gewachsen waren. „Okay – eine Erinnerung.“

Sie zögerte. Dann zeigte sie auf dem Foto auf ein kleines Meerschweinchen. Ich nickte ihr zu. Monstarella pustete über meinen Kopf. Ich war froh, als sie endlich ein hellgrünes Glasstück in der Hand hielt. Gespannt beobachtete ich den Film auf der Scherbe.

Ein Schulflohmarkt. Das war in der zweiten Klasse gewesen. Ich hockte auf einer Decke und vor mir saßen Pipi und Bobo. Zwei dicke Meerschweinchen. Vor mir stand ein selbst geschriebenes Schild: „2 Mehrscheinschen führ 1 Hunt.“ Ich druckte einem Meerschwein auf den Bauch. Es quickte empört. Ich sah ihm streng in die Augen. „Bell doch mal.“

Dann begann der Film wieder von vorne. Die Prinzessin ließ die Erinnerungen enttäuscht in ihrem Tee versinken, trank einen Schluck und verzog das Gesicht. „Die reicht nicht. Wenn ich dir helfen soll, musst du mir etwas anderes geben.“ Sie erschien hinter mir mit einer großen, eisernen Schere.

Ich ging von ihr weg. „Nein. Nicht meine Haare.“

Ihre Eisaugen durchbohrten mich. „Ich weiß, wo deine Mutter ist. Ich habe ihr den Weg dorthin beschrieben. Aber wenn ich dir sagen soll, wo sie ist, dann …“ Sie setzte die Schere an meinem Zopf an. Ich drückte die Schere ein ganzes

Stück tiefer nach unten. Sie schob sie wieder hoch. Ich hielt sie in die Zopfmitte, nickte und schloss die Augen.

Es riss an meinem Zopf. Die Schere schnitt langsam. Mein Zopf fiel zu Boden. Eine Träne lief mir über die Wange. Die Prinzessin lachte, während sie meine Haare aufsammelte. Ich löste die letzte geflochtene Strähne auf. Die Haare waren so kurz! Sie endeten weit über die Schulter. Ich schluckte dieses blöde Gefühl der Reue runter. „Also. Wo ist meine Mutter?“

„Sie ist auf dem direkten Weg zum Totenreich. Durch den Wald und über das Gebirge. Du kannst sie nicht verfehlen.“

„Wo genau lang? Das wusste ich schon!“

„Geh da lang, wo du willst.“

Ich schubste sie in eine Ecke. Dabei fiel ein Tuch, das ein Gemälde versteckte, ab. „Du sagst mir jetzt sofort, wie ich dahin komme, oder ich zerkratze dir dein hässliches Gesicht.“

Die Prinzessin hielt sich verängstigt die Hand vor ihre Augen. „Bedecke das Bild! Sofort!“

Ich schaute genauer hin. Auf dem Gemälde waren zwei alte, faltige Menschen zu sehen. „Erst, wenn du mir den genauen Weg erklärst.“

Sie zog eine Feder aus ihrem Kleid. „Hier. Halte sie vor dich. Sie führt dich bis zur Grenze. Sie kommt aus dem Moirenstall. Sie findet immer dorthin zurück.“

Ich stand auf. „Und jetzt mach die Tür auf!“ Sie kroch mit zusammengekniffenen Augen zur Tür und drehte so lange an den Schlössern, bis sie aufsprang. Ich ging raus und an der frischen Luft ebbte meine Wut langsam ab.

Die Prinzessin schrie mir hinterher: „Jetzt geh. Geh, du hässliches Ding! Zu deiner hässlichen Mutter." Ich drehte mich zu ihr um, ballte die Fäuste und rannte einige Schritte zu ihr zurück. Sie schlug schnell die Tür zu. Die Schlösser schnappten ein.

38

Die Luft über mir war still. Der Xalit auf meiner Brust war kühl, doch das ungute Gefühl, dass über mir jederzeit ein Monster auftauchen konnte, ließ mich rennen. Die Feder hielt ich neben, über und vor mich, aber sie zeigte nichts an. Die Prinzessin hatte mich reingelegt.

Ich versuchte, das Chaos in meinem Kopf zu sortieren. Meine Logik funktionierte hier nicht mehr. Ein weißes Nilpferd kreuzte den Weg vor mir. Es galoppierte schwerfällig über die unendliche Weite. Auf seinem Kopf steckte ein gedrehtes Horn. Hinter ihm jagte ein rosa Panther mit roten Streifen am Po. Obwohl er viel schneller sein musste als das Nilpferd, holte er es nicht ein, bis beide am Horizont verschwanden. Währenddessen kam ein heftiger Wind auf, er blies trockene Bälle aus Gras vor sich her. Kleine Tiere, die aussahen wie eine Mischung aus Kaninchen und Eidechse, jagten sich durch die Prärie.

Meine Stirn brannte. Mein Kopf tat weh. Und dann fiel die Sonne vom Himmel. Sie war einfach weg und von jetzt auf gleich verbreitete Finsternis eine wohlig gruselige Atmosphäre. Es war Nacht. Es wurde kalt. In der Ferne heulten Wölfe. Oder irgendetwas, das wie Wölfe klang. In meinem Kopf verschwamm diese Welt mit meiner Welt.

Es war so dunkel, dass ich mich auf den Boden fallen ließ und in den schwarzen Himmel starrte. Vor mir tauchte ein winziges Licht auf, wie ein Funke so klein. Noch ein Licht kam dazu, mehr und mehr Lichter folgten. Sie bildeten zusammen eine kleine, leuchtende Wolke. Sie umkreisten mich. Mein kleines Lichtwunder. So konnte ich weitergehen.

Plötzlich brannte mein Xalit auf. Ein schweres Netz wurde über mich geworfen und riss mich zu Boden.

39

Die kleinen Lichter zerstoben in alle Richtungen. Ich hing in einem Netz gefangen an einer langen Stange und baumelte unbequem hin und her. Der Xalit auf meiner Haut sonderte eine wohlige Wärme ab. Er vibrierte in kurzen Abständen.

Ich versuchte anhand der Schritte zu erkennen, wer mich überwältigt hatte. Die Schritte waren schwer und kurz. Zu kurz für die Venustas und zu schwer für die Prinzessin. Das fehlende Leuchten bewies, dass es wirklich keine Venustas waren.

„Lasst mich runter!“ Augenblicklich landete ich auf dem harten Boden. Kleine, spitze Steine bohrten sich in meine Ellbogen. Das Netz öffnete sich. Neben mir wurden zwei Steine aneinander geschlagen und Feuerfunken stoben auf. Als kurze Zeit später ein kleines Feuer knisterte, stockte mir der Atem.

„Na Kleines?“ Drei schmutzige Männer mit karierten, hochgekrempelten Hemden und Augen auf den Armen schauten mich an.

Ein Typ mit Zahnlücke stand auf und kam zu mir. „Na, schon wieder frei?“ Er bot mir einen Platz am Feuer an.

„Das Gleiche wollte ich dich auch grade fragen. Wir haben uns ja leider nur im Gefängnisaufzug gesehen.“ Ich setzte mich ein Stück weit weg von allen. „Okay. Ich suche nach einem Weg.“

Einer der Typen ritzte sich mit einem Messer seine Fingernägel sauber. Er schielte mich an. „Wir haben dich gefangen. Ist dir schon klar, oder?"

Sein Freund schlug ihn auf den Hinterkopf und lächelte mich an. Als er seinen Arm hob, stank er bestialisch. „Du musst entschuldigen. Er ist ein bisschen dumm. Wir haben eben nur ein wenig von unserer Zukunft geträumt. Und plötzlich warst du da auf dem Boden und wir mussten dich ja retten."

„Ich muss zum Totenreich. Und zwar schnell. Ich bezahle auch dafür, wenn ihr mich hinbringt. Ich wäre euch so dankbar!"

Die drei flüsterten kurz miteinander. „Wir bringen dich hin, Kleines!" Sein Freund nickte zustimmend. „Morgen früh direkt. Heute Nacht ist das zu gefährlich."

Ich stand auf. „Tut mir leid. So viel Zeit habe ich nicht." Sie hielten mir gebratene Kaninchenhinterlaufe entgegen. „Jungs. Sehr nett. Aber ich kann nicht."

Der stinkende Freund des Zahnlosen kam zu mir und drückte mich wieder auf meinen Platz. Dabei zwinkerte er mir mit seinen Armaugen zu. „Wir gehen morgen dafür eine super Abkürzung. Im Nullkommanix sind wir da. Im Totenreich. Die findest du allein nicht."

Ich seufzte und zuckte mit den Schultern. „Okay. Aber ganz früh."

„Sag mal, die Erinnerungen. Hast du noch welche? Ich meine – wir sind ja jetzt Freunde."

„Ihr bringt mich zum Totenreich. Ich bezahle euch erst, wenn ihr liefert.“ Niemals würde ich denselben Fehler ein drittes Mal begehen!

„Und woher sollen wir wissen, dass du echte Erinnerungen hast? Wir brauchen eine Kostprobe.“

„Nein.“

„Süße, wir haben uns bis jetzt ja ganz gut verstanden. Aber du bist allein. Sollen wir dir noch mal zeigen, wer hier am längeren Hebel sitzt?“ Er nickte seinen Freunden zu und die zogen das Netz in ihre Richtung. Ich schaute mich um. Weg vom Feuer zu rennen, würde bedeuten, in vollständiger Dunkelheit umherzuirren. „Süße, weißt du nicht, was für Gefahren hier überall lauern? Also, das Foto.“

Mir wurde übel. Ich hielt es ihm hin und alle drei stürzten sich drauf. Mir kam eine Idee. Mit großen Gesten zeigte ich auf das Foto, auf den Tannenbaum. Ich nickte ihnen zu. Sie pusteten auf meinen Kopf. Jetzt musste ich nur an das Richtige denken. Der Tannenbaum ist ein Nadelbaum und ist immergrün. Seine Zapfen sind nützliche …

„Eine echte Scherbe.“ Voller Begeisterung fischte der Zahnlose seine Beute heraus. Ich öffnete die Augen und versuchte, einen Blick auf den Film zu erhaschen.

Zu sehen war tatsächlich ein Sachbuch über Tannenbäume. Und ich, während ich gelangweilt ein Referat dafür vorbereitete. Ich zwang mich, meinen Triumph nicht zu zeigen. Allerdings klaffte auf dem Foto, wo der Tannenbaum gewesen war, nun ein weißer Fleck.

„Gib uns noch eine Erinnerung."

„Nein!" Ich griff nach der Scherbe, aber sie waren schneller. Sie hielten mir einen Becher mit Wasser entgegen und ich trank ihn aus.

Erstaunlicherweise gab es nun in mir keinen Widerstand mehr, meine Erinnerungen zu opfern, aber ich war plötzlich so verdammt müde und meine Augen wurden schwer.

„Wer bezahlt mir denn jetzt meine Schleierkrauternte? Die haben mir alles zertreten." Der rothaarige Zahnlose schaute sich um. Ich war so tot müde, aber öffnete noch einmal mit aller Kraft die Augen. Die drei saßen jetzt mit dem Rücken zu mir. Sie hielten einen Zettel hoch. Das ursprüngliche Kopfgeld von zweihundert Erinnerungen war mit fünfhundert Erinnerungen überklebt worden. Ein großes Bild von mir und vier kleinere Bilder der Venustas waren abgebildet. Der Blick auf Phagorys Bild verstärkte die Schwere, die sich in mir ausbreitete.

„Fünfhundert Erinnerungen … Was soll ich alles damit machen!"

„Ha! Du würdest sie nur versaufen. Ich würde einen Wald für mich ganz allein kaufen!"

Im Traum voller verrückter Tiere tauchte Phagory auf. Er verwandelte sich in einen Adler und spreizte seine Flügel.

40

„Lilli? Lilli wach auf!“ Jemand drückte mir seine Hand auf den Mund. Ich zuckte zusammen und riss die Augen auf. Phagory kniete vor mir und hielt mir den Mund zu. Meine Füße waren mit einem dicken Seil zusammengebunden. Vergeblich versuchte ich zu schreien.

„Lilli, ich lass dich los, wenn du leise bist.“ Ich nickte. Er hob seine Hand.

„Was soll das, du Idiot?“

„Lilli sei leise. Ich war das nicht.“ Er zog ein Messer aus seinem Gürtel und schnitt die Fesseln an meinen Füßen durch. Ich stand auf und klopfte mir den Staub aus den Kleidern. Das Feuer war heruntergebrannt und die Typen von gestern Abend waren nirgendwo zu sehen.

Phagory strich mir über den Kopf. „Lilli, deine Haare … Was haben sie mit dir gemacht?“ Seine Augen wurden rot.

„Ich komme alleine klar.“

Elegory baumelte mit freiem Oberkörper über mir am Baum. Gut gelaunt winkte er mir zu. „Lilli, wir haben alles genauso gemacht, wie du es wolltest.“

„Ach ja, und warum ist meine Mutter dann weg? Und wo habt ihr die Menschen hingebracht? Was ist mit der ganzen Verwüstung?“

Elegory ließ sich vom Baum fallen. „Das Leben, Lilli! Sie ist so wunderschön und sie will dich sehen. Sie weiß alles. Die Toten sind in Sicherheit bei ihr.“

Ich durchsuchte meine Taschen. Alles war noch da. „Lasst mich einfach in Ruhe, okay? Ich muss weiter. Sonst verliere ich meine Mutter für immer. Ich muss zum Totenreich.“

Phagory griff nach meiner Hand. „Wir begleiten dich!“

Elegory ließ sich vom Baum schwer auf seine Füße fallen. „Aber … Wir sollen sie doch … Zu ihr bringen.“

Es zischte in der Luft. Knochen schlugen aufeinander. Phagory hob mich auf seine Schultern und kletterte mit mir auf den Baum. „Lass mich los. Ich bin ein Mensch. Kein Tier.“ Phagory setzte mich ab und ich reichte Elegory die Hand zum Weiterklettern.

Elegory schnaubte. „Phagory. Es war ein Befehl. Sie wird böse werden. Wenn wir jetzt erst mit Lilli zum Totenreich gehen, dann …“

„Pssst. Seid leise. Sie kommen.“

Fünf Skelette, darunter eins mit Fahrradhelm, und die drei Männer vom vorherigen Abend kamen zur Feuerstelle. „Ey, sie war grade noch da, bevor wir gegangen sind. Wirklich. Jetzt sagt doch auch mal was!“, sagte der Anführer. Er schubste seinen schielenden Kumpel gegen seinen stinkenden Kumpel. Die zuckten die Schultern und ließen sich von den Skeletten abführen. Sogar die Fesseln um ihre Hände knoteten sie selbst zu. Das Skelett mit dem Fahrradhelm massierte abwechselnd ihre Schultern. Die Skelette nahmen ihre Gefangenen zwischen sich und entfernten sich von uns.

„So, jetzt lass mich runter, lieber Phagory. Ich kann allein auf mich aufpassen."

Phagory machte keine Anstalten, von seinem Baumplatz zur Seite zu rücken. „Ja, das sehe ich, liebe Lilli."

Ich klettere auf einem Ast vorwärts, um mich auf die andere Seite zu schwingen und weiter zu robben. Dabei rutschte ich ab und kam weder vor noch zurück. „Die Grenze muss hier irgendwo sein." Sehen konnte ich nur Baumkronen. Langsam verlor ich das Gleichgewicht. Unter mir ging es mindestens drei Meter in die Tiefe. Ich kniff meine Augen zusammen.

Phagory griff meinen Arm und zog mich hoch. „Genau. Die Grenze ist hinter dem Gebirge." Er zog mich nah an sich und grinste mir triumphierend zu.

„Okay. Dann komm mit. Aber jetzt und schnell", gab ich nach.

41

Wir kletterten vom Baum. Ich lief ein Stück vor den anderen. Hinter mir brachen immer wieder hitzige Diskussionen zwischen Elegory und Phagory aus. „Phagory, du weißt, dass du alles verspielen kannst."

„Was soll ich denn machen?"

Elegory holte mich ein. „Lilli, sag mal, wenn du deine Mutter gefunden hast, gehst du dann wieder zurück?"

Ich antwortete, ohne stehen zu bleiben. „Auf der Stelle."

Elegory ließ sich zu Phagory zurückfallen. „Warum machst du das denn? Warum?"

Phagory antwortete nicht. Ich drehte mich nicht um, damit ich sein Gesicht nicht sehen musste. Langsam wurden die Wege steiler und die Bäume weniger. Ich hatte Durst und setzte ich mich auf den Boden. „Gibt es hier irgendwo was zu trinken?" Mein Hals brannte.

Phagory hielt an und zeigte auf einige Felsen am Wegrand, weiter weg von uns. „Da vorne beginnt das Gebirge. Dort gibt es was. Wenn wir den Berg da runtergehen, kommen wir direkt zur Grenze."

Elegory schüttelte den Kopf. „Da können wir nicht lang! Überall Skelette!"

Phagory guckte ihn ungläubig an. „So kurz vor der Grenze?"

„Glaubst du mir etwa nicht?!"

Phagory musterte ihn. „Dann müssen wir auf der anderen Seite runtergehen."

Wir verließen den Weg und stoppten vor einer steilen Felswand. Die mussten wir hochklettern. Da ich nicht wieder auf Phagorys Rücken wollte, dauerte das Ganze etwas länger. Die Venustas warteten oben. „Lilli? Die Sicht ist klar. Wenn du gleich hier runterguckst, kannst du die Grenze sehen."

Phagory kam zu mir gesprungen. „Lilli! Du kommst jetzt mit mir." Widerwillig ließ ich mich auf seinen Rücken heben und wir erreichten so zügig den kahlen Gipfel. Dort sprudelte eine Quelle. Vor uns lagen noch einige schroffe und hohe Felsen, die streng symmetrisch angeordnet waren. Das Gestein war porös, sah aus wie ein Schwamm und bildete einen Ring um unseren schwarzen Gipfel, der als höchster Gipfel einen Ausblick über das Land vor uns freigab.

Phagory kickte einen kleinen Stein den Abhang hinunter. „Das hier ist das dunkle Gebirge. Das Totenreich hat schon darauf abgefärbt." Er hatte recht. In der Ferne lag dürres, trostloses Land mit Kratern und schwarzer Erde, als wäre ein Graufilter darübergelegt worden. Dahinter am Horizont erstreckte sich ein glitzerndes Gewässer. Es zog sich vor diesem grauen Land eine lange, kugelige Steinkette über die ganze Fläche. Eine Grenze.

Ich glitt von Phagorys Rücken herunter und schöpfte mit der hohlen Hand Wasser aus der Quelle und trank. Es schmeckte erstaunlich gut. Phagory zeigte auf das trostlose

Land. „Hinter der Grenze ist das Totenreich. Und da, ganz hinten, ist das ewige Meer."

Das Meer glitzerte in allen Regenbogenfarben und bildete einen fast schmerzhaften Kontrast zu der schwarz-weißen Welt davor. Ich hatte das Gefühl, dass es mich zu sich rief. „Warum ist es denn so schön? Woraus besteht es?"

„Erinnerungen. Aus ihnen sind die Schiffe gemacht. Mit denen das Licht weiterreist."

„Welches Licht?"

Er schluckte schwer. „Es gibt eine Veränderung im Totenreich …" Er stockte und starrte auf einen Punkt in der Ferne. „Sind da nicht Menschen?" Nun sah ich es auch. Er kniff die Augen zusammen und nickte.

Elegory zog seinen Xaliten aus der Tasche und sah hinein. Ich ging zu ihm und blickte nach ihm hindurch. Erst war es unscharf, dann wurde das Bild immer klarer.

Menschen tanzten. Ein Mann bückte sich, und als er sich wieder aufrichtete, hatte er ein großes Netz in der Hand, das er durch die Luft zog. Aus dem Netz flogen unendliche Scharen bunter, schillernder Seifenblasen. Und die Menschen liefen hinter ihnen her.

Mama. Da sprang sie. Wie ein fröhlicher Schmetterling. Ich konnte mich von diesem Anblick gar nicht lösen, aber Phagory drängte zur Eile. Meine Mutter, endlich hatte ich sie wieder. Wir waren fast da. Ich kletterte ein paar Meter weiter, bis der Abstieg zu steil wurde. Phagory reichte mir seine Hand. Ich war fast am Ziel und so fröhlich, dass meine Wut auf Phagory verschwunden war. „Und im Totenreich lebt der Tod?“

„Auf einem Schrottplatz.“ Phagorys Antwort klang abwesend.

„Warte mal, er lebt wo?“

„Wir müssen weiter.“ Wir kletterten und kletterten. Die Venustas wurden immer angespannter.

„Pssst. Lilli!“ Ich drehte mich um, konnte aber niemanden sehen. „Lilli!“ Es war die Stimme meiner Mutter.

Mein Herz raste. „Mama?“

Die Venustas sahen erschrocken zu mir. „Was ist mit dir?“

„Wir müssen uns beeilen, Lilli. Kannst du schneller gehen?“, fragte Phagory.

Ich nickte und nun rannten wir. Dann traf mich ein Stein am Rücken. Die beiden Venustas liefen ein ganzes Stück vor mir. „Lilli. Ich bin doch hier!“ Die Stimme meiner Mutter rief mich.

Ich drehte um und rannte zurück zu ihr. „Mama? Mama, ich bin hier!“

Aus einer Höhle im Felsen kam sie auf mich zu. Wunderschön. Und lebendig.

Ich warf mich in ihre Arme. „Mama! Ich hab dich wieder!“ Es war so unfassbar. Ihr Duft, ihre Hände, ihre liebevollen Hände, die mich an sie drückten.

Ein Messer raste durch die Luft. Mama sackte in meinem Arm zusammen. Sofort fiel mein Körper wieder in eine Starre. Ich sackte mit Mama zusammen auf den Boden. Mein Körper, mein Herz und meine Seele, alles zitterte und starb mit ihr.

Die Venustas zogen Mamas Körper von mir runter, ich wollte sie nicht loslassen. Mit Gewalt rissen sie uns auseinander. Ein stechender Schmerz breitete sich auf meinem Rücken aus. Während Elegory mich mit aller Kraft zurückhielt, zog Phagory ein weiteres Messer aus seinem Gürtel. Er stach Mama damit in den Hals.

„Wie könnt ihr mir das antun?“ Mein Herz zerriss. Als das Blut aus der Halsader floss, veränderte sich der Körper meiner Mutter. Innerhalb weniger Sekunden lag ein dürres Wesen in Phagorys Arm, mit Spinnenarmen, Löwenbeinen und einem Hühnerkamm auf dem Kopf. Anstelle der Nase wucherte ein krummer Schnabel im Gesicht, dessen Spitze über die Lippen ragte. Über den geschlossenen Augen steckten Federbüschel.

Phagorys Augen, rot und wild, blickten zu uns. Meine Anspannung wich einem Schrecken. Elegory nickte. „Lilli, mach die Augen besser zu.“

Ich gehorchte. Die Geräusche ließen Schreckliches vermuten. Es knackte, knurrte, etwas saugte und brach. Als ich Phagorys Hand auf meiner Schulter spürte, traute ich mich langsam, meine Augen wieder zu öffnen. Auf dem Weg lag ein Haufen aus Fleisch und Knochen. „Ist es tot?“

Phagory zog mich weg. „Nein. Aber das, was es war, kann es nicht mehr werden.“

„Was war es denn?“

„Ein Rabenschnabelkrok.“ Als ich mich umdrehte, formte sich der Haufen um. Es bildete sich eine kleine schwarze Figur, so groß wie eine Hand, mit dürren Beinen und Armen, ganz schwarz. Nur seine Augen waren grün. Das Etwas verschwand in der Felswand. Ich griff nach Phagorys Hand. Er nahm mich in den Arm. Sehr fest.

„Aua. Was ist das?“ Meine Hand suchte nach der Verletzung auf meinem Rücken.

„Darf ich nachsehen?“ Ich nickte. Vorsichtig rollte Phagory mein Kleid hoch. „Wieso hast du die Rüstung ausgezogen?“

Es tat weh, als seine Hände die schmerzenden Stellen abtasteten. „Ich hab die gepanzerte Hose behalten, die ist schwer genug.“

Phagory strich mir über die Schultern, dann zog er seine Hände zurück. „Es ist nicht so schlimm. Das Gift wurde zum Glück noch nicht injiziert.“ Ich wollte mir nicht ausmalen, was das Wesen mit mir vorgehabt hatte. Wir hatten keine Zeit. Phagory half mir beim Weiterklettern. Wir kletterten die karge Felswand runter und kamen den schwarzen Steinen immer näher.

42

„Siehst du sie hier irgendwo?", flüsterte ich ihm zu. Er schüttelte den Kopf, seine Hand drückte meine Hand. Fester und stärker. Um uns herum roch es streng. In den Steinen hingen dichte, schwarze Spinnweben. Sie waren so groß und schwer gewebt, dass sie uns immer wieder den Weg versperrten. „Phagory, gibt es hier Spinnen?"

„So was Ähnliches." Stimmen erklangen. Sie lagen irgendwo im Wind, und erst dachte ich, es wären Möwen, die sich stritten. Doch dann wurden die gesprochenen Worte klarer.

„Ein Mädchen. Ein Mädchen wurde geboren. Wunderschön. Rosig. Gesund. Es wächst glücklich heran. Hier eine Träne, dort eine Träne. Doch immer sind Menschen da, die sie trösten."

Eine andere, genauso krächzende Stimme setzte ein. „Doch nichts ist perfekt, meine liebe Schwester. Ich knote sie hier mit einem Mann zusammen, schenke ihr dort einen Doppelknoten … Zwillinge. Wie nett. Und da. Eine Krankheit."

Eine dritte Stimme antwortete kreischend. „Nun will ich all das zerschneiden. Schnipp. Schnapp. Der Faden des Lebens ist zerstört."

Die erste Stimme schrie zurück: „Ich hasse dich, immer machst du mir alles kaputt."

Inzwischen waren wir so nah an die schwarzen Steine gekommen, dass wir drei Frauen sahen. Die Jüngste lag auf einem Felsen, sie hatte bunt gesträhnte Haare und ihre knielange Tunika schien an einem Batiknachmittag entstanden zu sein. Ihre Haare waren hellblond. In ihrem Gesicht wuchs ein sehr langer, feiner Damenbart. Er fiel ihr in gelockten Wellen bis auf die Brust. Neben ihr stand ein altes hölzernes Spinnrad. Aus den Fingern ihrer linken Hand kamen lange, feine silberne Fäden, die wie von Geisterhand auf das Spinnrad vor ihr sprangen. In der rechten Hand hielt sie eine Spindel wie aus dem Märchen, auf die sich der gesponnene Faden vom Spinnrad eigenständig aufwickelte. Aus der Spule heraus führten mehrere Stränge silberner Schnüre hin zu der zweiten Frau in dieser Runde.

Sie saß aufrecht auf einem runden Stein und war mittleren Alters. Ihre dunklen Haare waren in einem Kranz um den Kopf gelegt. Bei ihrem Gesicht liefen die Augenbrauen über den Augen zu einer graden Linie zusammen. Sie verknotete die Fäden willkürlich miteinander. Diese verknoteten, silbrigen Gebilde führten weiter über den Felsen. Teilweise hingen schlabbrige, schwarze Spinnweben an ihnen. Sie endeten in den Händen der Ältesten.

Ihre schlaffe Gesichtshaut war so faltig, dass sie ihre Augen fast bedeckte. Sie hatte keine Haare auf dem Kopf, ihre helle Tunika hatte einen Kragen, der dicht unter den großen Ohren endete. Mit einer silbernen, klappernden Schere zerschnitt sie alle Fäden zu kleinen Stückchen. Zu ihren Füßen herum türmten sich Berge von diesen silbernen Schnürleichen. Aber das Eigenartige war, dass ihre Augen fest verschlossen waren, als würden sie schlafen. Sie unterhielten sich wie Schlafwandlerinnen.

Ich versuchte, besonders laut und deutlich zu sprechen. „Entschuldigung! Hallo?“ Sie erwachten nicht. „Hallo!“

Die Jüngste schleuderte mit geschlossenen Augen mit ihrer linken Fadenhand dünne, klebrige Silberfäden auf die alte Frau. „Es ist zu früh! Lachesis, du Biest! Ich werde dich erwürgen!“ Die silbernen Fäden woben sich um ihre Glatze.

Die alte Lachesis öffnete ihre Augen. Sie waren von einem hellen Blau, so hell, dass es sich kaum von der weißen Farbe der Augäpfel unterschied. „Versuch es doch! Ich werde dich erstechen! Klotho!“ Die große Schere flog in Richtung der jungen Frau und prallte am Felsen ab. Sie traf die mittlere Frau. Die Schere blieb in ihrem Arm stecken. Sie zog die Klinge aus ihrem Arm, ohne das Gesicht zu verziehen.

Ich versuchte es noch einmal. „Ich war diejenige. Ich habe euch geweckt. Ihr müsst mir dringend helfen. Bitte!“

Sie hielten in ihrem Streit inne. Witternd streckten sie ihre Nasen in die Luft, die Münder leicht geöffnet, als würden sie mit allen Sinnen erfassen wollen, wer vor ihnen stand. Klotho sprach als Erste. „Was riecht hier so?“

„Ich brauche jetzt …“, begann ich.

„Still, Kleine!“ Sie hielt mir ihre Hand entgegen. Auf allen vieren kroch sie von ihrem Felsen. Die beiden anderen folgten ihr auf die gleiche Weise. Wie Hyänen pirschten sie sich an die

Venustas heran und umkreisten sie. Jetzt erst fiel mir auf, dass sich die Venustas in großem Abstand zu mir befanden. Sie hielten sich im Hintergrund. Ihre Augen ängstlich weit aufgerissen.

Die Mittlere begann zu zischen: „Ihr … Ich kenne Euch!"

Die Älteste zog verächtlich an der Kleidung der Venustas. „Ihr Verräter!"

Die hellblonde, junge Frau kroch bedrohlich auf Phagory zu und strich an seinen Beinen lang wie eine Katze. „Ihr wollt über die Grenze?"

Wie zwei Kinder, ängstlich und mit gesenktem Kopf, standen die beiden da. Ihre Schultern sanken kraftlos herab. Ein Kopfschütteln war ihre einzige Reaktion. Ich ging dazwischen und hielt Mamas Foto hoch. „Ich will es wissen. Wo ist sie!"

Zischend zogen sich die Frauen zurück und scharrten sich interessiert hechelnd um das Foto. „Bitte guckt genau hin. Ich muss diese Frau auf dem Foto finden. Habt ihr meine Mutter gesehen?"

Die junge Frau nickte, neigte Kopf schief zur Seite und legte ihn auf meine linke Brust. Leise kommentierte sie jeden meiner Herzschläge und schloss dabei die Augen. „Pubum. Pubum. Pubum."

Die mittelalte Frau ergriff das Wort. Ich meinte, einen leisen Anflug von Sympathie in ihren Augen aufflammen zu sehen. „Sie ist eben über die Grenze gegangen."

„Okay. Dann gehe ich ihr hinterher. Wo ist sie jetzt ungefähr?"

Lachesis, die Älteste, legte den Arm um meine Schulter und zeigte auf ein Häufchen Asche, das auf einem roten Samttuch lag. Mamas Samttuch. „Nicht so weit weg, Kleine."

Die junge Klotho hob ihren Kopf von meiner Brust und es sollte leichter um mein Herz werden, aber die Druckwelle, die sich auf meinem Herz ausbreitete, war stärker. „Du kannst sie nicht mehr aufhalten. Sie ist auf ihrer Reise."

„Es tut mir leid, Liebes. Aber das kann keiner rückgängig machen."

„Was kann keiner rückgängig machen?", fragte ich.

Die junge Frau begann, nervös lange Fäden zu spinnen. „Das ist der Lauf der Dinge. Sie ist jetzt nicht mehr, wie du sie kennst."

Die ganz alte Frau trat nah zu mir und klopfte mir mit der flachen Hand feste auf den Rücken. „Jeder, der über diese Grenze geht, kehrt nie wieder zurück."

Jetzt hatte ich sie zum dritten Mal verloren. Ich sank vor die Asche auf die Knie. Sie war warm und dampfte. Tränen überströmten mein Gesicht. „Aber ich hab sie eben doch gesehen, sie war so fröhlich. Und gesund!" Phagory stand abseits und blickte weg in die Ferne. Er weinte.

Die drei Frauen wandten sich von mir ab und kletterten auf ihre Felsen. Sie spannten, knoteten, schnitten und stritten wieder. Ich griff in die dampfende Asche und hob ein wenig davon auf meiner Handfläche. Sie war eine hellgraue Substanz, die glitzernd in die Luft flog, wenn kleine Mengen sich aus dem großen Haufen lösten. Ich nahm eine Prise zwischen die Finger und roch daran. Es roch nach nichts.

Phagory kam langsam zu mir und setzte sich neben mich. „Es tut mir leid. Wir können hier Abschied von deiner Mutter nehmen.“

„Sie kann es nicht sein. Warum sollte sie jetzt verbrannt sein? Das wäre doch schmerzhaft gewesen, wir hätten sie schreien hören müssen.“ Ein Weinkrampf packte mich und schüttelte mich bis in die Knochen. In mir löste sich alles, was an Hoffnung noch war, in Luft auf. Nicht hier. Nicht jetzt. Ich war so jung und brauchte sie. Es musste einen Weg geben! „Phagory, wurde sie umgebracht? Von denen?“

Die drei Frauen bleckten ihre Zähne bedrohlich in unsere Richtung. „Du weißt, wer es war. Er tötet sie. Sobald sie über die Grenze in sein Totenreich gehen, verändern sie ihre Gestalt. Sie ist jetzt ein Schatten. Ein schöner Schatten, in dem ein Feuer brennt. Leuchtend hell.“

„Der Tod! Ist er hier? Ich werde ihn umbringen.“

Er lachte verächtlich. „Er ist nirgends zu Hause. Er arbeitet zu jeder Stunde. Allein das ist ihm wichtig.“ Phagory hatte durchgehend rote Augen. Als er die Asche auf dem Tuch vorsichtig zusammenschob, bemerkte ich seine langen Krallen an den Händen. Er schlug das Tuch über der Asche zusammen. „Ich weiß genau, wie es dir geht. Du hast sie wenigstens kennengelernt und mit ihr gelebt. Ich habe immer nur die Asche meiner Mutter gekannt. Also bewahre sie gut auf.“

„Was hilft mir jetzt noch ihre Asche?“

Er nahm meinen Finger, hielt ihn vor meinen Mund. „Mach ihn feucht. Dann nimm etwas von der Asche." Ich tat es. Er führte den Finger an meine Lippen. „Versuch es. Nimm die Asche in den Mund." Auch das tat ich.

Vor meinen Augen wurde es schwarz. Dann befand ich mich plötzlich in einem Garten mit Gartenzwergen und Brombeerbüschen. Ein Mädchen saß neben mir und spielte mit einer Katze. Ein heller Blitz tauchte auf und in mir zog sich alles zusammen, während ich in eine Spirale fiel.

Nachfolgend lag ich auf einem klebrigen Boden in einem dunklen Raum. Um mich herum bewegten sich rhythmisch Beine. Ich rappelte mich auf. Neben mir tanzte meine junge Mutter. Ein Typ mit langen Haaren kam auf sie zu und dann … knutschten sie.

Ein noch hellerer Blitz erstrahlte. Ich fiel weiter durch die Spirale und … neben mir hing meine Mutter nackt auf einem Hocker und brachte ein Baby zur Welt. Das war ich!

Ich schlug die Augen auf und war wieder an der Grenze in dieser komischen Welt.

Phagory sah mich erwartungsvoll an. „Und? Ist sie es?"

„Ich … ich hab meine Mutter gesehen. Wie sie mich auf die Welt gebracht hat … Mit Blut und so …"

„Ja, leider endet es immer mit der eigenen Geburt. Ich habe das als Kind mehrmals am Tag gemacht. An der Asche meiner Mutter geleckt. Es sind zu jeder Zeit die gleichen Bilder. Aber so hast du wenigstens eine Idee, wie sie war. Pack dir die Asche ein! Sie hilft dir, dich zu erinnern.“ Er knotete das Tuch zusammen. Über. Nein. Doch. Über Mama.

Ich schob seine Hand weg. „Noch nicht!“ Ich legte mich über ihre Asche und schloss meine Augen. Der Schmerz war real. Und mein Atem ging trotzdem immer weiter. Ich wartete darauf, dass etwas geschah. Irgendwas. Gut oder schlecht. Das war egal. Aber es passierte nichts. Ich schloss meine Augen und spürte, dass Phagory neben mir saß und leise summte.

„Es gibt noch eine Möglichkeit!“ Ich riss meine Augen auf. Elegory stand vor uns. Auch er sah wild und verwandelt aus. „Hast du mich verstanden, Lilli? Es gibt noch eine Möglichkeit!“

„Welche?“

Elegory warf einen abschätzenden Blick auf die drei Damen. Sie beobachteten uns interessiert. „Lasst uns erst hier weggehen.“

Ich knotete das Tuch mit der Asche behutsam zu einem Bündel und folgte den beiden. Wir liefen ein ganzes Stück, dann stoppten wir. „Ich denke an das Leben! Wir gehen zu ihr ins Schloss. Sie ist die Einzige, die Lillis Mutter zurückholen kann.“

Phagory nickte immer stärker. „Das stimmt.“

Meine Gefühle sprangen vom Keller in den Himmel. „Lasst uns gehen. Und Mama kommt mit.“ Ich drückte dieses wertvolle Bündel an mich. Hoffentlich hatte ich noch nicht zu viel von ihr verpulvert.

43

Der Weg zum Schloss führte immer geradeaus, weg von der Grenze. Die Luft duftete nach Orangen. Ich hatte wieder Hoffnung. Etwas, das Phagory nicht mehr haben konnte, wenn es um seine Mutter ging. „Was ist denn mit deiner Mutter passiert?"

Phagory zuckte traurig mit den Schultern. „Ich weiß es nicht. Ich habe in ihrer Asche immer nur gesehen, wie sie als Kind gewesen war, dann den Moment, in dem sie meinen Vater kennengelernt hatte … Und schließlich nur noch meinen Vater, wie er mich mit ihrer Asche … zeugt."

„Was?" Ich konnte nicht anders. Ich musste schreien: „Mit Asche zeugen?" Wir gingen eine Weile still nebeneinanderher. Elegory lief voraus. „Phagory, was ist mit deinem Vater?"

Er wandte den Blick ab. „Die Sonne wird noch lang genug am Himmel stehen, du wirst alles im Hellen sehen können."

„Phagory! Das ist keine Antwort!"

„Mein Vater … Er reist viel, sammelt Dinge von seinen Reisen und stapelt sie dann einfach überall. Alles ist voll mit seinem blöden Kram."

Ich begriff langsam. „Dein Vater ist ein Messi? Das muss dir doch nicht peinlich sein."

„Ein was?"

„Einer, der jeden Quatsch aufhebt und sammelt."

Phagory lachte. „Ja, so einer ist er.“

Elegory blieb stehen und wartete ungeduldig, bis wir bei ihm waren. „Pass auf Lilli, gleich haben wir den lila Stein passiert.“

Auf dem Boden vor uns lag ein kleiner, fünf Zentimeter großer, lila Stein – völlig unspektakulär. „Wow, ein echter lila Stein. Und dann auch noch so groß!“ Ich grinste.

Die beiden überhörten lächelnd meinen Spott. Wir gingen an dem Stein vorbei und standen plötzlich in einer komplett anderen Welt.

44

Vögel zwitscherten, sangen und krähten überall. Aus dem dürren Weg wurde eine hübsche, gepflasterte Straße. An den Rändern blühten Bäume und auf den Bäumen kletterten Eichhörnchen. Die Luft war durchtränkt mit dem Geruch von Orangen, Zitronen und Lavendel. Überall schwirrten Schmetterlinge herum. Die Sonne streichelte warm meine Haut und es war extrem hell.

Hoffnung stieg in mir auf. Ich schloss meine Augen und atmete tief ein und wieder aus. Atmen. Grade an der Grenze war es mir so lästig gewesen und jetzt fand ich es so schön. Ein ganzes Stück stolperte ich hinter den Venustas her. Ihr Gang war auch leichter geworden. Ihre Schultern hingen nicht mehr schlaff hinunter.

Die Bäume wurden weniger. Vor uns lag eine glänzende Mauer aus Metall. Sie spiegelte uns und war so hoch, dass ich nicht drüber gucken konnte. Phagory hob mich ungefragt in die Luft.

Hinter der Mauer lag eine gigantische Anlage, die aussah wie eine Fabrik mit bunt rauchenden Türmchen. Das Gebäude war verspiegelt. Genauso wie die Sichtschutzmauer. Aus einigen Räumen führte ein breites Rohr nach draußen und endete auf der Wiese vor der Fabrik.

„Komm, lass uns reingehen!" Phagory setzte mich wieder ab. Er schlug mit seiner Faust dreimal so heftig gegen die Mauer, dass ihr Blech verbeulte.

Ein Rattern war zu hören. Dann schob sich die Mauer langsam auf. Wir gingen auf ein verschnörkeltes Tor zu, das sich hinter der Mauer befand. Als wir davorstanden, öffnete es sich leise und eine frische Brise blies uns ins Gesicht, wie an einem Sommertag am Meer. Ich hatte das Gefühl, dass alles gut werden würde.

Vor uns lag ein riesengroßer, mit weißen Steinen gepflasterter Hof. Schillernde Pfauen in Pink, Lila, Gold und Silber schlugen überall ihre Federräder auf. In der Mitte des Hofes stand ein großer, goldener Springbrunnen. In ihm schwammen goldene Fische mit meterlangen Schwänzen. „Warum hab ich das denn grade nicht gesehen, als du mich über die Mauer gehoben hast?", fragte ich.

Phagory beobachtete mein Staunen belustigt von der Seite aus. Ich schubste ihn aus Spaß leicht. „Was denn?"

„Schön, dass es dir besser geht. Auf der anderen Seite sieht immer alles anders aus." Wir gingen näher an den Brunnen heran. Er war pompös. Verschnörkelt. Eine silberne Tafel war vor dem Brunnen befestigt. Auf ihr glänzten die in Dauerschleife aufpoppenden Buchstaben in heller Neonfarbe: „DAS LEBEN BESIEGT DEN TOD! ES LEBE DAS LEBEN! FÜR IMMER!"

In der sprudelnden Wasserfontäne spielte sich ein Film ab. Die wunderschöne Frau, die ich auf dem Gemälde bei dieser durchgedrehten Prinzessin gesehen hatte, sah hier noch schöner aus. Ihre Haare fielen wallend an ihren Schultern entlang bis auf ihre Hüften und endeten knapp über den Kniekehlen. Ihre Augen strahlten geheimnisvoll. Sie hatten zwei Farben. Eins war hellblau, tief wie das Meer in der Karibik. Das andere Auge war braun und in der Pupille drehte sich ein kleiner goldener Wirbelsturm – wild und wunderschön. Ihre Wangen leuchteten rosa. Ihre Lippen schienen von innen her himbeerrot. Ihr Körper war zur Hälfte umhüllt von ihren Haaren. Sonst war sie nackt.

Sie schritt königlich über eine Geburtsstation. Strich den Neugeborenen in ihrem Bettchen liebevoll über die Köpfe. In einer dunklen Zimmerecke stand der Tod an einem Babybettchen.

Genauso hatte ich ihn kennengelernt. Er gierte das Baby an, hob seine Hände bedrohlich über das kleine, süße Kind und es begann zu weinen. Er beugte sich herunter, um es zu küssen. Das Leben rannte auf ihn zu. Sie hielt seine Hände fest, stoppte damit seine Bewegungen und schüttelte den Kopf. Ein Alarm ertönte. Ärzte stürmten ins Zimmer. Sie trugen das Kind vorsichtig aus dem Raum. Der Tod wurde langsam unsichtbar. Er löste sich einfach auf. Siegessicher lächelte das Leben uns zu. „Und wieder habe ich ihn besiegt."

Es war so faszinierend und schön, dass ich mir den Film drei Mal in Wiederholung ansah. Phagory verlor die Geduld. „Lilli, komm hierher! Lilli!"

Phagory und Elegory standen vor einer kugelrunden, verspiegelten Halle. Durch dieses Verspiegeln konnte man nicht erkennen, was sich innen in dem Gebäude abspielte. „Komm, wir wollen dir was zeigen."

„Ich muss das Leben treffen. Ich habe keine Zeit zu verlieren."

Elegory klingelte an der Eingangstür. „Keine Angst. Das Leben trifft dich, wenn sie es für richtig hält. Sie weiß schon längst, dass du hier bist."

„Woher soll sie das denn wissen?"

„Ich hab sie informiert!"

„Wann?"

„Als es nötig war, Lilli."

„Elegory, du gehst mir langsam mit deiner komischen Art, wie du auf das Leben abfährst, auf die Nerven!"

„Ein wunderschönes Leben! Das Passwort bitte?", säuselte eine verführerische Frauenstimme aus einem Lautsprecher neben der Tür.

Phagory strich sich seine Haare aus dem Gesicht und lehnte sich lässig an die Tür. „So, wie du bist, bist du wunderschön."

„Danke." Die Stimme klang geschmeichelt.

Phagory lächelte charmant die Tür an. Die gläserne Tür öffnete sich automatisch. Eine Lärmwolke aus Hämmern, Klopfen, Sägen und Schrauben schwappte uns vom Inneren entgegen. Wir gingen rein.

45

Hinter der Tür auf einem Barhocker saß eine waschechte Zwergin. Ihre schwarzen, glänzenden Haare fielen in springenden Locken auf die Schultern und bei jedem Lächeln funkelten uns blitzend weiße Zähne entgegen. Sie war genau das Gegenteil ihrer männlichen Artgenossen. So sauber und gepflegt. Sie führte eine Checkliste. Zwei männliche Zwerge drehten eine riesige Sanduhr. Aber irgendwas wollte daran nicht gelingen. Die hintere Seite der Sanduhr rutschte immer wieder zurück.

Der zuständige Zwerg lief rot an. „Warum klemmt die Ebbe denn schon wieder?“ Er fixierte seinen ebenso rot anlaufenden Kollegen.

Der schien noch wütender. Mit tiefer Stimme schrie er in den Raum: „Und warum lässt sich die Flut so leicht anheben?“

Es wurde still. Überall in der Halle ließen Zwerge ihre Arbeit ruhen. Nur oben auf einem Balken an der Decke sitzend, baumelte ein Zwerg und sang schief vor sich hin. Er malte pfeifend weiße Wolken an. Mal blau, mal lila, mal grau und schob sie in einer langen Reihe von sich weg. Die Hälfte der Halle war bedeckt mit bunten Wolken. Der Zwerg mit der Sanduhr griff beherzt in seine Tasche, zog einen Schraubschlüssel heraus und warf ihn mit voller Kraft nach oben. „Schieb deine Wolken nach draußen! Der Mond kommt nicht durch, du Schnarchnase!“

Er traf den fröhlichen Zwerg am Rücken, der taumelte und verlor das Gleichgewicht. Er klammerte sich in letzter Sekunde an einer Wolke fest, die langsam in mehrere Teile zerriss.

Die Zwergin schaltete sich aufgeregt ein. „Odin! Jetzt tu doch was! Odin!"

Der Zwerg, der den Schraubschlüssel geworfen hatte, warf der Zwergin schnell einen Handkuss zu und rannte unter den inzwischen wimmernden Zwerg an der Decke, der sich nur noch an einem Miniwolkenzipfel festhielt.

Dann wurde es knapp. Die Wolke löste sich auf. Der Zwerg fiel, aber Odin war einfach nicht schnell genug. Jetzt schaltete sich die Zwergin ein. Sie sprintete an Odin vorbei, breitete Ihre Arme aus und fing den fallenden Zwerg kurz vor dem Aufprall.

Applaus brach unter den Zwergen los. Ich hielt erschrocken inne, bis mir die wichtigste Regel in dieser Welt einfiel. „Phagory? In der Welt des Lebens kann man auch nicht sterben, oder?"

Er schüttelte den Kopf und griff nach meiner Hand. Leider ließ er sie sofort wieder los, als wir an seinem angepeilten Ziel ankamen: dem Ausgang.

Mein Herz raste, immer wenn Phagory mich berührte. Elegory hielt uns eine gläserne Tür zur nächsten Halle auf. „Das sind die Labore."

Vor uns lagen lange Gänge, die sich auf zwei Stockwerke aufteilten. Das zweite Stockwerk hatte gläserne Böden und eine gläserne Treppe führte hinauf. Ich legte meinen Kopf in den

Nacken und ging ein paar Meter voran, um diese Aussicht zu genießen. In dem ersten Labor standen zwei Zwerge, und vor ihnen saß ein großes rosa Huhn. Es zerhackte genüsslich eine Sahnetorte.

Im zweiten Labor sah ich etwas, das mir den Atem raubte. Elegory und Phagory schienen es nicht bemerkt zu haben. Ich rannte zu den beiden zurück und schubste sie mit aller Wucht in eine Ecke. „Pssst. Bitte. Da oben steht ein Skelett. Und es hält einen Zwerg gefangen."

Ich deutete auf den Raum schräg über uns. Fuß- und Zehenknochen klapperten auf dem Glasboden. Neben dem Skelett stand wild hüpfend und gestikulierend ein goldbärtiger Zwerg. Phagory nickte und Elegory kniff seine Augen zusammen. Ich ließ sie los.

Langsam schlichen wir uns zur gläsernen Treppe und gelangten eine Etage höher. Nun konnten wir die Unterhaltung hören. „Also, Sie können das so nicht da reinwerfen, werte Dame", sagte der Zwerg mit strengem Blick.

„Aber. Ich bitte Sie. Sie können doch nicht die armen kleinen Tierileins noch anpinseln, bevor Sie die runterwerfen."

„Vorschriften sind Vorschriften und es wird so gemacht, wie ich das sage."

Zwischen ihnen saß ein Stinktier mit drei Köpfen. Das Skelett hatte lange orangefarbene Haare und ließ sich nicht aufhalten. „Nein, nein, nein. Ich werde Sie das nicht machen lassen!" Das Skelett stapfte so stark mit den Füßen auf, dass seine Knochen klirrten.

Elegory ging einige Schritte nach vorne und mischte sich ein. „Ist alles in Ordnung bei Ihnen?“

„Nein, überhaupt nicht. Dieser grobe Zwerg hier will kleine Tierchen bemalen und dann …“

„Ich habe den Zwerg gefragt!“

„Es ist alles in Ordnung. Es ist nun mal die Vorschrift, dass wir alles mit Glanz bestäuben müssen, das hierbleibt.“ Entschlossen wischte er mit einem dicken Pinsel goldenen Glitzer über die Stinktierköpfe. Dann nahm er das glitzernde Tier hoch, trug es zum Fenster und öffnete es.

Vom Fenster führten zwei Röhren weg. Eine war ewig lang. An ihr hing eine Hinweistafel: *Erde. Bitte immer nur einzeln versenden.*

Die andere Röhre war kurz und führte nach unten auf die Wiese. An ihr hing auch eine Hinweistafel: *Bleibt hier.*

In dieser Röhre landete dieses süße Glitzerstinktier. Quiekend rutschte es bis zur Wiese, auf der schon neugierige andere Tiere warteten. Ein Känguru mit Zebrastreifen packte es dann kurzerhand in seinen Beutel ein und verschwand damit hinter einem Busch.

Der Zwerg ging wieder seiner Arbeit nach und mischte Flüssigkeiten wild zusammen. „Wenn Sie mich fragen – eine Schande mit den Skeletten. Ich finde, es wird hier langsam zu voll. Aber die nimmt ja alles auf.“

„Ich will endlich zum Leben.“ Ungeduldig nickte ich den Venustas zu, die dem inzwischen stiller gewordenen Skelett beim Fegen zusahen.

„Ja. Wir gehen ja schon. Sie empfängt dich sowieso erst, wenn sie will."

„Das werden wir ja sehen!" Wir gingen die eiserne Treppe wieder hinunter. Dann durch die gläserne Halle und in jedem kleinen Glasräumchen entstand irgendein neues, mehr oder weniger zauberhaftes Tier.

Die letzte Glastür öffnete sich automatisch und wir erreichten den Schlossbereich.

Der Garten, in den wir eintraten, war links und rechts gesäumt von Bäumen mit Gesichtern. Teile von ihnen hatten menschliche Körper. Sie blickten uns an, aber wenn ich sie anlächelte, verzogen sie keine Miene. Sie drehten ihre Kronen um ihre eigene Achse, um uns nachzusehen. Zwischen den Bäumen standen junge Männer mit Fackeln. Sie waren nackt bis auf ein Blatt, das zwischen ihren Beinen klebte.

Phagory zog mich mit sich. „Hier lang Lilli."

Nur Männer. Überall. „Warum gibt es keine Frauen bei den Venustas?"

Phagory lachte. „Du denkst, das sind Venustas?"

„Was sonst?"

„Sie waren dir mal sehr ähnlich."

„Sind sie … Leben sie?"

Phagory presste die Lippen aufeinander. „Nein. Nicht wie du und ich. Sie sind tot und das sind ihre Körper. Das Leben konnte sie vor der Grenze zum Totenreich abfangen."

„Und wo ist der Rest von Ihnen?“ Ein kalter Schauder lief mir über den Rücken. „Dann stehen da … Tote auf dem Rasen und lächeln, während sie die Fackel halten? Wie ist das möglich?“

„Ihre leuchtenden Schatten sind weitergezogen.“

Eine laute, helle, klingende Stimme ließ uns verstummen. „Meine liebe Lilli! Wie schön du bist. Es lebe das Leben!“

46

Drei Schritte von mir stand plötzlich das Leben. Schöner und rosiger als in den Filmen im Brunnen. Ich trat unruhig von einem Bein aufs andere. „Komm in meine Arme, meine Liebe!"

Die Wunden der letzten Umarmung brannten noch auf meinem Rücken. Ich ging zu ihr. Sie riss mich an sich. Mir wurde schwindelig. Ihre Haare rochen nach allem, was ich mochte und liebte. Ihre Haut war zart und drückte sich immer wieder an meinem Gesicht. Langsam ließ sie mich los und mir war, als würde ich in ein weiches Lavendelfeld fallen. Meine Wunden auf dem Rücken verheilten.

Sie nahm mich an die Hand und zog mich mit sich. „Komm, meine Freundin!"

Elegory und Phagory, die uns folgen wollten, wurden von einem Toten aufgehalten. Ich drehte mich nach ihnen um. Das Leben legte ihren Arm um meine Schulter und schob mich weiter. „Sie werden uns nachkommen, meine Liebe. Das, was wir zu besprechen haben, ist eine Sache zwischen Frauen."

Ich fand es irritierend, dass sie nackt war. Sie schien das nicht zu stören. „Meine arme Kleine. Ich weiß, was mein Bruder dir angetan hat. Ich wollte deine Mutter retten, aber … Sieh selbst. Es sind so viele, die ich retten muss." Sie hob ein weißes Steinamulett von ihrem Hals. Es hatte die gleiche Form wie der Xalit, den ich von Phagory bekommen hatte. Sie hauchte auf die steinerne Oberfläche, bis sie beschlug. Dann hielt sie mir den nun leuchtenden Stein entgegen. Ein Film spielte sich darauf ab.

Das Leben saß nackt in einem Zimmer neben dem Bett einer alten, schlafenden Frau. Es umklammerte sie mit einer festen Umarmung. Der Tod öffnete die Tür und die alte Frau erwachte. Sie lächelte ihn an. „Da bist du ja mein Geliebter. Willst du mich nicht küssen?"

„Leider noch nicht, meine Schöne. Aber sehr bald. Zuerst muss ich woanders hin."

Das Leben drückte die Frau fester an sich. „Niemals. Die Zeit des Todes wird bald abgelaufen sein. Ich werde jeden Menschen vor dir retten!"

Plötzlich wurde die Tür aufgerissen und ich stolperte ins Zimmer – vor die Füße des Tods. Er rückte seinen Hut zurecht. „Guten Tag, verehrtes Fräulein."

Das Leben wurde laut. „Nein! Nicht Lilli-Marai. Nein! Sie wirst du nicht bekommen." Ich rappelte mich auf und ging, ohne mich umzugucken, aus dem Zimmer. Kurz hinter mir verließ der Tod ebenfalls das Zimmer.

Die alte Frau weinte. „Nein! Ich warte so lange auf dich! Hörst du? Ich bin dran! Komm zurück! Du kannst nicht einfach meinen Knopf mitnehmen und mich hierlassen!"

Das Leben umschlang die Frau fester und strich ihr über die Haare. „Ist ja gut, meine Liebe. Ist ja schon gut. Ich habe dich vor ihm gerettet."

Das Leben zog das Amulett zurück an seinen Hals und es wurde wieder weiß. „Komm mit.“

Wir betraten eine große Marmorhalle mit einem riesigen Steintreppenhaus. Jede zehnte Stufe wurde von einer grünen Marmorsäule unterbrochen, an der man sich vorbeidrücken musste. Ein Podest um die Säule machte den Weg breiter. Seit mich das Leben berührt hatte, fühlte ich mich stärker. Ihr Arm lag zwischen meinen Schulterblättern. Ich spürte, wie neue Muskeln, denen ich mir vorher nicht bewusst war, mich beim Treppensteigen beschleunigten. Als wir die ersten zehn Treppen erklommen hatten, fielen mir Bewegungen in den grünen Marmorsäulen auf. Schleierhafte, schwimmende Bewegungen waren es. Knochen und ein Gesicht flackerten auf. Dann wurde die Säule wieder dunkelgrün.

Ich drehte mich zum Leben um. Sie lächelte mich an. Nach den nächsten zehn Stufen wiederholte sich das Gleiche: Sobald ich mich an der Marmorsäule vorbeidrückte, flackerte sie. Diesmal erschien ein Herz. Dann ein Gesicht, mit kalten Augen, faltigen Gesichtszügen und einem an den Wangen breit gewachsenen Bart.

Ich stolperte zurück. Der Druck in meinem Rücken verstärkte sich. Das Leben trat dicht an mich und flüsterte mir ins Ohr: „Meine Kleine. Was macht dir Angst? Ist es etwa die Säule?“

Sie blieb, schmiegte sich nah an mich ran und hob meine Hand an, um die Säule zu berühren. Als meine Fingerspitzen den Stein betasteten, hörte ich das Leben nur einatmen. Nie ausatmen. Sie atmete immer nur ein.

„Sie sind aus einem Stein der Erde gemacht. Man sagt, sie schließen ein, was immer sie haben wollen. Was für eine schöne Geschichte, nicht wahr?“ Sie ließ meine Hand gedankenverloren sinken. Nur um sie nach einigen Sekunden wieder zu greifen und mich diesmal hinter sich herzuziehen.

Nach zehn weiteren Treppen drückte sie sich an der nächsten grünen Säule vorbei. Ich versuchte, den Atem anzuhalten, während ich mich an der Säule entlang schmiegte. Ein Licht blitzte auf. Eine kleine Hand schlug so stark von innen gegen die Säule, dass ich zurücksprang. Hätte mich das Leben nicht an der Hand gehalten, wäre ich die Treppen runtergefallen. „Sag mal, was ist denn mit dir los?“

„Ich glaube, mir war grade schwindelig.“

Besorgt eilte sie zu mir, strich mir über den Kopf und fühlte meine Ohren. „Oh, meine Kleine. Nicht, dass du krank wirst. Warte.“ Sie legte ihren Kopf auf mein Herz und tastete meine Brust ab. Dabei hörte ich wieder nur ihr Einatmen. Ihr Kopf hob sich. Sie lächelte. „Nein. Nichts Schlimmes. Es ist so ungemein praktisch, dass du ein Mensch bist. Bei den Venustas muss ich anders nach Krankheiten suchen.“

„Wo denn?“

Das Leben zögerte kurz. „Ein ganzes Stück tiefer.“ Sie wandte sich von mir ab und ging schneller vor. „Lilli! Schau hier! Wie wunderbar und entzückend!“

Sie wartete vor einem kleinen Fenster auf mich. Das Treppenhaus schien langsam ein Ende zu nehmen. Die Stufen hatten eine andere Aufteilung. Jetzt führten sie ohne Säulenunterbrechung grade nach oben. Sie legte ihre Hand wieder auf meine Schulter. „Von hier oben kannst du deine Freunde sehen."

Elegory und Phagory standen immer noch genau an der Stelle, an der ich sie verlassen hatte, und unterhielten sich angeregt mit einem Zwerg. „Wie viele Wesen vom Tod sind schon bei dir?"

Sie guckte mich erstaunt an. Ich war mir sicher, der Stolz sprach aus ihr. „Es werden immer mehr. Erst kamen die Venustas. Dann die Zwerge. Jetzt auch noch die Skelette. Ich gab ihnen das, was sie nicht hatten!"

„Was ist mit den Bewohnern der Zwischenwelt? Die mit den vielen Augen und Beinen?"

Ihre zarten Hände ballten sich zu Fäusten. „Die kriege ich auch noch. Sie sind leider sehr, sehr dumm. Und ich weiß nicht, was ich ihnen geben kann. Sie denken, sie haben alles, was sie brauchen."

„Und? Was machst du nun?"

Sie kniff mir so fest in den Arm, dass es schmerzte. „Musst du denn so viel fragen und reden, Kind?"

Wir gingen die letzten Treppenstufen hoch. Die Stufen wurden von einem goldenen Geländer gesäumt. „Noch eine letzte Frage, bitte."

Sie kaute angespannt auf ihren Pfirsichlippen herum, nickte dann kurz. „Gut."

„Was hast du den Venustas gegeben?"

Sie lachte und es steigerte zu einem lauten, klirrenden Lachanfall. „Hast du das denn noch nie bemerkt? Bei deinem … Warte. Warte. Schau mich kurz an." Belustigt nahm sie mein Gesicht zwischen ihre Hände und ihr Blick suchte meinen. „Die Venustas kamen zu mir und ich gab ihnen Männlichkeit. Und jetzt ist die Fragestunde zu Ende." Ihr scharfer Ton durchschnitt das Band, das sie versucht hatte, zwischen uns zu knüpfen, um dann ganz sanft gegen eine Tür zu klopfen.

Die Tür sprang auf. Der betörende Duft von Rose und Jasmin flog uns wie ein unsichtbares Band entgegen. Dann verfielen meine Augen in einen Rausch. Alles, wirklich alles, was ich sah, glänzte in Gold und Silber.

47

Das Leben schob mich in eine riesige, goldene Halle. Langsam gewöhnten sich meine Augen an den Glanz und ich konnte kleinere Details erkennen.

Silberne Liegen standen auf goldenen Teppichen. Ein hellgoldener Tisch thronte auf einem silbernen Krokodil. Der Tisch bewegte sich – nein, es war das Krokodil. Überall an den Rändern lungerten diese halbnackten, männlichen, echten Toten. Ihre Körper glänzten wie alles andere um sie herum. Sie wedelten mit einem goldenen Blatt kleinen silbernen Katzen Luft zu, die sich zum Dank an den Beinen der Toten festkrallten.

In meinem Kopf drehte es sich. Das Leben drückte mich sanft auf eine Liege, während ein kleineres Krokodil mit einem Tisch auf dem Rücken an uns vorbeikroch. Dabei verlor es einen dunklen Haufen, als ich grade fragen wollte, ob es wirklich lebte.

Schnell kam einer von den echten Toten angelaufen, um zu putzen – dachte ich. Aber er zog nur eine kleine Dose aus seinem Hosentuch und besprühte die Krokodilkacke mit silberner Farbe. Dann ging er wieder.

Das Leben lächelte hold. „Lilli!"

„Ja?"

„Ich hasse den Tod."

„Ich auch."

Sie nahm meine Hand. Ich hatte mich inzwischen an die Energieschübe, die bei Berührungen von ihr ausgingen, gewöhnt. „Es gibt einen Weg, wie wir beide ihn besiegen können."

„Ich will meine Mutter wiederhaben. Lebendig. Schaffst du das?"

„Wenn du mir den Tod bringst? Ja, mein Schatz. Dann schaffe ich es."

„Wie soll ich ihn dir denn bringen?"

Sie atmete lange ein und sah mich überglücklich an. „Dafür habe ich eine Lösung. Bachus? Geliebter? Komm doch zu uns!"

Bachus tauchte hinter einem Vorhang auf. Goldbeschmiert stolzierte er breit grinsend auf uns zu. Er trug weiße Handschuhe. In seinen Händen hielt er mit spitzen Fingern ein Stück Netz. „Lilli! Wie schön, dich zu sehen!"

Ehe ich mich versah, drückte er mir zwei Küsschen rechts und links auf die Wange. Seine roten Augen stachen aus dem ganzen Gold und Silber hervor. Dann ging er zum Leben und wollte ihr einen Kuss auf die Stirn geben.

Doch die wich zurück. „Bachus. Bitte zeig Lilli, was wir für sie haben."

Bachus nickte, dann rollte er stolz das Netz aus. Es entpuppte sich als grobmaschiger Sack und es roch etwas streng. Bachus schien Angst vor dem Netz zu haben. Er behandelte es wie ein rohes Ei und achtete akribisch darauf, nicht von ihm berührt zu werden. „Das, liebe Lilli, das ist der Sack, mit dem der Tod gefangen werden kann. Ich habe ihn von den Moiren an der Grenze bekommen. Die Moiren sind, liebe Lilli, sehr nette …“

Ich unterbrach ihn. „Ich weiß, wer sie sind, lieber Bachus.“

Er suchte unsicher den Blick des Lebens. „Ich kam zu den Moiren, als ich auf der Suche nach einem Geschenk für meine Liebste war. Sie gaben mir den Sack. Dieser Sack, meine Damen, gewebt von Schicksalsfäden, kann den Tod bezwingen.“

„Wie sollen wir den Tod da reinbekommen?“

„Liebes. Der Tod wird immer schwächer. Außerdem werde ich sehr bald ein Elixier für dich haben. Ein Tropfen davon genügt, um den Tod menschlich zu machen. Und dann pressen wir aus ihm den Saft des ewigen Lebens.“

„Wenn ich meine Mutter zurückbekomme, mache ich es.“

Das Leben sprang jubelnd auf. „Danke. Danke. Danke, meine Kleine! Deine Mutter wird die Erste sein, die den Saft des ewigen Lebens erhält. Wir wollen heute Abend den Rest besprechen. Rimini?“

Ein dunkelhaariges, silbernes Mädchen mit nackten Brüsten und weißen Shorts kam hinter einem Vorhang an der linken Wand hervor. „Bitte, bring Lilli auf ihr Zimmer.“

Das Mädchen nickte und nahm mich an der Hand. Ihre Hand war so kalt, dass ich meine erschrocken zurückzog. Sie öffnete die Tür, ließ mich in den Flur hinein und schloss die Tür wieder hinter uns. „Komm. Hier lang.“

48

„Seit wann bist du hier?" Sie hielt kurz an, dachte nach und ging dann sehr schnell weiter – ohne eine Antwort. Wir liefen die steinernen Treppen wieder hinunter. Hinter der ersten Säule bog Rimini in einen Gang ab, der fast unbemerkt in eine weitere Etage führte. Nach kurzer Zeit hallten unsere Schritte in dem langen Gang. Steinwände mit hohen Fenstern versteckten kleine, weiße Zimmertüren.

Bei einer der Türen hielten wir an. Rimini zog einen Schlüsselbund heraus, an dem sie direkt den richtigen Schlüssel für mein Zimmer fand. Alles, was sie tat, schien maschinell. Knarrend öffnete sich die Tür. „Bitte. Tritt ein."

Der Raum war hoch und hell. In der Mitte stand ein Himmelbett. An den Wänden rankten Blumen, und bevor ich anzweifeln konnte, dass sie echt waren, wuchsen sie weiter und schlangen ihre Ranken enger um die Möbel. An der Decke prangte ein Aktgemälde – natürlich vom Leben.

„Ich verabschiede mich." Rimini knickste und marschierte rückwärts aus dem Zimmer. Ich war mir nicht mehr sicher, ob sie einmal mit den Wimpern geschlagen hatte.

Das Bett war weich und warm. Vorsichtig zog ich das Tuch mit Mamas Asche aus meiner Jacke, nahm es fest in den Arm und schloss die Augen.

49

„Lilli-Marai." Ich war immer noch so müde. Langsam öffnete ich meine Augen. „Lilli-Marai!" Von der Decke starrte mich das Leben an. „Hast du gut geschlafen?"

Ich sprang auf. Das Gemälde beobachtete mich weiter. „Wenn du dich gleich fragen solltest, wo deine Kleider sind …"

Langsam sah ich an mir herunter. Ich war nackt. Mit meinen Armen bedeckte ich mich. „Was habt ihr mit mir gemacht?", schrie ich. Mein erster Blick ging zur Asche meiner Mutter. Das Bündel lag unberührt auf dem Bett.

Das Leben blieb unbeteiligt freundlich. „Genau das wollte ich dir sagen, meine Kleine. Ich habe dir neue Kleidung in den Schrank legen lassen. Deine alte Kleidung war nicht mehr angemessen. Für … so eine Heldin wie dich."

Ich versuchte, eine Ecke im Zimmer zu finden, in die mich das Leben mit seinen Augen nicht verfolgen konnte – keine Chance. Ich ging zum Kleiderschrank. „Wer hat mir meine Kleider ausgezogen?"

Das schallende Lachen von der Dame an der Decke hallte wie ein Echo wider. „Ich kann dich im Schlaf beeinflussen. Du warst es."

„Und wo hab ich sie hingelegt? Im Schrank liegen sie nicht!" Der Puls in meinen Ohren raste.

„Wir haben uns beide dazu entschieden, sie aus dem Fenster zu werfen.“

„Was ist mit dem Foto und dem Stein?“

„Sie liegen in der Tasche deiner neuen Hose.“

Ein Blick auf den Hof reichte mir. Er war voll mit arbeitenden Zwergen und wartenden Venustas und bewachenden Toten. Ich guckte zum Leben hoch. Mit ihren Fingern kämmte sie durch ihre Haare.

Im Schrank lagen eine kurze weiße Bluse und eine schmale braune Hose. Die Hose hatte einen Gürtel mit Haken und Schlaufen. Mein erster Griff in die Tasche brachte tatsächlich das mitgenommene Foto und den Xalit zum Vorschein. Als sich meine Hand ihm näherte, strahlte er siedende Hitze aus, seine Oberfläche bildete Blasen. Im Schrank neben der Hose lag dicht zusammengefaltete, dunkelrote Spitzenunterwäsche. „Das zieh ich nicht an.“

„Gefällt dir die Farbe nicht?“

„Eine weiße Bluse und ein roter BH. Das will ich nicht.“

Sie nickte. Und plötzlich hielt ich einen weißen Sport-BH in den Händen.

„Kannst du das mit der Bluse bitte auch machen?“

Das Leben verschränkte die Arme. Sie sah verärgert aus und ihre Stimme wurde hart. „Nein. Zieh dich an. Gleich wird Rimini dich holen.“ Das Leben wich aus dem Gemälde und es wurde starr. Schnell zog ich mich an.

Es klopfte und schon öffnete sich die Tür. Rimini stand davor. „Guten Abend. Komm. Wir gehen!“

„Warte. Ich will mich so gerne noch waschen. Aber … Hier gibt es kein Wasser."

Rimini marschierte bis zur Wand an meinem Himmelbett und schlug mit der geballten Faust mit unglaublicher Kraft ein Loch hinein. Aus dem Loch quoll Wasser heraus und suchte sich den Weg quer durch mein Zimmer, um dann in der Fußleiste auf der anderen Seite zu versickern.

Rimini trat zur Seite. „Bitte. Hier ist das Wasser."

Als ich meine Bluse auszog, drehte Rimini sich roboterartig weg und starrte gegen die Wand. Zwischen ihren Schulterblättern gab es eine Stelle, an der kein Silber haftete. Dort zog sich ein dunkler Strich, so lang wie mein kleiner Finger, senkrecht über den oberen Rücken.

„Rimini? Hast du ein Handtuch?" Sie nickte und knotete ihr Tuch um die Hüften auf. „Stopp. Nein. Warte. Ich nehme meine Decke." Auch hier gehorchte Rimini und hielt inne wie auf Knopfdruck.

Ich zog mich schnell wieder an. „Hast du eine Haarbürste?" Riminis Atmung beschleunigte sich. Sie wurde immer aufgeregter. „Kein Problem. Rimini! Ist nicht so wichtig."

Sie drehte sich erleichtert zu mir um und hielt mir ihre Hände entgegen. Lächelnd kam sie auf mich zu. „Meine Hände sind eine Bürste!"

Sie fuhr mir mit ihren Händen durch die Haare, bis sie entwirrt waren. So nah stand sie nun in ihrer Nacktheit neben mir, dass ich mich beeilte, die Prozedur hinter mich zu bringen. „Danke Rimini."

Rimini flocht meine Haare zu einem Zopf. Diese Berührungen fühlten sich ganz anders an als ihre vorherigen. Nicht mechanisch, sondern richtig lebendig. Sie verknotete die Haarsträhnen so geschickt zusammen, dass sie ohne Haargummi hielten. Dabei summte sie leise ein Lied. Ihre Stimme klang weich. „Kleines Mädchen, mein kleines Mädchen. Deine Mama hat dich lieb. So lieb. So lieb. So lieb. Und fertig."

Ihre Finger wurden wieder steif und der freundliche Gesichtsausdruck aus ihrem Gesicht verschwand. „Komm. Wir gehen."

Ich nickte. „Woher kennst du das Lied?"

Rimini sah mich leer an. „Ich weiß es nicht mehr. Ich kann mich nicht erinnern. Komm. Wir gehen."

Wir gingen. Durch den hallenden Gang zurück ins Treppenhaus, die lange Treppe hoch bis zu der schweren Tür.

Rimini klopfte und schob sie auf.

50

An der hohen Decke wuchs ein Dschungel. Papageien flogen durch die riesige Halle. Die Wände waren mit brodelnden Lavaströmen überzogen, die genauso wie die Quelle in meinem Zimmer in den Rändern der Böden versickerten. Das Leben saß auf einem hölzernen Pfauenthron – nackt. Neben ihr standen zwei Palmwedler.

Rimini verschwand hinter dem schweren Vorhang. Dabei warf das Leben ihr einen vernichtenden Blick hinterher. Als sie mich ansah, wurde ihr Lachen wieder breit. „Lilli. Komm neben mich!"

Ich ging zu ihr. Ein zweiter kleinerer Thron wurde neben ihrer linken Seite aufgebaut. Sie drückte mich nach unten, damit ich wirklich saß, klatschte in die Hände, und mehr von den toten Sklaven traten ein. Diesmal nicht gepudert mit Silber, sondern hautfarben und mit einem Blätterrock über der Hüfte. Sie stellten sich in zwei langen Reihen parallel zueinander auf und hielten ihre Palmwedel gegeneinander. So bildete sich ein Blätterdach, ein grüner Tunnel.

Dort stand Bachus, auch nur bekleidet mit einem Blatt. Unglücklich versuchte er, einen Platz nah am Leben zu bekommen. Das Leben richtete sich majestätisch auf und hob die Hände in die Höhe. „Lasst das Fest beginnen."

In der Luft fliegende Geigen begannen zu spielen. Vier Türen öffneten sich und Skelette mit Hochsteckfrisuren, alle im Haarton des Lebens gehalten, betraten zähneklappernd den Saal. Die meisten von ihnen steckten in pompösen Ballkleidern. Ich war mir sicher, unter ihnen die Skelettwächter vom Rummelplatz zu erkennen.

Zwischen ihnen liefen Zwerge und Zwerginnen. Neben den Zwergen mit goldenen Bärten und bunten Anzügen gab es auch einige mit schwarzen Bärten und Neoprenanzügen.

Eleganter und schöner anzusehen waren die vielen Venustas, die selbstsicher die Halle betraten und ihren Blick vom Leben nicht mehr abwenden konnten. „Eine Feministin bist du nicht", sagte ich.

„Eine was?"

„Wie viele Frauen müssen sich noch hinter den Vorhängen verstecken?"

„Männer oder Frauen – Sie sind alle Spielfiguren in dem Spiel, in dem ich die Regeln aufstelle. Niemand sonst."

Ich wandte den Blick ab und kam mir schäbig vor, dass ich schwieg und keine Haltung zeigte. Wir alle waren Opfer. Wir alle waren es. Und der eigentliche Feind von uns allen mordete vor den Mauern der Zwischenwelt munter weiter. In der Menge suchte ich nach bekannten Gesichtern.

Da standen Elegory und Phagory. Phagory lächelte mir zu und das Leben stand auf, um ihnen entgegenzugehen. Mit einem langen, innigen Kuss auf den Mund begrüßte sie erst Phagory, dann Elegory. Schließlich nahm sie jeden an eine

Hand und zog sie zu mir. „Lilli, schau, wen ich hier gefunden habe!"

Ich warf Phagory einen abschätzenden Blick zu. Er schien nach dem Kuss sehr glücklich. „Ja, was für ein Zufall. Auch hier." Ich klang heiser.

Das Leben legte ihre Hand auf meine Schenkel und flüsterte mir zu: „Lilli. Liebes. Würdest du bitte den Platz neben mir frei machen? Ich habe eine Schuld zu begleichen."

Ich ballte die Hände zu Fäusten. Aber noch konnte ich mich beherrschen. Das Leben griff nach der Hand von Elegory und zog ihn zu sich.

Phagory drehte sich mit mir um. „Hallo Lilli. Du siehst wunderschön aus."

„Ja, das scheint dich von anderen Dingen nicht abzuhalten."

Er überlegte kurz. „Lilli! Sie ist das Leben! Sie hat mich geküsst. Das hat doch nichts zu bedeuten. Komm, wir essen was." Er nahm mich am Arm und schob mich durch die bunte Menge. Auf einem Tablett standen gefüllte Gläser. Phagory gab mir eins davon und nahm sich selbst zwei.

Ich nippte am Glas. Es war so etwas wie Sekt. „Und warum hat sie mit Elegory noch eine Rechnung offen?", fragte ich.

„Hat sie das so gesagt?" Er verschluckte sich.

Ich nickte. Phagory warf einen Blick auf Elegory, der nah am Leben saß. „Er hat ihr die Toten vom Zug gebracht. Darüber muss sie sich gefreut haben."

„Sie sind nicht tot. Noch nicht! Und warum hast du sie nicht mit hierhin begleitet?"

Er sah mir in die Augen. „Weil ich dich gesucht habe. Ich machte mir Sorgen. Um dich. Und ich habe dich ja gefunden."

Ich nahm mir noch ein Glas. „Und was ist mit den Menschen, die Elegory hierher gebracht hat? Wo sind sie?"

„Ich weiß es nicht."

51

Das Leben klatschte so laut in die Hände, dass wir unterbrochen wurden. Aber es war ihr nicht still genug. Immer noch lag ein lustiges Gemurmel im Saal. Sie klatschte wieder in die Hände und diesmal wurde es wirklich still: Eine Sekunde lang waren wir eingefroren. Meine Augenlider blieben auf halber Höhe hängen und ich konnte nichts an meinem Körper bewegen. Die Papageien fielen wie Steine vom Himmel und landeten im groß aufgebauten Buffet.

Dann waren die Bewegungslosigkeit und die drückende Stille vorbei. Ein bunter Papagei hing krächzend in einem gebratenen Schwan aus Trauben und Zimtröllchen. Wütend hackte er den Schnabel in das Kunstwerk. Wegen ihrer verklebten Flügel konnten die Papageien nicht mehr vom Buffet abheben.

Der Gesichtsausdruck des Lebens versteinerte von Augenblick zu Augenblick. Sie öffnete ihren Mund zum Sprechen, aber bei mir kam nichts an. Alle anderen Wesen schienen sie zu hören, denn in der Reihe der Zwerge wurde es unruhig. Sie bäumten sich auf und hielten sich die Ohren zu. Dann schubsten sie einen Zwerg mit hochrotem Kopf und goldglänzenden Bart aus ihrer Mitte nach vorne. Mit einem Purzelbaum landete er zitternd vor den Füßen des Lebens.

„Was hat er denn gemacht?“

Phagory zuckte mit den Schultern und legte mir seinen Zeigefinger auf den Mund. Dann beugte er sich nah zu mir und drehte meinen Kopf zusätzlich sanft zu sich. „Das entscheidet das Leben. Hörst du gleich."

Und seine Ankündigung wurde wahr. Der Zwerg kroch bis zu den Füßen des Lebens und küsste sie. Das Leben zeigte auf die tobenden Papageien.

„Was hat sie gesagt? Phagory?" Meine Stimme durchbrach die künstliche Stille. Alle drehten sich zu mir um. Auch das Leben hatte mich jetzt im Blick.

„Lilli, mein Schatz. Entschuldige. Du konntest mich nicht verstehen. Dieser Zwerg hat geplant, unseren wundervollen Abend zu zerstören."

Der Zwerg weinte. Mir war heiß bis zu den Ohren. „Das hat er doch bestimmt nicht extra gemacht. Was hat er denn überhaupt getan?"

Ein Raunen ging durch den Saal. Ein Skelett zeigte mir den Mittelfinger.

Das Leben trat auf mich zu und rümpfte die Nase. „Wie kann man den Schwan nur so dumm aufstellen? Wie kann man so schöne Vögelchen in so eine schreckliche Situation bringen? Ich bin genauso erschrocken wie du, meine Kleine. Ich habe aber etwas, das dich aufmuntern wird. Du darfst die Strafe für ihn bestimmen."

Der Zwerg heulte lauter. Ich holte tief Luft. „Okay. Ich entscheide, dass …"

Ich atmete ein und aus. Die Skelette hingen mit ihren leeren Augenhöhlen an meinen lebendigen Lippen. „Ich entscheide, dass er keine Strafe bekommt."

Der Zwerg hörte auf zu heulen. Das Skelett mit dem locker sitzenden Mittelfinger drehte seinen Kopf vom Hals und schlug fluchend seinen Schädel gegen den Fußboden. Die anderen Skelette machten es ihm nach. Die Zwerge jubelten und klatschten. Die Venustas drehten sich gelangweilt weg. Das Leben hatte sein Lächeln wieder. Sie hob ihre Hand und die Skelette beruhigten sich.

„Du gute Kleine. Bist du bereit, für den Sack?" Ich nickte. Das Leben griff meine Hand und bei der Berührung blitzte es kurz auf zwischen uns.

„Bist du aufgeregt, Lilli?" Wieder nickte ich nur. Sie strich mir über die Haare. „Komm, ich zeige dir deine größte Waffe gegen den Tod." Sie zog mich mit sich weg von dem Fest und dem Trubel. Nach draußen an die frische, duftende Luft.

52

Ein sanfter Wind strich über meine Haare. Das Leben stand neben mir und sah fest entschlossen in die Ferne. „Stell dir vor, du erreichst dein Ziel. Das Ziel, von dem du immer geträumt hast.“

Sie strich über meinen Kopf. Erstaunt tastete ich nach meinen Haaren, die wieder über meine Schultern fielen. Das Leben zuckte lächelnd mit seinen Schultern. „Sie haben mir länger besser gefallen. Komm, wir holen deine erste Waffe gegen den Tod.“

Der barocke Garten zog sich mit Brunnen, schmalen Bäumen und blühenden, flachen Beeten gefühlt unendlich lang. In der Dämmerung konnte ich sein Ende nicht sehen. Wir gingen bis zu einer Abzweigung, die unscheinbar vom Hauptweg wegführte. Dort bogen wir ein. Bald wurden Hecken auf beiden Seiten so dicht und hoch, dass ich nicht mehr durch oder drüber sehen konnte. Wir waren in einem unübersichtlichen Labyrinth gelandet.

„Komm, meine Kleine. Das Leben liegt vor dir. Mit allen Menschen, die du liebst. Kein Tod mehr. Keine Trauer.“

„Kannst du mir sagen, wie es meinem Vater geht?“ Sie blieb kurz stehen, zog das Amulett mit einem weißen Stein hervor und atmete tief ein. Immer wieder und wieder atmete sie nur ein. Der Stein beschlug und sie hielt ihn mir entgegen. In dem Stein wurde das Bild klarer.

Ich sah Papa. Er saß am Küchentisch und stützte verzweifelt seinen Kopf in die Hände wie ein kleiner Junge. Er tat mir so leid. Ich vermisste ihn. Wenn plötzlich beide Elternteile nicht mehr da waren, dann klafften zwei tiefe Löcher.

Das Leben zog mich weiter. Und schon bald wurde aus unseren Schritten ein ausgelassenes Rennen. Sie war mit allem, was sie tat, so ansteckend! Ein monotoner, maschineller Rhythmus durchschlug die Luft. Er wurde immer lauter. Das Leben zog eine kleine Glasflasche aus ihren Haaren.

Vor uns lag ein wuchtiges Schiff. Aus seinem Inneren kam das Rattern und Schlagen. An der Außenseite aus dunklem Holz ragte ein verschnörkelter, goldener Wasserhahn mit einem Drehverschluss. Das Leben drehte ihn auf.

Es zischte und ratterte etwas lauter. Das Leben hielt die Flasche mit zitternden Händen darunter und murmelte lautlos. Dann, ganz langsam, floss ein goldener Tropfen aus dem Hahn und landete in der Flasche. Auf seinem Weg in die Flasche dehnte er sich aus wie glänzendes Gummi. Als er den Flaschenboden berührte, zog er sich wie eine Rosine zusammen.

Das Leben weinte. „Du glaubst nicht, was für einen Erfolg ich in den Händen halte!“ Sie streckte mir die Flasche entgegen. „Lilli! Das ist das ewige Leben!“

Ich begriff langsam die Bedeutung. Ehrfürchtig beugte ich mich zu der Flasche und betrachtete den Tropfen. „Er ist unglaublich schön.“

„Das ist er. Und er wird deine Mutter wieder lebendig machen.“

Jetzt suchten sich auch bei mir die Freudentränen ihren Weg. Nie, noch niemals im Leben, war ich so glücklich über das, was ich geschafft hatte.

Das Leben zupfte sich einige Haare aus und legte sie über die Flaschenöffnung. Sie wuchsen zu einem festen Korken zusammen. Dann legte sie mir die Flasche in die rechte Hand. „Nimm den Tropfen des Lebens, du starkes, heldenhaftes Mädchen, und besiege den Tod.“

Ich nahm die Flasche und steckte sie in meinen BH. Dort war sie sicher aufgehoben. Der Xalit begann so stark zu vibrieren, dass ich ihn weit auf die andere Seite schieben musste.

Im Inneren des Schiffes wurde es laut. Das Leben wurde leichenblass. Ihre Augen weiteten sich. „Lilli, wir müssen schnell hier weg. Bevor …“

Krachend öffnete sich ein Holztor im Schiff und fiel schmetternd auf den Boden. Ich zuckte zusammen. Das Leben stand starr und beobachtete das Schiff.

Immer mehr leuchtende, helle Schatten in jeder Menschenform und -größe schwebten aus dem Rumpf und stoben hoch in den inzwischen dunklen Himmel. Dann kletterte ein kleines Licht aus dem Rumpf. Es bestand nur aus Licht und war so groß wie ein Kleinkind. Auf seinem Rücken flatterten Flügel. Das Leben neben mir schlang die Arme schützend um ihren bebenden Körper.

„Wenn das die leuchtenden Schatten sind, dann … Sind hier die Gestorbenen eingesperrt?“ Phagorys Worte von der Grenze fielen mir ein, mit dem, was mir die Moiren über den Zustand meiner Mutter gesagt hatten. Sie war jetzt auch ein leuchtender Schatten. Ich ging langsam mit zitternden Knien auf die gewaltsam geöffnete Tür zu.

„Nein. Lass das Lilli“, flüsterte leise das Leben.

53

Ich kletterte über eine spitze Holzplanke. Es roch modrig. Alt. Und nass. Alles war dunkel. Aber unter meiner Bluse strahlte der goldene Tropfen heller als eine Taschenlampe. Ich hielt die Flasche in die Dunkelheit. Nebeneinander aufgereiht standen Stühle. Auf ihnen hingen leblose Körper.

Ein kalter Schauder lief über meinen Nacken. An den Köpfen waren Helme mit Schläuchen befestigt. Die Schläuche führten alle in einen Kanister an der Decke. Die Körper richteten sich auf. Starr zogen sie die Helme aus. Der Erste stand auf und zog einen großen Schlauch aus einem Loch zwischen den Schulterblättern. Zurück blieb eine Narbe – genau wie bei Rimini. Die anderen taten es ihm nach. Als sie die Schläuche entfernten, gingen sie im Marschschritt nach draußen.

Die Gruppe der Toten erkannte ich wieder. Den mittelalten Mann mit der Narbe am Kopf und dem rosa Schal, die junge Frau mit den hellen Wimpern. Der ältere Mann mit einem geordneten Seitenscheitel und diesen netten Locken im Nacken.

Sie verhielten sich alle genau wie Rimini. Ich presste mich an die Wand. Nacheinander standen immer mehr auf und gingen nach draußen, ohne mich zu bemerken oder anzusehen. Am Ende blieb nur ein kleiner, lebloser Körper auf seinem Stuhl liegen. Von weit draußen rief mich das Leben.

Vorsichtig ging ich zu diesem kleinen Menschen hin und leuchtete mit meiner Flasche den Körper an, der so fremdartig zusammengesunken in sich ruhte. Zierliche Fingerchen an einer süßen Hand waren wie zum Mittagsschlaf auf den kleinen, rundlichen Bauch gelegt. Ein kindlicher Kopf mit gelockten Haaren, friedlich geschlossenen Augen und leicht geöffnetem Mund ruhte auf der Schulter. Ich kniete mich zu der Kleinen hin, scheute mich aber, sie anzufassen. Trotzdem berührte ich langsam die Haut. Sie war eiskalt. Und Hart. „Kleines. Hallo. Kannst du mich hören?"

Das kleine Mädchen war das Kind, das von den Venustas beim Zugsturz vom Himmel geholt wurde. Kleine rosa Flatterflügel hingen schlaff vom Rücken. Verzweifelt rief ich nach dem Leben. „Komm hier her! Hier ist jemand tot! Komm her! Leben!"

„Ach? Ja, natürlich. Es hat funktioniert, Lilli. Diesmal hat es wirklich funktioniert. Leuchtet der Tropfen noch?"

„Du musst es wieder lebendig machen. Das hier ist ein kleines Kind."

Das Leben wandte sich ab und ging. „Lilli, komm bitte raus. Sie ist tot. Glaub mir, für mich als Leben ist es am schrecklichsten, diese Niederlage hinzunehmen. Kleine Körper kann ich leider nicht verwandeln. Zumindest noch nicht."

Langsam stand ich auf und trug meinen leuchtenden Tropfen nach draußen. Der besorgte Gesichtsausdruck des Lebens wich. „Herrlich. Lilli Maus. Mach nicht so ein Gesicht, es hat funktioniert. Der Geist des Lebens ist in der Flasche."

„Was ist mit dem kleinen Mädchen passiert? Was ist mit den anderen Menschen passiert? Und warum hatten sie Schläuche am Kopf und zwischen den Schultern?"

„Es sollte dich nicht interessieren."

„Ich mache nicht mehr mit bei deinem Plan. Ich will wissen, was mit ihnen passiert ist."

Das Leben lachte lang und ausdauernd. Dann wurde ihr Ton scharf. „Du machst nicht mehr mit? Wegen dir sind wir doch erst in der Lage, Waffen gegen den Tod herzustellen. Du hast den Zugsturz angeführt, du hast mir die Toten bringen lassen, du hältst die Flasche mit der Seelenessenz in der Hand und nur du kannst jetzt den Tod fangen."

„Aber ich … Ich habe das nur für meine Mama gemacht."

„Lilli, mein Kind. Die Gründe sind unwichtig. Jeder bezahlt einen anderen Preis für das Leben. Du bist sehr sentimental und willst unbedingt deine liebe Mami wiederhaben. Wir beide, du und ich, arbeiten daran, unseren Feind zu vernichten. Und es hat zum ersten Mal funktioniert. Noch nie hatte ich so eine kleine Gestorbene aus den Fängen meines Bruders reißen können. Dank ihres Opfers halten wir nun den Tropfen des Lebens in der Hand. Dank ihres Schattens. Dank deiner Hartnäckigkeit und deiner Leitfähigkeit."

Ich schämte mich und ging weg. Die Flasche leuchtete in meiner Hand. Ich konnte sie nicht mehr ertragen und steckte sie zurück in meinen BH.

„Lilli, warte! Natürlich kannst du dich jetzt noch dagegen entscheiden. Aber für die Kleine ist es zu spät. Soll sie umsonst ihren Körper und ihre Seele geopfert haben? Ihr Geist ist weitergegangen. Wenn du erst den Tod gefangen hast, dann hast du allen anderen Menschen auf der Erde das Leben gerettet. Allen. Ist es das nicht wert?“

Wir gingen schweigend zurück. Als wir auf der Terrasse zum Saal ankamen, rannte das Leben ausgelassen auf Elegory zu. Sie warf sich in seine Arme, setzte sich jubelnd auf seinen Schoß und überhäufte ihn mit Küssen. „Es hat funktioniert! Hilf ihr, den Plan zu vollenden. Dein Lohn …“ Sie zwinkerte ihm vielversprechend zu und hielt ihm ihren Ringfinger entgegen.

Phagory kam zu mir. „Lilli, wir müssen uns beeilen. Ich habe erfahren, dass der Tod bald auf dem Friedhof der Gedanken ist. Wenn du ihn fangen willst, dann dort. Hast du den Sack?“

„Leben? Ich brauche den Sack.“

„Bitte …“, schob Phagory schnell hinterher.

Das Leben stand auf und klatschte. Rimini und zwei andere Sklavinnen brachten ihr den gesponnenen Sack auf einem silbernen Tablett. Das Leben nickte. Rimini knickste und brachte ihn im Marschschritt zu mir. Die Sklavinnen verschwanden wieder hinter den schweren Vorhängen.

Der Sack fühlte sich an wie weiche Zuckerwatte. Er klebte ein bisschen, schien aber sehr dehnbar. „Ich möchte sofort losgehen.“

Das Leben strahlte. „Wir treffen uns am ewigen Meer. Bring die Asche deiner Mutter dorthin. Zusammen mit dem Tod. Dort kann ich sie wiedererwecken.“ Ich nickte und sicherte mich mit einem Blick zu Phagory ab, dass er bereit war zu gehen.

„Halt. Ich komme auch mit“, verkündete Elegory.

„Das ist nicht nötig!“

„Keine Diskussion. Ich komme mit!“

Wir verließen das Schloss des Lebens und sofort fühlte ich mich wieder freier. Elegory sprang zwischen Phagory und mich und legte seine Arme um uns. „Ich könnte platzen vor Glück. Am besten wir gehen durch das Gebirge. Von den Skeletten haben wir ja nichts mehr zu befürchten.“

„Dann über die Grenze an den furchtbaren Moiren vorbei.“ Soweit kannte ich mich bereits aus. „Und dann?“

„Dann gehen wir an den Vulkanen und Kratern vorbei, bis wir an einen Schrottplatz ankommen. Da ist der Friedhof der Gedanken. Dort beträufelst du den Tod mit einem Tropfen des Elixiers, das durch meine Hilfe erstellt wurde, damit er klein wird. Und du kannst ihn in dem Sack fangen. Das Tragen wird, je nachdem, wie schwer er sein wird, vielleicht schwierig.“

Ich hörte kaum zu. Mir ging das Gesicht des kleinen Mädchens nicht mehr aus dem Kopf.

54

„Bleib stehen, Phagory. Ich muss mit dir reden." Der Weg wurde trister. Je weiter wir uns von der Hochburg des Lebens entfernten, desto dunkler wurde es um uns herum. Der helle Steinweg zeichnete sich neben dem grauen Geröll ab, das sich nun mehr und mehr an den Wegesrändern stapelte. Vor uns im Blickfeld lag ein schiefergrauer Berg. Seine Spitze verschwand unter grauen Nebelwolken.

Phagory stand still und hielt sich die Hand über den Augen mit Blick zum Gipfel. Dann rannte er überraschend ein paar Schritte auf mich zu und hob mich überschwänglich hoch in die Luft. Seine Lippen drückten sich auf meine. In meinem Bauch kribbelte es. Langsam ließ er mich runter.

„Ich will ja nicht stören." Elegory stöhnte. „Aber wir haben eine große Aufgabe. Also … wenn ihr kurz Pause machen könntet, bis wir den Tod haben …"

Phagory löste sich von mir. Seine dunkelroten Augen funkelten Elegory an und er lief bedrohlich auf ihn zu. „Wage es nicht noch einmal …"

„Hört auf. Beide. Ich bin hier. Ich küsse, wann ich will." Ich ging auf Phagory zu und küsste ihn. Es war diesmal anders. Heißer. Weil ich es in der Hand hatte. Seine weichen Lippen steuerte ich jetzt. Hier. In diesem Moment, der alles in einen süßen Schleier tauchte.

Wie sehr ich ihn liebte! Auch wenn es nicht vorgesehen war, gab er mir das, was ich nie gespürt hatte, so, wie er war. Mit seinen roten Augen, seinen Krallen, seiner Wildheit, seiner Ängstlichkeit war er genau das, was ich wollte. Und er war verletzlicher als jemals zuvor. Er gab mir nach und drückte sich nah an mich. Ich spürte alles an ihm, jeden einzelnen Muskel, jede seiner Zellen schien sich mit meinen Zellen zu vereinen. Alles, was ich geworden war, wurden wir zusammen. Niemand kannte sich so gut, wie wir es taten.

Ein greller Schrei fuhr wie ein Blitz durch meine Knochen. Wir sahen nach oben. Dunkle, schwarze Vögel kreisten um die Berggipfel. Uns drei vereinte augenblicklich wieder ein Gefühl: Etwas Bedrohliches lag in der Luft.

Elegory zeigte auf einen steilen Weg, der in Kurven dicht am Hang direkt nach oben führte. Wir betraten ihn, um den Vögeln aus dem Weg zu gehen, und verließen so aber auch den hellen, großen Weg. Es dauerte nicht lange, bis unsere Hoffnung zerplatzte.

„Jellllllellllllellllljellllejjjeee!“ Echos hallten an den Felswänden zurück. Elegory sah sich unsicher um.

Phagory musterte ihn triumphierend. „Na, was habe ich von den Krähenmenschen erzählt? Alles nur Geschichten? Du wolltest ja nicht auf mich hören.“

Es knarrte und knackste dicht neben uns. Dann wurde es ruhiger und minutenlang passierte gar nichts. Wir gingen langsam weiter und lauschten. Plötzlich schossen von allen Richtungen riesengroße, schwarze Vögel mit menschlichen Gesichtern und krummen, langen Schnäbeln vom Himmel auf uns zu. Sie stießen mit ihren Krallen donnernd neben uns in das Gestein und flogen dicht über uns hinweg. Sie umzingelten uns, kreisten uns ein.

Der Krähenmensch in Phagorys Nähe segelte so nah über ihm, dass ein pfeifender Wind durch Phagorys Haare fuhr. Die Kreatur öffnete ihren spitzen Schnabel. Als sie mit meiner Stimme zu sprechen begann, blieb ich perplex stehen. „Oh Phagory, wenn sie wüsste, was du vor ihr verbirgst."

Phagory wandte sich an mich. „Denk dran, sie wollen nur provozieren. Geh mit keinem Gefühl darauf ein." Ich nickte.

Ein anderer Krähenmensch sprach mit der Stimme des Lebens zu Elegory: „Mein Geliebter, ich musste so lange auf dich warten. Und wirklich, ich habe es versucht. Aber ich muss einen anderen heiraten. Leider."

Elegorys Augen färbten sich rot. Phagory legte ihm die Hand beruhigend auf seine Schulter. „Er lügt."

Wütend schlug Elegory seine Hand weg. Aus seinen Fingern stoben spitze Krallen. Die Krähenschnäbelmenschen scharrten sich nun um ihn, als hätten sie ihr Opfer gewählt. Alle flüsterten gleichzeitig auf ihn ein. Der Erste landete dicht vor ihm, einer über ihm, die anderen strichen ihn mit ihren Flügeln. Aus jedem ihrer Schnäbel erklang nun die Stimme des Lebens. Mal verführerisch, mal hart, fröhlich oder betrübt.

„Du wirst mich glücklich machen. Geliebter. Ich habe es immer gewusst."

„Wenn du nicht bei mir bist, vergesse ich dich."

„Ich habe in einer Nacht drei von dir im Bett. Du kleiner bedauernswerter Wurm.“

„Ich tue alles, um deinem Vater zu schaden.“

„Geliebter. Ich bin in Gefahr. Komm zu mir zurück.“

Phagory blickte ihn voller Mitgefühl an, zeigte mir mit einer Kopfbewegung, dass wir in die andere Richtung weitergehen mussten, solange die Vögel abgelenkt waren. Elegory schlug knurrend nach den Krähenschnäbeln und flüchtet den Weg rückwärts hinunter.

55

„Wir müssen ihm helfen“, rief ich.

Phagory schüttelte den Kopf und zog mich schneller hinter sich her. „Wenn er will, ist er viel stärker als alle von ihnen zusammen.“

„Und wie steuert er seinen Willen?“

„Das Nichtwollen ist stärker.“

„Dieses Sprechen in Rätseln! Keiner kann hier einfach auf den Punkt kommen!“ Wir drückten uns an der schmalen Felswand weiter nach oben. Dann hielt ich inne. „Phagory, der Xalit ist nicht warm geworden.“

Er deutete mir an, leise zu sein. Beim Weiterklettern berührten sich unsere Hände immer wieder wie zufällig und doch gewollt. Die pastellfarbene Sonne fiel plötzlich vom Himmel und es wurde tiefschwarze Nacht. Für einen Bruchteil einer Sekunde durchstrahlten Phagorys Scheinwerferaugen die Gegend. Er kniff sie zu, und ich taste mich zu ihm hin. Ich suchte sein Ohr. Beim Flüstern stieg mir sein unglaublich guter Duft in die Nase und aktivierte alle meine Sinne. „Wir müssen uns einen Unterschlupf suchen.“

Phagory nickte sanft. „Gib mir den Xalit.“ Sein Druck auf meine Hand wurde fester. Ich löste mich von ihm und holte den Xalit heraus. Seine Finger umschlossen den Stein. Dann drückte er sich an mir vorbei und streifte mich dabei mit seinem warmen Atem am Hals.

Phagory tastete sich Schritt für Schritt durch die Dunkelheit. Ich hielt mich an ihm fest und versuchte, keinen Laut zu machen, während wir über die unregelmäßigen Ansammlungen von Steinen stolperten.

Nach ein paar Metern stoppte er, machte einen Schritt in die Felswand hinein und zog mich hinterher. Wir standen in einer kleinen Einbuchtung. Die steinerne Wand hinter uns führte nach innen. „Wie hast du das gemacht?"

Phagory legte mir seinen Zeigefinger auf die Lippen und gab mir den Stein zurück. Er lauschte angestrengt. Seine Augen waren immer noch geschlossen.

Jetzt konnte ich es auch hören. Über uns raschelte es. Wir verharrten still. Das Etwas zog leichte Beute schleifend an der Wand entlang. Es kam näher. Dünne Krallen klackerten spitz auf den Felsen. Flügel flatterten.

Phagory öffnete die Augen. Kreischend zog sich das Wesen aus dem hellen Lichtkegel zurück. Ein schwarzer, riesiger Vogelmensch verschwand in der Ecke hinter einem Vorsprung. Um uns herum lagen Knochen, Gefäße gefüllt mit rotem Inhalt, an der Decke hingen Büschel von Kräutern.

Plötzlich tauchte an einem dieser Töpfe der schwarze Vogelmensch auf. In seinen orangenen Augen schnellten die geschlitzten Pupillen hektisch hin und her. Seine Beine waren gebeugt, bewachsen mit Federn, die in Krallenfüßen endeten. Er beobachtete uns mit schiefgelegtem Kopf, griff mit seinen schwarzen Flügeln, an deren Ende Finger saßen, nach dem Schöpflöffel in dem Gefäß und schlürfte mit seinem gelben, spitzen Schnabel das rote Gebräu.

Langsam kam er näher an uns herangetänzelt. Dann spuckte er uns die rote Suppe in die Gesichter. Pfeilschnell schoss es aus seinem Schnabel. Über meine Lippen rann Blut. Das Licht in der Höhle wurde rot. Schnell wischte ich mir das Blut aus meinem Gesicht. Es zog in meine weiße Bluse und verlief zu dicken Flecken. Mit meinem Ärmel wischte ich auch das Blut aus Phagorys Gesicht und sah ihm tief in die Augen. Nur leicht schüttelte ich mit dem Kopf.

Seine Augen wurden blau. Sein Atem ruhig. Wir wandten uns dem Vogelmenschen zu. Er hatte sich an die Decke über uns gehockt und ließ dünne, weiße Streifen auf uns fallen. Meine Hände ballten sich zu Fäusten. Der stinkende, warme Kot verklebte meine Haare.

Diesmal war es Phagory, der einen kühleren Kopf behielt. „Sie provozieren nur." Er zog mich aus der Höhle und das Licht seiner Augen strahlte den Weg an, der immer weiter nach oben führte. Dicht auf unseren Fersen verfolgte uns der Krähenschnabel hüpfend und raschelnd.

„Er studiert uns jetzt", sagte Phagory. „Er liest alles, was du und ich jemals getan, gesagt und gedacht haben."

Mir stockte der Atem. „Alles?"

Seine Hand nahm meine. Der Kot war fest und hart auf unserer Haut geworden. „Wir sollten jetzt keine Geheimnisse mehr voreinander haben, Lilli. Ich muss dir …"

Spitze Schreie gellten zu uns hinüber. Plötzlich stand die pastellfarbene Sonne wieder am Himmel. Es war taghell.

„Hier gelten andere Regeln und Gesetze." Phagory schien dieses Chaos nicht zu irritieren oder gar zu stören, wie es mich störte. Die Krähenschnäbel flogen mit ausgefahrenen Krallen dicht an uns heran. Sie berührten uns aber nie.

Langsam begriff ich, was mit „sie provozieren nur" gemeint war. Sie hatten vor allem Phagory im Visier und nutzen dafür meine Stimme. „Was ist, Phagory? Willst du mir nicht die Wahrheit sagen? Über deine Gefühle?"

Der nächste Krähenschnabel fiel mit meiner Stimme ein. „Ja, sag es ihr. Dass dein Herz einer anderen gehört!"

„Sag ihr doch, dass du schon längst vergeben bist."

„Dagegen ist sie nur ein kleines Spielzeug. Du wirst sie benutzen und dann wegwerfen."

Übelkeit stieg in mir auf. „Sag mal, bevor wir uns getroffen haben, wie war dein Leben so?"

Er guckte mich unsicher an. „Ich habe im Auftrag des Lebens gearbeitet."

An uns flog ein Krähenschnabel dicht vorbei und strich meine Wange mit seinen fettigen Federn. „Das Leben ist so unglaublich schön. Und begehrenswert. Es gibt ihm alles, wofür er lebt", krähte uns der Vogelmensch zu.

„Phagory, wie war das? Sie lesen deine Gedanken, richtig?" Ich schaute zu den Vogelmenschen. „Danke, ihr schrägen Vögel. Da habt ihr mich vor einem Riesenfehler bewahrt. Fast hätte ich mich verliebt."

Phagory stoppte. Er griff nach meiner Hand. „Lilli, sie lügen, um Zweifel zu sähen."

Sofort zog ich meine Hand wieder weg. Ein neuer Angriff startete und ein Krähenschnabel schlug dicht neben mir seine Krallen im Felsen ein. „Er will nicht darüber reden. Du bist es ihm nicht wert." Diesmal sprach er mit Phagorys Stimme.

Phagory griff erneut nach meiner Hand. „Ich habe mich schon in dich verliebt. Es ist zu spät." Intensiv sah er mich an. Seine Augen waren blau. Er war bei klarem Verstand. Langsam kamen seine Worte bei mir an. Ein Gefühl von Glück breitete sich in meinem Bauch aus.

Nun stieß ein Krähenschnabel auf Phagory hinab, verfehlte ihn knapp, um diesen Angriff dann zu wiederholen. Wieder benutze der Vogelmensch meine Stimme. „Du hast einen Fehler gemacht. Sie wird rausfinden, wer du bist und was ihr versteckt. Wenn sie erst weiß, woher du kommst … Ja, ja, ja …"

Trotz allem wuchs in mir Zuversicht. „Es ist mir egal, woher er kommt. Ich habe mich auch in ihn verliebt. Und so erbärmliche Kreaturen wie ihr werden das nicht verstehen."

Phagory sah mich erschrocken an. „Nicht mit ihnen reden, Lilli."

Zu spät. Alle stoben auf mich herab und landeten dicht an dicht im Felsen. Sie hüpften klackernd hinter mir her. Es begann wieder mit einer nachgeahmten Stimme von Phagory, dann wurde daraus bald ein ganzer Chor:

„Du bist so erbärmlich. Keiner mag dich in deiner Welt. Hast du ihm das schon gesagt?“

„Und, dass du an Tamo gedacht hast, als du ihn das erste Mal gesehen hast?“

„Und, dass du nur an Tamo denkst? Was willst du denn mit so einem Tier hier? Mit so einem Wildschwein?“

Phagory schwieg. Er hielt den Kopf gesenkt. Ich begann zu weinen.

„Jetzt ist sie da, wo sie hingehört. Am Boden. Tief im Dreck.“

„Wein nur. Weinen macht glücklich, wenn man kein Glück verdient hat.“

Phagory drehte sich zu mir und sein Blick war voller Liebe. Er wischte meine Tränen ab. Ich musste erleichtert auflachen. Die Krähenschnäbel hielten nun Abstand. Ich ging nah zu Phagory, fühlte seine Wärme in den Händen. Sein sicherer Gang, wenn auch gebeugt, ließ mich das hier nicht mehr schwer nehmen.

Ein Pfiff schallte von oben herab, die Krähenschnäbel drehten ab. Sie flogen von uns weg, hin zur Bergspitze, und es wurde leise um uns. Wir hielten uns an den Händen, so wie ich es immer in der Straße bei uns gesehen hatte, bei echten Paaren.

Vor uns lag die letzte Biegung. Endlich waren wir auf dem Gipfel angekommen. Wir erwarteten das schlimmste Massaker, das diese Wesen nur anrichten konnten. Aber das, was wir dann sahen, ließ uns zu Salzsäulen erstarren.

56

Auf hohen Leitern standen Zwerge mit nichts am Leib als knallbunte Badehosen. Auf ihren Ohren saßen schwarze, dicke, gepolsterte Ohrenschützer. In ihren Händen hielten sie zitternd schwere, gelbe Gießkannen, aus deren Öffnungen rote Flüssigkeit spritzte. Vor ihnen hockten die Krähenmenschen still im Schneidersitz und reckten ihnen ihre geöffneten Schnäbel krächzend entgegen.

Entsetzt starrten die Zwerge uns an und hielten bei der Fütterung inne. Hinter einer Absperrung standen mindestens dreißig weitere Miniaturmenschen: Junge, Alte, Männer und Frauen, alle in weißen Socken und braunen Sandalen. Durchsichtige, lange Plastikcapes mit Kapuze bedeckten ihre Körper. Auch hier saßen dicke, schwarze Ohrenschützer über den Ohren. Sie wurden ungeduldig und in der Menge entstanden Sprechchöre.

„Bluuuuuuuuuuuut, Bluuuuuuuuuut, Bluuuuuuuuuut!"

Sie stampften dazu rhythmisch mit den Füßen.

„Sind wir hier in einem touristischen Hotspot der Zwergenkultur?" Ich schaute mich um. Aus der anderen Ecke des Platzes blinkte uns ein Souvenirshop entgegen. Phagorys und ich beobachteten all das ungläubig. „Wie sind die denn hier rauf gekommen?", fragte ich.

Er zuckte mit den Schultern. „Das sind Zwerge, die finden immer einen Weg."

Während wir uns wie Straßenköter, schmutzig, zerzaust und voller Blut an den wartenden Krähenschnäbeln vorbeidrückten, ergriff ein Zwerg von der Leiter das Megafon. „Wozu sind denn Warnschilder da? Damit man sie sieht. Und befolgt!"

„Aber auf dem Weg waren keine Schilder!", schrie ich ihm entgegen.

„Da soll ja auch keiner lang gehen. Hinter die Absperrung. Flott!", schrie er unter seinen Ohrenschützern zurück.

Hinter der Absperrung kochte die Stimmung hoch. Wir kämpften uns durch die wartende Menge. Die Krähenschnäbel schrien schiefer denn je. Sie bettelten um den Inhalt in der Gießkanne. „Ohrenschützer!" Da ich nur noch schreien konnte, damit Phagory mich verstand, zeigte ich auf den Souvenirshop. Mit flackernden Lichtbuchstaben pries der „Souvenir Willi" seine Ware an.

Willi grinste uns an. Er trug fünf verschieden farbige Ohrenschützer auf seinem Kopf. Auf einem Plastiktisch lagen selbst gebastelte Ohrenschützer. Sie bestanden aus einem Stück gebogenem Holz und zwei Wattebäuschen an den Seiten. Er hielt mir eines der Krähenschnäbel-Fanshirts hin. Ich schüttelte aber den Kopf und zeigte auf die echten Ohrenschützer auf Willis Kopf.

„Ausverkauft! Nur die hier sind noch da. Sorry!" Er zeigte auf die selbst gebastelten Holzschützer.

„Aber du hast doch fünf Stück auf dem Kopf!" Ich musste so gegen den Lärm der Krähenschnäbel anschreien, dass ich mich zu ihm über den Tisch beugte. Meine Hand griff nach dem Foto. Es war so kostbar, mit allen Erinnerungen, die ich an Mama hatte. Ich wandte mich Phagory zu. „Wie lange brauchen wir bis nach unten?"

„Ungefähr so lange, wie wir rauf gebraucht haben. Kommt drauf an, wie viele Krähenschnäbel uns verfolgen."

Mir waren Mamas Erinnerungen zu kostbar. Die würde ich nicht dafür opfern. Phagory trat zu Willi an die Verkaufstheke. „Wir nehmen zwei hiervon." Er legte die instabilen Handmade-Ohrenschützer vor Willi.

Willi bekräftigte diese Wahl begeistert: „Die könnt ihr bunt anmalen. Wir haben auch Stifte im Angebot."

Phagory nickte. „Und wir nehmen zwei neue T-Shirts." Als er bemerkte, dass ich stockte, zwinkerte er mir beruhigend zu. „Ich zahle. Such dir aus, was du willst."

Meine weiße Bluse war so dreckig, dass ich tatsächlich bereit war, ein Fan-Shirt zu tragen. Aber wen sollte ich nur nehmen? Da war der wilde Oktay, gedruckt auf ein helles T-Shirt mit neongelber Überschrift. Oder würde es die heikle Sissi werden? Sie wurde auf einem fliederfarbenen Pulli mit grünen Schleimspuren abgelichtet. Natürlich wären da auch noch die schillernde Hilde und der bitterzarte Efraim. Beide waren mit einer blutroten, gummiähnlichen Schicht überzogen.

Und der Sieger wurde … Ich wählte ein Shirt mit … der heiklen Sissi. Phagory entschied sich für den wilden Oktay und zog ein Lederportemonnaie aus seiner Hose. Er öffnete das Kleingeldfach und zog kleine, in dünne Streifen geschnittene Erinnerungsscheiben heraus.

Auf ihnen bewegten sich verschiedene Menschen in alltäglichen Situationen. Sie überquerten einen Zebrastreifen. Auf der kleinsten Scheibe nieste ein Mensch. Diese Filmchen liefen in Endlosschleifen. Ich war entsetzt und fasziniert. „Wieso hast du denn auch welche davon?"

Phagory sagte nichts, sondern reichte sie Willi, dem Verkäufer. Der hielt sie prüfend vor die Nase, leckte daran und biss kurz drauf. Dann nickte er uns zu und hob den Daumen in die Luft. Die heiße Ware gehörte uns. Willi reichte uns lächelnd einen Locher und schrie: „Haben Sie ein Parkticket? Sie können auch den Aufzug nehmen und gehen dann auf der anderen Seite des Berges wieder raus." Er zeigte auf einen Aufzugschacht. Langsam dämmerte mir, was das bedeuten könnte.

„Kann man hier hochfahren mit dem Aufzug?", schrie ich ihn an. Willi nickte und hob den Daumen nach oben.

Phagory streifte sich das neue Fan-Shirt von Oktay dem Schrecklichen über und nuschelte dabei etwas. Als sein Kopf wieder aus dem Shirt auftauchte, begann wieder das Geschrei der Krähenschnäbel. Ich schnappte mir mein neues Sissi Lieblingsshirt und wir rannten zum Aufzug. Seine Türen öffneten sich. Wir stiegen ein. Er war verglast und aus dem Lautsprecher dudelte Klaviermusik.

In der Knopfreihe fand sich ein E für Erdgeschoss. Als sich endlich die Türen schlossen, wurde es leiser. Phagory lehnte sich lässig an die Wand. „Wusstest du das mit dem Aufzug?“, fragte ich ihn.

Er grinste. „Der Aufzug ist kaputt, er fährt nicht hoch. Nur runter.“

Der Aufzug setzte sich in Bewegung und fuhr langsam nach unten. Ich nutze die Zeit, um mich umzuziehen. Das Sissi Shirt sah schrecklich aus. Jetzt grinste ich zurück. „Wir müssen leider noch mal zurück und es umtauschen.“

57

Phagory stieß mich neckisch mit der Schulter an, als der Aufzug stoppte. Die Türen öffneten sich. Vor uns lag eine sterile Halle mit blaugrauem Fliesenboden. Die Fliesen, quadratisch und glänzend, zogen sich hin bis zu den zwei Ausgängen auf den jeweils gegenüberliegenden Seiten. Über einem Ausgang stand „Zum Schloss des Lebens" und über dem anderen „Grenze zum Totenreich". Daneben klebte ein Aufkleber mit einem rot umkreisten Totenkopf.

Jemand hatte mit einem schwarzen Stift einen Pfeil auf den Totenkopf gemalt und geschrieben: *„Jaqueline liebt euch, ihr Opfas."* Mit einer roten Farbe war dieser Satz wiederum durchgestrichen und darunter stand. Viel größer und schiefer: *„Das ist Vandalismus. Macht das bitte nicht, euer Krähschniteam Bo, Uschi, Loverboy und Strandbombe."*

Phagory blickte besorgt zum Ausgang. Ich warf meine Bluse in den Mülleimer neben der elektrischen Schiebetür. Als wir nach draußen gingen, begann er am ganzen Körper zu zittern. Er versuchte, es zu kontrollieren, und steckte seine Hände in die Hosentasche.

Vor uns lag eine staubige, graue Wüste. Mir wurde auch mit jedem Schritt unwohler. Von weitem drang schon das Geschnatter der Moiren an unsere Ohren.

„Phagory. Kannst du eigentlich mit mir zurück zur Erde? Wenn das hier alles vorbei ist?"

Er nickte abwesend. „Klar."

„Du bist ein schlechter Lügner!"

Er nickte in Richtung der schwarzen Grenzsteine. Nicht lange, dann konnte ich die drei unterschiedlichen Gestalten auch erkennen. Diesmal waren sie wach. Die Moiren schrien uns von Weitem entgegen: „Hach ihr schon wieder."

„Was sucht ihr hier?" Sie hoben Steine vom Boden auf und warfen sie in unsere Richtung. Ich griff nach Phagorys zitternder Hand. Er bremste mein Tempo mit seinem zögernden Schritt ab. Endlich standen wir vor ihnen. „Was wollt ihr diesmal? Ihr Verräter. Ihr Lebensdenker."

Ich hielt ihrem starren Blick stand. „Wir wollen über die Grenze!"

Die Moiren brauchen in schallendes Gelächter aus. Die Jüngste bewarf Phagory mit silbernen Fäden aus ihrer linken Hand, die zischend auf seiner Haut glühten. „Weißt du nicht, was passiert? Meinst du, sie liebt dich dann noch? Wie eine Nymphe den Satyr?"

Phagory regte sich nicht. Die immer neu geworfenen Silberfäden hinterließen glühende Striemen auf seiner Haut. Ich stellte mich reflexartig vor Phagory. Mir konnten die silbernen Fäden gar nichts anhaben. Ich spürte sie nicht und sie brannten sich nicht in meine Haut. Kraftlos, wortlos und schutzlos stand Phagory hinter mir.

Die Älteste der Moiren richtete sich auf und hinkte auf uns zu. Ihre faltige Haut bedeckte das linke Auge komplett und ich versuchte, etwas von ihrem rechten Auge zu erkennen. Es lag weißblau und starr in der Augenhöhle. Sie kratzte sich beim Laufen unter der Brust und drehte sich zu der Jüngsten um. „Klotho, lass die Nymphen da raus, sie sind zu 45 Ecken mit uns verwandt."

Klotho äffte sie genervt nach. Die Alte rieb sich den haarlosen, glänzenden Kopf und ging dicht an Phagory heran. „Ja. Heute spüre ich es auch. Du auch, Phagory?"

Sie brachen wieder in schmetterndes Gelächter aus. Ich suchte hinter mir nach seiner Hand. Aber er war zurückgewichen. Verwundert drehte ich mich zu ihm um. „Warum müssen wir hier so lange stehen? Was passiert, wenn wir über die Grenze gehen?"

Schweißtropfen standen auf seiner Stirn. „Bei dir nichts."

„Und bei dir?" Ich griff nach seiner Hand. Sie war kraftlos.

Die alte Lachesis wurde wieder laut. „Ja genau. Phagory, was passiert denn dann? Kannst du fliegen? Wirst du zu einem weißen Einhorn?"

Phagory schwitze Blut. Sein Atem ging schnell. „Komm, lass uns einfach rübergehen. Vertrau mir Phagory. Es wird nichts passieren."

Er ließ meine Hand los. „Du hast keine Ahnung, Lilli! Du … wirst mich hassen." Er drehte sich um und lief weg wie ein kleiner Junge. Er rannte. Und rannte.

Erst konnte ich nicht antworten vor Enttäuschung. Dann kam die Wut. „Phagory, wenn du jetzt gehst, war es das mit uns! Du hast gesagt, du bleibst bei mir!“

Er rannte, rannte und rannte weiter, ohne sich umzudrehen. Lachesis und Klotho lachten gehässig und spuckten hinter ihm her. Die Dritte aus dem Moirenbunde stand auf und kam zu mir. „Komm, Kleine. Wir haben beschlossen, dich gehen zu lassen. Geh über die Grenze und such dein Glück.“

Kataklothes legte fast liebevoll ihre Hand auf meine Schulter. „Denk dran. Keiner von euch mit Gewebe, Haut und Knochen kam jemals zu uns zurück.“

Klotho lächelte mich sogar an. „Aber wenn du lange genug wartest, dann kommen alle aus deiner Familie an dir vorbei und überholen dich …“

Die alte Lachesis hinkte zurück auf ihren Felsen. „Was wollen nur alle in dem schrecklichen Totenreich? Ist es doch dem Abgrund gleich. Hoffnungslos und grau.“

Ich wollte einfach nur noch meine Mutter zurück, mit oder ohne Phagory. Sie bespuckten mich und warfen klebende Spinnweben auf mich. Trotzdem ärgerte ich mich nicht. Ich war wütend auf Phagory. Aber wütender war ich auf denjenigen, der das alles hier zu verantworten hatte: auf den Tod.

58

Endlich setzte ich meinen Fuß auf den schwarzgrauen Boden des Totenreichs. Vor mir lagen kleine dampfende Krater und verdorrte Bäume. Die Luft roch nach Schwefel. Verglühte, staubige Asche, die immer wieder aufglühte, bedeckte den Boden. Die ersten Schritte auf dem Teerboden waren wie auf einem Trampolin.

Ein lautes Flattern ließ mich zusammenschrecken. In einem rauchenden, schwarzen Krater, nicht weit weg von mir, saß ein riesiges Tier. Es hatte einen wuchtigen Körper mit lederner rosa Haut und ganz feinem, glänzenden braunen Flaum darauf. Auf seinem Rücken lagen kleine Flügel, die über dem breiten Bauch nach unten hingen. Sie flatterten und zuckten. Das Tier hatte seine Augen geschlossen. Mit seinem Schwanz, der aussah wie bei einer Kuh, schlug er auf den Boden. Obwohl es aussah wie eine Mischung aus Pferd, Kuh, Dinosaurier und einer schrecklichen Fratze, war ich mir sicher, dieses Tier irgendwo schon mal gesehen zu haben. Es machte mir keine Angst.

Langsam schlich ich mich an dem geheimnisvollen Wesen vorbei. Als ich auf einer Höhe mit ihm war, schlug es die Augen auf. Sie waren leuchtend rot. Ich versuchte, es zu ignorieren.

„Ich rieche … Erinnerungen!“ Sein heißer Atem roch nach Lavendel. Heißem Lavendel aus einer angebrannten Duftlampe. Es kroch raschelnd näher. „Dein Herz. Es schlägt.“ Seine

Stimme klang dunkel und schwingend. Es breitete seine Flügel aus und war in zwei Schlägen mit einem großen Satz bei mir.

Ich erinnerte mich an das Monster vom Rummelplatz im Käfig. Genau so sah es aus. Wie versteinert blieb ich stehen.

Es zog mir mit seinen spitzen Krallen Kratzer in die Wange und stoppte erst kurz vor meinem Auge. Es drückte fester zu. Ich musste mir vor Schmerz auf die Zunge beißen. Blut lief mir über das Gesicht. Das Tier lachte. Es hatte eine männliche Stimme. Tief und dunkel klang das Lachen ...

Mit seiner langen, rauen Zunge leckte es das Blut meines Gesichtes genüsslich ab. Ich schloss die Augen. Nein. Ich würde mein Ziel jetzt nicht verlieren. Es schüttelte sich wie ein Hund. Jetzt könnte ich mich vielleicht an ihm vorbeidrücken. Doch es erwischte mich. Seine Pranke drückte meinen Hals zusammen. Mein Herz schlug schneller, mir wurde schwindelig und da war sie plötzlich. Todesangst. Tränen rannen über mein Gesicht.

Grüner Sabber lief aus dem Mund und seine Flügel flatterten ekstatisch. Ich versuchte, mich aus seinem Griff zu befreien, aber es packte nur fester zu. „Ich habe dich gefunden, du gehörst mir."

Seine raue Zunge fing meine Tränen auf und hinterließ eine klebrige Spur. Er leckte auch über meine Haare. Meinen Hals. Seine Lippen knabberten den verkrusteten Dreck der Krähenschnäbel ab. „Gib mir mehr davon. Was kannst du noch alles?"

Er zog grob meine Hand zu sich, öffnete seinen schrecklichen Mund, der wie ein menschlicher Mund war, und steckte meine Hand in seinen Mund hinein. Die feuchte, klebrige Zunge umrollte meine Finger wie eine feuchte Höhle. Dann ließ sein Maul meine Hand wieder frei. Er beobachtete meine Finger, als würde er noch was erwarten.

Ich nahm all meinen Mut zusammen. „Lass mich. Ich habe … Erinnerungen. Willst du sie haben?“ Er ließ mich los. Sein Kopf lag schief auf seinem Hals. Vorsichtig drückte ich seine Pranken von mir. „Ich hole was aus meiner Jackentasche.“ Langsam zog ich das Foto hervor.

Das Ungeheuer wollte es mit einem Ruck an sich reißen, aber ich war schneller. „Nein. Ich brauche es.“ Wütend knurrte es.

Ich zeigte auf das Foto. Blockflöte. Blockflöte. Blockflöte. Denk an Blockflöte! Ich hatte ein genaues Bild vor Augen.

„Ok. Jetzt puste über meinen Kopf.“ Es pustete. Mein Kopf wurde mit Spucke beklebt. Sein begeistertes Grunzen verriet mir, dass eine Wolke mit Erinnerungsscherben über meinem Kopf schweben musste. „Warte. Ich hole dir was raus! Nicht anfassen. Das ist für dich gefährlich“, sagte ich. Er schien mir zu glauben.

Ich griff über mich. Noch nie hatte ich in meine Wolke gegriffen. Etwa zehn Zentimeter über meinem Kopf schwebte etwas Weiches, Rundes und Knuffiges. Bei der Berührung war es, als würde ich in Zuckerwatte fassen. Die Scherbe, die ich packte, hatte scharfe Kanten. Ich hielt sie fest und zog sie raus. Mein Finger blutete leicht.

Das Monster griff nach meinem Finger und leckte das Blut wieder ab. Ich zog meine Hand weg. Er fletschte mit den Zähnen. Ich hielt ihm die Erinnerungsscherbe hin.

Auf ihr lief der Ausschnitt meiner grandiosen Musikerkarriere. Ich war acht und saß mit anderen Kindern in einem aufgebauten Stuhlkreis um Frau Winkelschlott. Frau Winkelschlott hatte immer ein ballonartiges Kleid an, gefilzte Blumen in den Haaren und einen Taktstock in der Hand. Alle Kinder spielten nach Noten. Doch das, was jetzt kam, hatte ich schon fast vergessen: Ich stand aus dem Kreis braver Kinder auf, drehte mich mit meiner Flöte und blies den anderen Kindern schiefe Töne in die Ohren.

„Stopp, du! Dich können wir hier nicht gebrauchen. Blödsinn kannst du woanders machen. Raus!" Ich begann, laut zu weinen und nach Mama zu rufen. Hier war der Film auf der Scherbe zu Ende.

Das Monster schnappte nach der Scherbe und zerkaute sie splitternd zwischen den Zähnen. Auf dem Foto erschien ein weiterer weißer Fleck, wo vorher die Blockflöte gewesen war. Die weißen Flecken nahmen inzwischen große Teile des Fotos ein. Viel zu viele weiße Flecken waren darauf. So viele hätten es niemals sein müssen. Hätte ich doch niemals die Erinnerungen so verschleudert.

Mir war, als hätte ich in der Hochburg des Lebens mehr Erinnerungen auf dem Foto gehabt. Bevor ich einschlief und ohne meine Kleidung wieder erwachte. War doch mehr passiert, als das Leben mir erzählte? Wie in einem Nebelschleier kamen Erinnerungen an die Nacht, in der ich unter dem Befehl des Lebens und willenlos dastand. Das Leben saß neben mir auf dem Bett und hielt das Foto in der Hand. Sie wühlte über meinen Kopf in der Wolke. Auf ihrem Schoß lagen schon viele Erinnerungsscherben. Ich erinnerte mich vage, dass ein Klopfen sie unterbrach. Danach erlosch auch diese Erinnerung wieder im Nebel. Aber Mama war auf dem Foto noch zu sehen.

Ich blickte in die gierigen roten Augen. „Mehr!" Das Monster griff nach meiner Wolke. Sie sollte sich in einigen Sekunden wieder auflösen. Im Reflex schlug ich seine Pranke weg. Es kam bedrohlich knurrend näher. Mein Herz hämmerte wild.

Ich überlegte fieberhaft. „Du kriegst noch mal was. Aber erst, wenn du mich zum Friedhof der … der … Verdammt, wie war das? … Friedhof …"

„Gedanken?", ergänzte das Ungetüm meinen Satz. Schnaubend landete er auf allen vieren und trottete ein kleines Stück vor. Ich folgte ihm mit so großem Abstand wie möglich. Über meinem Kopf war es immer noch warm. Ich fühlte über mich. Da war sie, die Wolke, weich und warm. Sonst hatte ich immer das Gefühl gehabt, sie löste sich von allein wieder auf.

Der Boden unter uns veränderte seine Farbe. Auf dem sandigen Untergrund lagen rote Steine in allen Formen und allen Größen. Als ich nah an einem der größeren Steine vorbeiging, begann er, von innen heraus zu klingen. Ich sah in ihm meine Umrisse als Schatten. Und in mir leuchtete etwas wie ein heller Funke. Leuchtende Punkte schwirrten um mich herum wie kleine Glühwürmchen. Als ich mich umdrehte, um die leuchtenden Funken auch in der roten Steinwüste neben mir zu finden, war nichts zu sehen.

„Ich will mehr!" Das Monster blieb stehen und bohrte seine Krallen in meine Hüfte.

„Erst wenn wir am Friedhof der Gedanken sind! Wenn du mir was antust, kriegst du gar nichts. Also überleg es dir!"

Das Monster hob seine Pranke bedrohlich in die Luft und ließ sie über die Krallen aneinander knirschen. Die Innenseite seiner behaarten Pranke war rosa, durchzogen von Linien und Furchen. Sie sah aus wie eine menschliche Handfläche. „Da vorne, da ist er. Der Friedhof der Gedanken."

Ich hielt meine Hand über die Augen, um mein Ziel zu fokussieren. „Da ist eine Müllhalde. Da ist nur Schrott."

Aufbrausend fuhr er mich an. „Du wolltest doch zum Friedhof der Gedanken?"

Langsam verlor auch ich die Geduld. „Ja, dort wollte ich hin. Aber das … Das ist niemals der Ort, an dem der Tod sich aufhält."

Das Monster bewegte sich wuchtig zu mir und drückte dicht vor mir seine Pranken in die Erde. „Du wolltest zum Friedhof der Gedanken. Das ist der Friedhof der Gedanken. Und jetzt gib mir deine Erinnerungen. Alle!" Es legte sich flach auf den Boden und beobachtete mich bedrohlich mit seinen roten Augen, zum Angriff bereit.

Die Müllhalde war noch ungefähr hundert Meter entfernt – eigentlich zu weit weg, um dort ein Versteck zu erreichen. Aber die Idee, die mir in den Sinn kam, schien umsetzbar. Ich nahm meinen Mut zusammen. „Achtung! Da hinten, ein Vogel!"

Schnell drehte ich mich von ihm weg und rannte los. Kaum drei Schritte war ich von ihm weg, als es sich brüllend auf meinen Rücken warf und mir seine Zähne zwischen die Schultern drückte. Sie ritzten zwischen meine Schulterblätter feine, schmerzhafte Schnitte, bis es mich damit gestoppt bekam. Es brannte wie Feuer. Ich spürte den Biss noch stärker, als es seine Zahnspitzen wieder herauszog und mich wie einen Käfer auf den Rücken in den Staub stieß. Mit einer Pranke presste es seine Krallen in meinem Bauch, damit ich mich nicht drehen konnte.

„Da ist nichts drin." Mit seiner feuchten Nase schnupperte es mich ab. Ich versuchte, mit der Hand, das Foto aus meiner Tasche zu ziehen, aber er war schneller. Gierig sabbernd hielt es mir das Foto vor das Gesicht. In seinen nun schwarzen Augen drehte sich ein loderndes Feuer. Eine Kralle seiner behaarten Pranke landete auf dem Foto dicht neben Mama. Auf einer Puppe.

„Das will ich haben! Und danach nehme ich die Frau!" Es saß mit seinem ganzen Gewicht auf mir und es fühlte sich an, als ob sich meine Rippen jederzeit brechen könnten. Seine andere Pranke landete auf meinem Nacken. „Jetzt mach mir eine Erinnerung!"

Ich schloss die Augen und dachte an die Puppe. Bloß Mama durfte nicht auftauchen. Es war verdammt schwer und ich war sicher, dass es schiefging. Endlich löste sich das Vieh von mir und betrachtete die Scherbe.

Ich war vier und saß auf Mamas Schoß. Zusammen mit Mama öffnete ich ein großes Paket – und die Puppe kam zum Vorschein. Gott sei Dank tauchte die Puppe in der Erinnerung auf. Dort, wo sie auf dem Bild zu sehen war, war jetzt ein großer weißer Fleck.

Splitternd landete diese Erinnerung in seinem Maul. Wie in Ektase zitterten seine Flügel und sein Schwanz. Es hob einen Meter in die Luft ab und setzte schwerfällig dicht neben mir wieder auf. Langsam drehte ich mich zur Seite weg und obwohl mir alles wehtat, konnte ich vorsichtig aufstehen. „Jetzt bring mich endlich zum Friedhof der Gedanken und dann verschwinde!", presste ich hervor.

Das Biest trottete wie ein gesättigter Vampir vorneweg. Sein Hinterteil dampfte und ein dünner Nebel bildete sich, der sich bis zum bulligen Nacken zog. Trotz seiner Schwerfälligkeit tänzelte es, während sein Schwanz mit den knisternden Flügeln synchron auf und ab stieß. Die Flügel legten sich fast schützend um seinen massigen Körper, als es den Schrottplatz betrat.

Als ich den Friedhof der Gedanken endlich erreichte, trollte sich dieses schreckliche Wesen mit hängenden Flügeln und eingezogenem Schwanz hinter drei aufeinandergestapelten Waschmaschinen herum.

Der Platz war riesig. „Wie soll ich hier den Tod finden?" Ich blickte mich um. In ewig langen Reihen stapelten Waschmaschinen, Lampenschirme, Sessel, Radios, Stühle, Tische,

Betten, Bücher, kleine Porzellanfiguren, Kinderrutschen, Rollstühle, Särge, Felle und Vasen.

Ich versuchte, einen Weg durch all diese Dinge zu erkennen. In der Mitte dieser Müllsammelstelle thronte ein altes, rostiges Schiff. Es war riesig groß und über den weißen Bug zog sich der Schleier des Verrottens, der in rostigen Aufgüssen nach unten lief.

Der Schlag einer schweren Pranke ließ mich taumeln. „Gib mir deine Erinnerungen!"

„Du hast welche bekommen!"

„Die Frau! Gib mir die Frau!"

„Nein." Innerhalb von Sekunden lag ich wieder auf dem Boden. Im Fallen spürte ich, wie die Wolke auf meinem Kopf kurz meine Haare berührte. Brüllend riss es etwas dicht über mir auseinander. Helle, nebelige Fetzen regneten auf mich herab. Schützend hielt ich die Hände über meinen Kopf.

„Nein, lass das. Bitte. Ich brauche meine Erinnerungswolke. Ich muss damit meine Mutter …" Seine scharfen Zähne bohrten in meinen Hals. Mir fehlte die Luft, um zu sprechen. Ich gab auf. Soll er mich doch zerfetzen, aber die Erinnerung würde er nicht bekommen.

59

Ein kehliger Schrei hallte durch die Luft. Ein zweites Monster, das noch ein Stück größer war, flog über uns in der Luft. Dumpf und schwer landete es neben uns. Seine Zähne blitzen auf, als es in meine Richtung stürzte. Hoffnung hatte ich keine mehr, sondern wartete auf meinen Tod.

Das erste Monster wurde von mir gerissen. Ein dumpfer Schmerz blieb in meinen Rippen zurück. Meine Beine konnte ich nicht mehr spüren. Das größere Monster riss dem kleineren Monster ein Ohr ab. Fetzen von Fell, Haut und Blut bedeckten den Kampfplatz. Mit kräftigen Hieben schlug die zweite Bestie auf die Erste ein. So lange, bis sie jaulend wegkroch.

Das zweite Ungeheuer war noch wuchtiger, hässlicher, stärker und angsteinflößender. Aus seinem breiten, dunklen Maul floss das Blut seines letzten Kampfs. Es ließ seine Pranken neben meinem Kopf einschlagen. Ich kroch zurück. Langsam kam das Gefühl in meinen Beinen wieder. Mein Blick fiel auf die linke Tatze. Wir trugen die gleiche Nagellackfarbe am Zeigefinger. Seine dunkelroten Augen blickten mich eindringlich an. Dann ließ es sich vor mir auf den Boden sinken.

Die Augen. Sie waren anders. Bekannt. Der Nagellack … Im Kerker … „Phagory?“

„Ja.“ Es klang leise und verletzlich, aber es war seine Stimme.

Mein gesamter Körper begann zu zittern. Es war zu viel. Alles. Die Kreatur mit Phagorys Stimme beugte sich über mich. Seine roten Augen wechselten in ein zartes Himmelblau.

„Was hat er dir angetan. Es tut mir so leid. Ich hätte nicht gehen dürfen." Ich hielt die Luft an und drehte mich von ihm weg.

„Lilli, das war es, was ich dir sagen wollte. So sehen wir Venustas aus." Er zog sich zurück.

Ich setzte mich auf. Alles tat mir weh. „Phagory? Wer … Wer hat dir das angetan?"

Rote Wut breitet sich in seinen klaren Augen aus. „Wo ist er? Ich weiß, dass er hier ist. Lass ihn uns fangen. Es ist alles seine Schuld!"

Er hatte die gleiche Stimme wie früher, aber sein Körper machte mich sprachlos. Seine menschlichen Gesichtszüge ließen sich unter dem Fell und der aufragenden Wildtierschnauze erahnen. Mit seiner Tatze, die an die Wuchtigkeit eines Bären erinnerte, deutete er in die Richtung des großen Boots. Sein Schwanz peitschte wütend auf die Erde. Auch wenn ich mittlerweile sicher war, dass er es nicht auf mich abgesehen hatte, fürchtete ich mich. Er war nur noch ein wildes Tier.

Witternd zog er seine Schnauze über den staubigen Boden. „Ich rieche ihn. Er hat sich ganz oben verkrochen."

Langsam stand ich auf. Adrenalin raste durch meine Adern. Ich griff nach dem Fläschchen mit dem Elixier des Lebens. Die kleine Flasche war heil geblieben. Sie lag wie eine Trophäe in meinen Händen. Ich konnte auf meinem linken Fuß nicht auftreten und auch in meinen Rippen brannte es wie glühende Kohlen. So hielt ich Phagory den Sack entgegen, damit ich meine Sachen ordnen konnte.

Er schüttelte sich und wich zurück. „Die Spinnweben der Moiren sind für die Geschöpfe des Todes wie Gift." Er drehte mir den Rücken zu. Tief klaffende Wunden mit grünen, schäumenden Rändern, an denen sich dicke Spinnweben zischend einbrannten, zogen sich über seine Rückseite.

„Das muss schrecklich wehtun! Warum haben sie das getan?"

„Sie haben mir eines ihrer verknoteten Netze hinterhergeworfen, als ich über die Grenze gegangen bin."

Ich wollte ihm die Spinnweben entfernen.

Er sprang flatternd weg und senkte seinen Kopf zur Erde. „Keine Sorge. Mir kann nichts passieren. Hier kann keiner sterben. Das Leben kann die Wunde später schließen."

„Bitte. Lass es mich tun." Er sackte zum Boden und begrub seinen Kopf zwischen seinen Pranken. Mit spitzen Fingern entfernte ich ihm die zarten Webereien aus seiner mit Borsten besetzten Haut. Die großen Wunden schlossen sich nicht.

„Lilli, nimm den Xalit. Wenn du ihn anhauchst und auf die schmerzenden Stellen legst, hilft er dir."

Ich zog den Xalit heraus. „Dann werden wir ihn erst bei dir anwenden, Phagory!"

Er schüttelte den mir so fremden Tierkopf. „Hier im Totenreich wirkt kein Xalit bei mir."

„Warum haben dir die silbernen Spinnfäden auf der Seite des Lebens nicht so geschadet?"

„Da wirkt die Kraft des Lebens. Im Reich des Todes sind alle Verletzungen, die man mit hineinträgt, stärker. Deswegen durchlaufen die Toten eine so lange Reise bis zur Grenze zum Totenreich. Damit sie geheilt hier ankommen und weitergehen können."

Sofort, ohne Schmerzen heilte der Xalit meinen Körper. Phagory schlich in Richtung des Schiffs und ich hielt mich hinter ihm. Bald blieb er stehen. Ich stoppte dicht hinter ihm. Er flüsterte, während sein Körper eine angenehme Wärme ausstrahlte. Seinen Geruch fand ich im Gegensatz zu dem des anderen Monsters nicht unangenehm. Weil er kein Monster war. „Du musst allein weitergehen. Er sitzt oben im Boot in der Kabine, sortiert Knöpfe und wird nichts mitbekommen. Tropf ihm das Elixier auf den Kopf. Dann wird er schrumpfen. Und du kannst ihm den Sack überstülpen."

„Woher weißt du so genau, dass es funktioniert? Und wie ich es machen muss?"

„Seit ich klein bin, träume ich davon, dass du kommst."

60

Ich kletterte los über Berge von Schrott. Von Weitem klang das gleichmäßige Rauschen von brechenden Wellen zu uns. Das ewige Meer. Dort würde das Leben warten. Mein Fuß sackte in einer Sammlung aus Glasfiguren ein, die krachend zersplitterten. An der Lehne eines geblümten Sessels streifte ich die kleinen Scherben ab.

Langsam kam ich dem Schiff näher. Sein Heck bohrte sich mit der Spitze tief in den staubigen Ascheboden, während der restliche Rumpf hoch in der Luft schwebte, als hätte eine übermächtige Kraft es dort fallen lassen. Es war, als ob es zusammen mit dem Rost, der sichtbar wurde, altern und schrumpfen würde und so in sich zusammenfiel. Der weiße Lack platze an vielen Stellen ab und brachte braune Beulen zutage.

Ein Haufen von in sich verkeilten Wohnzimmerlampen lag vor mir. Als ich einen der Lampenschirme streifte, stieg mir ein Duft in die Nase, wie man ihn nur zu Hause finden konnte. Es roch nach schwerem Parfüm, überreifen Obstschalen und Leder.

Das Schiff war nun ein paar Schritte von mir entfernt. In einem der Aufbauten flackerte der warme Schein von Kerzen. Da musste er sitzen – der Anführer aller jemals existierenden Mörder. Der Tod in Person.

Langsam umrundete ich den Rumpf. Es war unmöglich, in die Kabine nach oben zu kommen. Ein flacher Wind kam auf und pustete durch meine Haare. Alle Nackenhaare stellten sich gegen den harten Kragen meines Krähenschnabel-Fan-Pullovers.

Als ich unter den Boden des zur Hälfte schwebenden Schiffes kroch, um auf die andere Seite zu kommen, präsentierte sich die Lösung. Im Boden des Schiffes gab es eine hölzerne Falltür. Sie war nicht in die rostigen Riegel zurückgesprungen, sodass sie sich problemlos öffnen ließ.

Eine lange, eiserne Wendeltreppe führte in den dunklen Bauch des Schiffes. Überall, wo sich der Rost in das Schiff gefressen hatte, fielen kleine Lichtstrahlen in die Dunkelheit. Fest umklammerte ich die kleine Flasche mit dem Elixier des Lebens.

Die erste Stufe gab meinem Schritt nach und kippte nach vorne. Sie klappte bei meinem Sprung auf die nächste Stufe klirrend zurück. Schritt für Schritt bewegte ich mich auf der wackeligen Treppe nach oben. Die Stufen knarrten, brachen nach vorne weg oder wackelten schwankend hin und her.

Nun musste ich die Hälfte der Wendeltreppe geschafft haben. Durch die maroden Stufen drang von oben ein Lichtschein. Noch ein Schritt. Und noch einer.

Ich griff nach der kalten, rauen Klinke. Die Tür stand offen. Alles schien vorbereitet zu sein, als ob ich schon erwartet würde. Ich gab der Tür einen vorsichtigen Schubs und öffnete sie einen Spalt breit.

Vor mir lag ein kleiner, warmer Raum. Mit dem Rücken zu mir saß der Tod. Alles war hier ordentlich und sauber – im Gegensatz zu draußen. Alte Gemälde, Handzeichnungen und Wandmalereien wie aus Steinzeithöhlen verzierten die Wände. Auch ein Bild mit deutscher Inschrift konnte ich ausmachen: „*Des Todes Schwingen bewogen, sich sanft über ihn zu legen. Nimm den Kuss dankbar an. Und werde frei.*“

Über der Inschrift war eine in sich zusammen gesunkene junge Frau auf einem Bett zu sehen. Es war mit Kohle gezeichnet und so verwischt, dass der Zeichner seinen Fingerabdruck hinterlassen hatte.

Ich atmete noch einmal tief. Der Sack und das Elixier waren einsatzbereit. Der kleine Korken auf der Flasche ließ sich einfach wegschnipsen. Meine Hände zitterten so sehr dabei, dass ich froh war, wie zähflüssig der Tropfen des Lebens in der Flasche hing. Ich machte einen weiteren Schritt auf den Tod zu. Mein Körper spiegelte sich in der verschmutzten Schiffsscheibe wider.

Da stand ich und streckte meinen Arm über den Kopf des Todes aus. Er warf keinen Blick nach vorne und auch nicht nach hinten zu mir. Ich drehte die Flasche über ihm um. Langsam setzte sich das Tröpfchen in Bewegung. Mein Gesicht wurde heiß.

Er sortierte Knöpfe, von einem Gefrierbeutel aus Plastik in eine Holzschüssel. „Ich muss zugeben, Sie überraschen mich, junge Dame!"

Vor Schreck wäre mir die Flasche fast aus der Hand gefallen. Während der kleine Tropfen den Rand der Flasche erreichte, lachte er auf. Er hielt einen roten Knopf vor seine Augen, bevor er ihn in die Holzschüssel warf.

Langsam und zäh dehnte sich der grün glänzende Tropfen aus und verließ lang gezogen die Flasche. Noch ein letzter Halt, bevor der Tropfen den Kopf des Todes berührte und die letzte Verbindung zur Glasflasche verlor. Dann verteilte er sich über den Haaren des Todes. Er wurde flüssig. Und – es passierte nichts.

61

Der Tropfen wurde kleiner. Und kleiner. Und kleiner. Der Tod nahm mit seiner Erwachsenenhand einen Knopf aus der Plastiktüte und eine Kinderhand warf ihn in die Holzschüssel. Er verwandelte sich nun doch zu einem Kind. Als er die Größe von einem Drei- oder Vierjährigen erreichte, stoppte die Schrumpfung.

Er wandte sich von den Knöpfen ab. „Bringen wir es hinter uns!“ Seine Stimme klang noch immer erwachsen. Aber ein Blick in die spiegelnde Scheibe ließ mir mein Blut in den Adern gefrieren. Mit dem Rücken zu mir saß genau das kleine Kind, das durch die Anwendung des Lebens für den Lebenstropfen sein Leben lassen musste. Ich zögerte.

„Lilli?“ Phagory rief mich von unten. Schnell stülpte ich den Sack über das kleine Wesen. Es war unfassbar einfach. Der Sack schloss sich von allein.

„Ich hab ihn!“, rief ich leise. Als ich den Sack die Treppen hinuntertrug, bewegte sich der Tod im Körper des Kindes nicht.

Phagory wich vor dem Sack zurück. „Wie geht es ihm? Bitte tu ihm nicht unnötig weh.“ Seine Augen waren eingefallen, als hätte er sieben Jahre nichts mehr zu essen bekommen. Sein Körper war knochig, seine Beine abgemagert und zittrig. Aus den tiefen, eiternden Schnitten am Rücken traten dicke Adern aus, die zu jedem seiner Körperteile führten. Er konnte sich kaum noch bewegen.

Ich stellte den Sack auf dem Boden ab. Augenblicklich sank er ein. Ich musste ihn mit viel Mühe wieder aus der Erde ziehen und über meine Schultern legen. Es fühlte sich so fremd an, wenn ich aus Versehen eines dieser kleinen Händchen durch den Sack an meinem Rücken spürte. „Phagory, was ist mit dir passiert?“

„Er stirbt, junges Fräulein“, kam die Antwort aus dem Sack.

Ich ging näher zu Phagory. Flüsternd versuchte ich, den Tod aus unserem Gespräch auszuschließen. „Das stimmt doch nicht. Oder, Phagory? Es kann hier keiner mehr sterben.“ Phagorys Körper zuckte und wälzte sich auf der Seite.

„Sieh es dir an. Er stirbt“, kam aus dem Sack. „Genau jetzt.“

Zeitgleich färbte sich der Himmel dunkelrot. Ein Wind kam auf, er steigerte sich in wenigen Augenblicken zu einem starken Sturm. Er blies mir entgegen und durch meine Kleidung zog er bis in die Knochen. Der Knoten von Mamas Tuch löste sich und Mamas Asche flog in den Wind. Panisch drückte ich den Rest der Asche mit einer Hand zusammen mit dem Tuch zurück in meine Hosentasche.

Phagory legte seinen Kopf schwach auf seine Pranken. „Mein Tod ist ein geringer Preis, Lilli!“

„Nein. Nein, ich bringe das wieder in Ordnung! Ich werde mich beeilen. Das Leben wird dir helfen.“

„Lilli, die schwarzen Höhlen ...“ Er sprach so leise, dass ich ihn nicht mehr verstehen konnte. Um uns herum tobte der

Sturm und wirbelte staubige Wirbel vom Boden auf. Ich warf einen letzten Blick auf ihn, auf sein unbekanntes und doch versteckt vertrautes Gesicht.

„Es wird alles gut. Vertrau mir!“ Meine Stimme klang seltsam fest. Ich stapfte los gegen den Wind. Das Rauschen des Meeres war zu hören, als ich den Friedhof der Gedanken betrat. Meine innere Stärke trieb mich an.

Der Sack mit dem Tod drückte sich in meine Schultern. „Es ist ein Fehler!“ Der Tod klang verändert. Er zappelte und trat.

Gegen den Wind und den Staub mit dem Tod auf der Schulter kämpfte ich mich voran. In der Erde brachen tiefe Risse auf, der Boden bebte. Rote, leuchtende Steine flogen durch die Gegend, aber der Tod auf meinen Schultern gab mir das Gefühl, unverletzlich zu sein. Unsterblich und göttlich. Dicht neben mir schlugen die roten Brocken ein und zersprangen wie Glas in winzig kleine Splitter, die vom Wind als schneidende Waffe genutzt wurden. Aber mir konnte das alles nichts anhaben. Der Tod lag wie ein schützender Mantel über mir.

62

„Du hast das Gleichgewicht durcheinandergebracht.“, schrie er aus dem Sack.

„Ich tue genau das Richtige! Und jetzt sei still“, brüllte ich zurück.

Glühende Kometen mit Feuerzungen fielen vom Himmel und entzündeten lodernd die Stellen, in die sie einschlugen. Ich lief gegen den Sturm. Und zum ersten Mal in meinem Leben hielt ich die Macht in meinen Händen. Jetzt konnte ich das Spiel ändern. Der Schlüssel zum ewigen Leben kauerte erbärmlich klein in einem nach Ziegen stinkenden Sack.

Es lebe meine Mutter!

63

Das ewige Meer war gut zu sehen. Zwischen dem grauen Schleier aus Rauch und Staub sprangen meterhohe, leuchtende Wellen in den brennenden Himmel. Auf meinen Lippen und in meiner Nase setzten sich der Geruch und der Geschmack von salzigen Wellen fest und brannten sich in meinen Augen und meiner Nase ein. Seit ich den Tod gefangen hatte, verstärkten sich meine Sinne. Meine Gedanken an den Sieg waren wie ein Bonbon gegen den Schwefel- und Brandgeruch. Unter dichten, dunklen Rauchschwaden und Aschewolken zerschellten Steine an hartem Felsen. Vor uns erstreckten sich Felswände, die wie erkaltete Lavaströme übereinander gefaltet waren. Inmitten dieser Wände lag ein Eingang. In den Wänden selbst leuchteten unzählige, viele kleine, sehr hell flackernde Lichter. Wie eingesperrte Glühwürmchen pochten sie von innen gegen die schwarzen Steine.

Der Sack schnitt in meine Hand. Um meine Schultern kurz zu erleichtern, stellte ich ihn auf einem Gesteinsvorsprung ab. Aus dem Felsen heraus erklang ein lautes Stöhnen und Ächzen. Es hörte sich menschlich an. Und erst, als ich den verhassten Sack wieder auf meine Schultern lud, verstummte es. Aber an der Stelle, an der er gestanden hatte, wurden nun zwei verkohlte, tellergroße Handabdrücke sichtbar. "Werte Dame, wenn ich Ihnen noch einmal zu Herzen legen dürfte, mich hier rauszulassen. Wissen Sie, es wäre ja nicht so, als hätte nie jemand versucht, sich mit dem Tod anzulegen. Alle sind gescheitert."

"Ach ja? Wer denn?"

"Jeder Zehnte mindestens. Meistens die, mit denen es meine Schwester besonders gut meinte. Und Kühe. Kühe sind schwer zu überzeugen."

"Du nimmst auch Kühe mit?"

"Das tut hier nichts zur Sache. Die meisten anderen Tiere finden ihren Weg allein zum ewigen Meer. Nur Kühe nicht."

„Ich habe hier noch nie Tiere gesehen."

„Sie fliegen direkt zur Insel der Seelen."

„Die fliegende Elefantenherde mit den rosa Flügeln waren also tote Elefanten gewesen?" Ich wollte nicht mehr mit ihm sprechen. "Okay. Und jetzt halt wieder die Klappe." Überrascht davon, dass er es tat, zog ich den Tod weiter hinter mir her. Drei Schritte schleifte ich ihn in die Höhle hinein … und konnte nichts mehr sehen.

Nur ab und an blitze helles Licht in den Wänden auf. Eine aufgescheuchte Herde kleiner Glühwürmchen schoss uns entgegen, gefolgt von einem aggressiv flatternden Schwarm wilder Adler. Wie Fledermäuse stoben die Lichter orientierungslos an uns vorbei und verstreuten sich in den blutenden Himmel. Die riesigen Vögel schossen ihnen hinterher. Meine Haut wurde von ihren Federn gestreift und ihre Spitzen fühlten sich hart und klebrig an. Ich konnte den Tod laut atmen hören. Ausatmen. Ausatmen. Ausatmen. Nie atmete er ein. Aber er zappelte gereizt.

Die hellen, pulsierenden Lichter von außen erleuchteten nun das Innere. Wie geöffnete Augen verfolgten sie mich mit ihrem unsichtbaren Blick. Helle Lichtadern durchzogen auch die Decke. Aus einer flüsternden Stimme wurden zwei, dann vier, bald konnte ich nicht mehr zählen, wie viele Stimmen durcheinander flüsterten. Verstehen konnte ich nichts.

Und dann wurde es eisig kalt. Aus der Wand schob sich eine schmale, weiße und leuchtende Hand. Ein grausiger Schauder packte mich. Ich rannte wieder aus der Höhle raus.

Der Sack – er stand noch drinnen. "Verehrte Dame. Jetzt reißt mir aber gleich der Geduldsfaden. Sie kommen sofort zurück und bringen das hier in Ordnung", schrie er.

Langsam schob ich meine Füße in die Höhle. Und wieder stand ich neben dem Sack mit dem Tod. So fest ich konnte, trat ich in die Dunkelheit mit der Hoffnung, den Richtigen zu treffen.

„Aua. Auch ich habe ein Schmerzempfinden.“ Das kam nicht aus dem Sack. Hinter mir wurde es frostig kalt und hell. Langsam drehte ich mich um. Eine durchsichtige Gestalt lehnte dicht hinter mir an der Wand. Sie machte einen Schritt nach vorne und ging durch mich hindurch. Meine Organe froren für einen Moment ein und tauten in Millisekunden brennend wieder auf. Die Gestalt umkreiste den Sack.

„Es ist unglaublich!“ Mit Eisaugen, in denen sich die ausgesprochene Begeisterung einfach nicht widerspiegeln wollte, sah mich dieses Wesen an – und schon hing es an meiner Brust und drückte seinen kalten, grauen Kopf an mein Herz. Ich wollte es wegstoßen, aber meine Hände durchgriffen ein Nichts. Als es seinen Kopf langsam anhob, schoss ein brennender Schmerz durch mein Herz.

„Du lebst! Ich lebe! Es ist unglaublich.“

„Hau ab!“ Das Wesen hob entschuldigend die Hände und ging einige Schritte rückwärts. Es stieß an den Sack. Ihn konnte es nicht durchschreiten. Wir beide schienen davon überrascht.

„Wie heißt du?“, wandte es sich nun an mich.

„Lilli“

„Wo willst du ihn hinbringen?“

„Wen?“

„Na, Kleines, den Mann, der alle tötet!“

„Ich werde ihn vernichten!“

Der Tod musste sich wieder einmischen: „Ich glaube, ich habe Ihnen oft genug gesagt, dass das keine gute Idee ist, verehrte Dame. Und zu Ihnen, Herr Caspare Lerough. Seit wann können Sie aus der Wand heraustreten? Das sollte Ihnen nicht möglich sein!“

Caspare betrachtete seine Gliedmaßen. „Es hat sich aber scheinbar was geändert. Nun bin ich frei!“

„Und ich muss weiter“, sagte ich. „Das Leben erwartet mich am ewigen Meer. Sie wird meine Mutter wieder lebendig machen.“

„Und wo ist deine Mutter jetzt?“ Meine Hand schellte in die Tasche zu ihrer Asche. Caspare beobachtete mich genau. „Nein. Wo ist der Rest deiner Mutter?“

„Hier? Ja, hier muss sie irgendwo sein.“

„Irgendwo ist weit, mein Kind." Verzweiflung stieg in mir auf. Und mit dem Sack in der Hand wurden die Zweifel zu Bergen von Unglück, die auf mir lasteten.

„Ich muss sie aber finden."

Der Tod sprach scharf: „Hier ist alles leer. Sie haben alles unterbrochen. Normalerweise ist es hier voll und laut und fröhlich!"

Caspare sah den Sack entsetzt an. „Was? Hier ist es schrecklich. Leid, Leid und Leid. Vielleicht nicht in den Gängen. Aber in den Wänden. Selbst ich habe es mir nicht mehr anhören können. Die ganzen Zweifel. Die Wartenden. Überall."

„So ist nun mal die Regel", betonte der Tod.

„Was ist die Regel?", fragte ich, auch wenn ich mir vorgenommen hatte, nicht mehr mit dem Tod zu reden. Regeln musste man kennen, damit sie gebrochen werden konnten.

„Die Schatten der Toten durchwandern mit ihren Seelen fröhlich die Gänge und können viele schöne Dinge erleben", sagte der Tod.

„Das ist nicht die Wahrheit!", entgegnete Caspare wütend.

„Woher wollen Sie wissen, was die Wahrheit ist. Lassen Sie mich jetzt raus, bevor noch mehr Unheil geschieht."

Caspare schnurrte um mich wie eine rollige Katze. „Wie hast du das geschafft. Ist deine Mutter … du weißt schon was." Ich nickte ihm nur zu. Begeistert legte er seine graue Hand auf meinen Rücken und versank damit ein paar Zentimeter in meinem Körper. Ich schüttelte ihn ab. Es war wieder, als würden meine Organe, meine Haut, alles, was er berührte, aufhören zu leben.

„Fass mich nicht an! Hilf mir oder geh!“ Eine Herde Pinguine kam schnatternd aus einem angrenzenden Gang gewatschelt und drückte sich rücksichtlos an uns vorbei.

„Warum so unfreundlich?“, fragte Caspare. „Weißt du denn, wo lang? Es gibt hier unzählig viele Möglichkeiten, Gänge, Tunnel. Und keiner außer mir kennt sich hier aus. Ich kann dich begleiten und dir helfen. Wir haben das gleiche Ziel!“

Der Tod räusperte sich. „Wenn Sie mich hier rauslassen, dann zeige ich Ihnen den Ausgang.“

Ich nickte Caspare zu. „Gut. Du kannst mit uns gehen.“

64

Caspare hielt sich viel zu dicht an mir, als ich den Tod auf die Schulter nahm. Er war kalt und unangenehm. „Lilli, wenn ich dir helfe. Deine Mutter zu finden …“, begann Caspare.

Vor uns erstreckte sich ein verzweigtes und unübersichtliches Tunnelsystem. Während ich in den einen Gang trat, verschob sich der andere Gang in die entgegengesetzte Richtung. Grollend wurde neues graues Gestein aus den Wänden gedrückt. Dabei wurden wieder die flüsternden Stimmen lauter: „Nicht so fest. Es ist hier zu eng.“

„Nicht schon wieder.“

„Wann kommt denn mein Kind endlich?“

Sobald die Wand erstarrte, wurde es still und das Flüstern der vielen Stimmen klang nur noch unterdrückt. „Arme Seelen“ nuschelte der Geist. „Deswegen brauchst du meine Hilfe. Deine Mutter ist bestimmt hier in der Wand. Und wartet auf dich.“

Ich verstand nicht, wie er das meinte. „In der Wand?“ Ich tastete die glitschigen Wände ab. „Sie ist hier?“

„Ja. Sie wird auf jemanden warten.“

„Sie hatte nicht die Merkmale einer Wartenden, ich habe sie gesehen. Sie war frei“, zischte der Tod.

Caspare musterte den Sack verächtlich. „Sie interessieren dich einfach nicht. Töten und dann weiter töten. So läuft es doch bei dir.“

Der Tod lachte hell und zeitgleich kam ein grauer Vogel angeflogen. Er war klein und dick und beobachtete uns mit schiefgelegtem Kopf von einem Höhlenvorsprung aus. Er flatterte um den Sack herum, während der Tod von innen den Sack ausbeulte. „Jeder muss das erledigen, was er in seinem Leben angehäuft hat. Mein kleiner Freund, wie schön Sie hier zu treffen!“, sagte der Tod.

„Ist meine Mutter jetzt hier? Ich kann nicht mehr. Ich will nicht mehr.“ Während aus dem Sack ein klares „Nein“ kam, trällerte Caspare mit einem Ohr an der Wand, ein lautes „Ja“.

Caspare schlich nah an mich heran. Er wisperte leise seinen Plan in mein Ohr. Ich nickte. Er pustete über meinen Kopf, während ich auf dem Foto das Gesicht meiner Mutter ansah, obwohl ich nicht an sie denken wollte. Caspare zog nach einem leisen Klirren eine große Scherbe heraus. Es versetzte meinem Herzen eine reißende Wunde, Mama zu sehen.

Sie lief auf der Scherbe eine Straße entlang mit einem gehäkelten Einkaufsnetz in der Hand. In dem Netz kullerten fünf Orangen gegeneinander.

Auf dem Foto zeichnete sich ein dicker Fleck ab, wo auf dem Tisch die Obstschale gestanden hatte. Caspare drückte die Scherbe langsam in seinen durchsichtigen Körper und quittierte ihre Wirkung mit einem wohligen Seufzer.

Der Tod schimpfte leise vor sich hin, während Caspare in der Wand verschwand. Ich hob den Sack auf meinen Rücken zurück. Der kleine, übergewichtige Vogel flatterte ein Stück von uns weg, blieb aber in unserer Nähe.

Vor uns lag eine durchsichtige Wand. Wie ein Wasserfall schien sie von oben nach unten zu laufen. Es ging nicht weiter. Caspare blieb verschwunden. „Sollen wir hier weitergehen?", fragte ich.

„Junge Dame. Nein. Wir sollten zurückgehen. Und zwar flott." Ich nahm Anlauf und sprang in die fließende Wand hinein. Der Sack polterte auf meinem Rücken. Wir landeten, ohne nass zu werden, in einem großen Raum mit pulsierend leuchtenden Wänden aus dunklem Stein. Der kleine Vogel flog uns hinterher, als gäbe es für ihn kein Hindernis. An den Wänden hingen schwere Regale mit bunten Büchern. Sie stapelten sich bis zur Decke. Wie zu einem Altar führten drei Steinstufen zu einem Steinpult. Auf ihm steckte eine Feder in einem Glas. Als ich mich zu der fließenden Wand umdrehte, konnte ich Bilder auf ihr erkennen.

Da war ich, wie ich in der Zwischenwelt versuchte, auf dem Rummelplatz den Tod zu fangen. Das Gefühl von der damaligen Ungewissheit erwachte in mir, als wäre ich jetzt in dieser Situation. Wieder ich. Am Bahnhof. Mamas Hände berührten das letzte Mal meine Hände.

„Bleib bei mir, meine Kleine." Ihre Stimme klang in meinen Ohren. Ihre Hände. Ich spürte sie. Als hätten sie mich eben noch berührt. Und dann die Leere. Als Mama weggerissen wurde. Ihr Duft umhüllte mich. Wieder ich. An der Grenze zum Totenreich. Ich konnte parallel die Wärme der Asche gepaart mit der schneidenden Verzweiflung in mir spüren.

Ich schloss die Augen vor all den Bildern. Mamas Geruch umarmte mich, ihr Tuch roch nach allem, was ich jemals haben wollte. Mein Zuhause. Das war doch sie.

Trauer riss mich zu Boden. Der Sack landete krachend neben mir. Die Bilder liefen weiter. Ich drückte die Asche meiner Mutter in meine Tasche zurück. Und kämpfte mich mit dem Sack in der Hand durch den Sturm. Diesmal spürte ich unendlich tiefe Verzweiflung.

Die Bilder riefen in mir alle Gefühle hervor, die ich nicht fühlen wollte, aber fühlen musste.

65

„Ach! Hier seid ihr!“ Caspare steckte seinen Kopf durch die Wand und ließ mich aufschrecken. Nur schwer konnte ich mich von der Wand, die meine vergangene Lebenszeit in der Zwischenwelt widerspiegelte, abwenden. Der Tod im Sack grollte leise vor sich her. „Zuerst: Ich habe sie noch nicht gefunden. Aber ich hole mir eben eine neue Erinnerung, dann haben wir das gleich.“

Er wühlte in meiner Wolke, die hier im Totenreich stabil blieb wie nie zuvor. Ich dachte mit tiefen Schmerzen an Mama, den Blick auf das Foto gerichtet. Er zog eine große, glänzende Scherbe aus der Wolke.

Auf ihr stand meine Mutter in einem roten Seidenkleid vor dem Spiegel und sang die Arie der Königin der Nacht. Ihre wunderschöne Stimme vibrierte in meinen Ohren. Es war die längste Erinnerung, die bis jetzt aus meinem Kopf gezogen wurde.

Das Einführen der Scherbe in Caspare knirschte, als ob sie auf Widerstand traf. Sein Gesicht wurde rosig. Schnell verschwand er wieder in der fließenden Wand. Auf dem klaren Spiegel begannen sich meine Erinnerungen von vorne abzuspielen.

Das donnernde Geräusch. Das Knarren des Zauns. Der laute Rummelplatz. Das Gefühl von dieser Ungewissheit erwachte wieder. Ich am Bahnhof. Mamas Hände berührten das letzte Mal meine Hände. Mama bewegte ihren Mund, aber ohne Ton. Ich konnte mich an den Klang ihrer Stimme nicht mehr erinnern. Ihre Hände. Ich spürte sie, als hätten sie mich eben noch berührt. Ihr Duft. Sie streichelte mich.

Dann die Leere, als Mama weggerissen wurde. Wieder ich. An der Grenze zum Totenreich. Wie die warme Asche sich in meine Hände drückte. Mamas Duft. Die Verzweiflung über meinen Verlust brannte. Sie riss mich zu Boden. Der Sack landete krachend neben mir.

Die Bilder liefen weiter. Ich presste die Asche meiner Mutter in meine Tasche zurück und kämpfte mich mit dem Sack in der Hand durch den Sturm.

Diesmal spürte ich noch eine andere Leere in mir. Es war die Macht des Vergessens. Mamas Stimme war bereits aus meiner Erinnerung gelöscht. Wut auf den Tod kochte in mir hoch. „Sag mir, wo meine Mutter ist. Es ist vorbei für dich! Sag mir einfach, wo sie ist!“

Der Tod war ruhiger geworden. Der Boden unter meinen Füßen gab nach. Ich sank – in den Boden aus hartem Stein. Um das Gleichgewicht zu halten, stützte ich mich schwankend auf den vor mir stehenden Sack ab. „Jetzt sag es mir! Ich werde nicht aufgeben! Wegen dir ist sie doch hier! “

Der Tod stieß mit seiner Kinderhand gegen meine Rippen. „Sie sollten Ihre Erinnerungen nicht mehr weggeben. Die Stimme der Mama wird nicht wiederkommen. Ich rate Ihnen, einen Blick in Ihr Lebensbuch zu werfen. Da könnte sich Ihre Frage beantworten."

Ich schob mich von ihm weg und zog meine Füße aus dem Boden. Er war zäh und flüssig geworden und klebte in langen Fäden an meinen Schuhen. Ich stand vor der Wand, die unfassbar viele Bücher auf drei langen Regalen trug. Die Buchrücken waren unleserlich, verschwommen und dreckig. „Ich finde das Buch meiner Mutter nicht!"

Schon wieder schien der Boden unter mir in sich zusammenzusinken. Panik, mit der Was-wäre-wenn-Frage, löschte meine Gedanken aus.

„Ich meinte Ihr Buch, junge Dame. Jeder kann nur in sein eigenes Buch schauen." Wieder suchte ich in den Buchreihen. „Sagen Sie Ihren Vornamen!" Der Tod hatte einen gelangweilten, ja fast einschläfernden Tonfall.

„Ich brauche deine Hilfe nicht … Du Mörder! Ich bin Lilli-Marai!" Plötzlich stand vor meiner Nase ein Buch mit meinem Namen in goldenen Buchstaben darauf.

66

Vorsichtig nahm ich es an mich. Es war leicht, die Seiten aus festem, rauem Papier. Als ich es aufschlug, strömte mir ein wenig von Mamas Duft entgegen und noch ein wenig von einem anderen Geruch, den ich seit Jahren nicht mehr wahrgenommen hatte. Auf der ersten Seite erkannte ich die Handschrift meiner Oma wieder, ordentlich mit nach rechts geneigten Buchstaben, die in schönster Schreibschrift gemalt waren. Vor meinen mit Tränen gefüllten Augen verschwammen die Buchstaben.

Ich las leise für mich.

Liebe Lilli!

Ich habe eben gesehen, wie du wieder gelacht hast. Gerne komme ich an den Ort zurück, an dem ich dich beobachten kann. Du kleiner, goldiger Spatz, recht schönen Dank für das Bild, das du mir auf mein Grab gelegt hast. Ich hoffe, dein Opa wird dir die Schaukel noch zu Ende bauen. Ich werde ihn schon bei mir haben, wenn du das hier liest. Mein Kind, hab keine Angst. Ich werde auf der Insel auf dich warten und stelle dir dann alle Verwandten vor, die du nicht mehr kennenlernen konntest. Alle waren bei meiner Ankunft da, bis auf meinen Vater. Dann bin ich erst auf die Idee gekommen, in mein Lebensbuch zu schauen, so wie du jetzt. Ich habe ihn in den Wänden gefunden. Er hat auf mich gewartet und ich konnte seine

Hände zum ersten Mal ohne Angst spüren. Kleiner Schatz, vergib, wo du kannst. Es macht leicht und frei. Ich freue mich, dich gleich zu sehen. Du kannst immer wieder an diesen Ort zurückkehren. Dafür musst du am Eingang von dem wunderschönen Meer nur einen Schatten überstreifen. Den Rest erkläre ich dir später.

In Liebe deine Oma

Darunter stand noch eine Notiz in der gleichen Handschrift:

Kind, ich beobachte Mama. Sie geht dem Tod entgegen. Sie muss sich morgens übergeben, bevor sie dich weckt. Sie muss sich hinlegen, sobald ihr den Raum verlasst. Sie hat so starke Schmerzen und lächelt, wenn ihr kommt. Es tut mir weh, mein eigenes Kind so leiden zu sehen. Es tut mir auch weh, dass du es nicht sehen darfst, wie sie stirbt. Es wäre ein wichtiger Abschied für dich. Aber wir sind nachher immer schlauer. Ich werde auf Mama warten und sie für dich in meine Arme schließen. Bitte vergib ihr, dass sie nicht den Mut findet, es dir zu zeigen.

Ich strich über die Buchstaben und sie waren noch feucht, Tinte blieb an meinen Fingerspitzen haften. „Warum sollte ich denn sicher sein, dass es wahr ist, was hier steht?“

„In diesem Raum kann nur Wahrheit stehen bleiben. Der Rest versinkt in der Höhle.“ Ich glaubte ihm nicht. Ein Kloß steckte in meinem Hals fest. Tränen rannen über mein Gesicht. Das Buch lag schwer in meiner Hand.

Caspare tauchte aus einem dichten Stein der Wand auf. „Lilli! Lilli! Ich glaube, ich habe deine Mutter gefunden. Gib mir eine starke Erinnerung an sie. Los!“ Mit scharfem Ton zog Caspare mir das Foto aus der Tasche und drückte es in meine Hand. Er war stärker und menschlicher geworden. Er griff sich über meinen Kopf eine Scheibe, die so groß war wie seine Hand. Darauf waren meine Mutter und ich zu sehen. Es musste erst vor einigen Wochen gewesen sein.

Wir standen zusammen in einer Parfümerie und Mama sprühte mir einige Spritzer Parfüm auf eine Stelle nah am Ohr. Dann gab sie mir einen Kuss.

Hier endete der Film auf der Scherbe und begann von vorne. „Nein, dann erinnere ich mich nicht mehr an sie.“

„Lilli. Wenn du sie gleich siehst, ist doch alles wieder da.“ Er presste die riesige Scherbe in seine Brust. Seine Wangen wurden noch rosiger. Jetzt lag nur noch ein Dunstschleier über seinem Körper. Caspare kam schwerer durch die Felsen und es dauerte länger, bis er verschwunden war. Sobald ich die fließende Wand ansah, begannen wieder die Bilder. Sie wurden zur Qual, weil ich jedes Mal diese Momente neu spüren musste.

Das donnernde Geräusch. Das Knarren des Zauns. Der laute Rummelplatz. Das Gefühl von dieser Ungewissheit. Ich am Bahnhof. Mamas Hände berührten das letzte Mal meine Hände. Mama sprach zu mir, aber ihre Stimme war weg. Sie bewegte ihren Mund ohne Ton. Ich konnte mich an den Klang ihrer Stimme nicht mehr erinnern. Ihre Hände. Ich spürte sie, als hätten sie mich eben noch berührt. Ich erwartete ihren Duft.

Und dann die Leere. Es kam kein Duft, als Mama weggerissen wurde. Die Leere in mir. Wieder ich – an der Grenze zum Totenreich. Die warme Asche in meinen Händen. Das Tuch.

Es gab keinen Geruch mehr ab. Die Verzweiflung drückte mich tief in den weichen Boden hinein. Der Sack landete krachend neben mir. Die Bilder liefen weiter. Ich legte die Asche meiner Mutter in meine Tasche zurück und hob den Sack wieder auf.

Mit dem Tod auf dem Rücken kämpfte ich mich durch den Sturm. Mir fehlte das Gefühl, das ich nicht mehr benennen konnte, das aber einen grauen Fleck in mich hineinfraß.

„Geben Sie ihm keine Erinnerung mehr. Sie bekommen sie nicht zurück!“ Der Tod versuchte, sich weiterhin auf meine Seite zu schlagen. Ich wischte mir die Tränen aus dem Gesicht, nahm das Buch hervor und blätterte die Seite um. Nun sah ich einen langen Brief mit der Schrift meiner Mutter.

„Gib es zu. Das ist nur ein Ablenkungsmanöver von dir! Du Schweinehund.“ Ich klappte das Buch wieder zu. „Wir gehen jetzt weiter. Fast hättest du es geschafft. Wir zögern deine Vernichtung nicht länger hinaus!“ Mit dem Tod im Sack eilte ich voran. Auf der anderen Seite des Raumes war wieder eine fließende Wand – diesmal ohne Bilder. Ich nahm Anlauf und sprang.

Wir prallten zurück. Der Sack drückte in meinen Rücken, als ich auf ihm landete. Der Tod polterte los: „Wo haben Sie uns denn hier reingeritten? Sie machen es schlimmer als jeder andere vor Ihnen!“

„Das nehme ich als Kompliment.“ Ich wollte es noch mal versuchen, da tauchte Caspare wieder auf. Er strahlte wie das pure Leben. Sein Gesicht wirkte ohne die tiefen Augenringe und den grauen Schimmer jugendlich. Sein Gang war aufrechter. Nur seine Hände waren noch geisterhaft und durchsichtig.

„Hier lang!“ Er zog lächelnd die Wand auseinander wie einen Vorhang. Die Wand antwortete mit Stöhnen. Dahinter lag ein Gang.

„Stopp“, schrie der Tod. „Sie kann nicht da rein. Das wissen Sie. Es würde ihr das Gleiche widerfahren, wie Ihnen.“

Caspare legte die Stirn in Falten und wich meinem Blick aus. Ich konnte es spüren: Der Tod hatte recht. Caspare verlor noch mehr von seiner strahlenden Mimik. „Es ist doch nicht sicher, dass sie auch in der Wand stecken bleibt, wenn sie reingeht …“

„Sie ist ein Mensch. Wie Sie!“ Der Tod klang trotz seiner Kindlichkeit wie mein Vater, wenn er dem Briefträger einen falsch eingeworfenen Brief zurückgab.

Ich machte einen Schritt auf Caspare zu. „Warte, wo ist meine Mutter?“

Caspare zuckte mit den Schultern. „Deswegen bin ich zurückgekommen. Ich habe sie, Lilli. Aber ich brauche eine letzte Erinnerung als Sicherheit.“

„Nimm dir, was du brauchst. Ich bin so unglaublich dankbar."

„Glauben Sie ihm doch nicht. Er wollte Sie eben in der Wand einsperren, junges Fräulein. Wie naiv sind Sie denn?"

Caspare kramte in meiner Wolke und zog eine noch größere Scherbe heraus. Ich nahm die Scherbe in meine Hand. Alle Erinnerungen an Mama schienen sich in dieser Scherbe verklumpt zu haben. Die Bilder auf ihr verliefen ineinander. Sie wechselten ständig.

Hier saß ich mit ihr am Klavier, hier warf sie einen Teller wütend auf den Boden. Da nähte sie einen Knopf an. Mamas und mein Leben spielten sich in vielen einzigartigen Szenen ab.

„Von dieser Scherbe kann ich mich nicht trennen. Nein. Die nicht!"

Caspare entriss mir die Scherbe mit Gewalt. Er steckte sie in seinen Körper. An der Stelle blute es. Er wollte in der Wand verschwinden, doch er kam nicht durch. Caspare rannte panisch gegen die erste fließende Wand und prallte ab. Auf der Wand erschien wieder mein Weg mit Mama. Was hatte ich diesmal verloren?

Das donnernde Geräusch. Das Knarren des Zauns. Der laute Rummelplatz. Das Gefühl von dieser Ungewissheit. Ich am Bahnhof.

Hände berührten meine Hände. Von wem waren diese Hände? Die Situation war schmerzhaft. Eine verschwommene Person bewegte ihren Mund in meine Richtung, aber ohne Ton.

Ich spürte Hände. Als wurde ich eben noch berührt. Aber von wem waren sie? Und dann die Leere. Leere. Leere. Die Leere in mir.

Wieder ich. An der Grenze zum Totenreich. Warme Asche in meinen Händen. Ekel und Übelkeit überkamen mich und der Wunsch, diesen rauchenden Haufen loszulassen. Die Verzweiflung, die mich diesmal überkam, drückte mich tief in den weichen Boden hinein.

Der Sack landete krachend neben mir. Die Bilder liefen weiter. Ich drückte die Asche in meine Tasche zurück und kämpfte mich mit dem Sack in der Hand durch den Sturm.

Ich spürte, dass es jemanden gab, den ich liebte, aber mir fehlten die Worte für meine Gedanken und für die Bilder in meinem Kopf. Caspare wurde immer aufgedrehter und schmiss sich panisch gegen die Wand, die nicht nachgab.

Der Tod lachte hämisch. „Jetzt gelten wieder meine Regeln. Sprechen Sie die Wahrheit. Und Sie kommen hier raus."

Caspare drückte sich zerknirscht gegen die Wand und sprach leise. Nichts passierte.

Der Tod lachte lauter. „Los, sprechen Sie die Wahrheit aus, deren Schmerzen Sie gleich fühlen werden."

Caspare setzte an. „Ich habe …" Er weinte. „Ich habe betrogen …" Er vergrub sein Gesicht in den Händen.

Der Tod sprach ohne Emotion weiter: „Er spürt nun die Schmerzen, die er mit seinem Betrug angerichtet hat."

„Er soll für seine Bezahlung einfach arbeiten!“ Ich fühlte Leere in mir.

„Ich habe deine Mutter nicht gefunden, Lilli.“ Die fließende Wand öffnete sich grollend nach oben weg und Caspare schlich weg.

„Warte!“, rief ich. „Du hast gesagt, du hilfst mir! Wo ist sie denn?“

„Alles ist schlimmer als der Tod. Lass sie einfach tot sein, Lilli. Dann ist alles …“

Die Wand war verschlossen und Caspare verstummt.

Der Tod sprach sanft aus dem Sack. „Werfen Sie einen Blick in das Buch. Dort gibt es Antworten.“

Langsam ging ich weiter. Der Boden unter mir war nun wie ein Moor, aus dem ich seine Beine bei jedem Schritt herausziehen musste, noch elastischer und fressender.

67

Meine Gedanken schlichen für einen Augenblick zu Phagory. Ich schlug im Buch die Seite auf, die Mama beschrieben hatte.

Lilli, wenn du das liest, bist du hoffentlich sehr glücklich gewesen in deinem Leben. Möge es lang und schön gewesen sein. Ich erinnere mich so gerne an deine Lebensfreude. Wie du mir gefolgt bist. Bis in den Tod hast du mich geliebt. Ich hoffe, du hast vom Bahnhof gut zur Erde und in dein Leben zurückgefunden und dort noch viele glückliche Jahrzehnte verbracht.

Mein Kind, jetzt, da du dieses Buch in den Händen hältst, bist du auf diese Reise gegangen und musstest deine Freunde und vielleicht auch deine wunderbaren Kinder auf der Erde zurücklassen. Mich wirst du dafür gleich wieder sehen. Sei mutig und gehe den nächsten Schritt. Ich warte am ewigen Meer auf dich. Dein Papa sitzt nun, da du meinen Brief liest, bestimmt neben mir, und wir genießen das Wunder der Ewigkeit. Ich bin glücklich, weil ich nun weiß, wie schön das Leben in der Ewigkeit weitergeht – ohne den Tod und die Angst vor ihm. Er ist mein Freund geworden mit seinen schönen Augen und seinem geschmeidigen Gang. Du wirst ihn auch lieben lernen. Sei mutig und geh weiter, mein Kind. Alles wird gut. Das Gleichgewicht des Lebens und des Todes ist immer in der Waage.

Wenn ich gewusst hätte, wie schön ein Leben auf der Erde ist, hätte ich mehr gelebt und mich weniger gesorgt. Es ist alles gut so, wie es ist. Mein Tod hat dich mit so vielen Ängsten zurückgelassen. Verzeih mir bitte, wenn ich dir nicht immer eine gute Mutter sein konnte. Ich habe dir viele

Dinge nicht gezeigt. Als ich krank wurde, habe ich dir verschwiegen, wie es mir wirklich ging. Es gab nie eine Hoffnung auf Heilung. Ich habe dich belogen, um es mir einfacher zu machen. Ich wusste drei Wochen vor meinem Tod, dass er ganz nah war. Ich hätte es dir sagen müssen. Ich hätte dich neben mir wachen und sitzen lassen sollen, als ich die starken Medikamente immer höher dosieren musste. Dafür bitte ich dich um Verzeihung. Jetzt erst kann ich den Schock ahnen, den ich damit ausgelöst habe. Deine Verzweiflung über meinen plötzlichen Tod. Aber er kam für mich schon lange und ich wollte ihn nicht sehen. Er sollte am Rand warten, ich wollte zu ihm gehen und leise verschwinden. Ihr solltet euer Leben fröhlich weiterleben. Nun spüre ich deinen Schmerz. Du kannst es nicht annehmen. Du kannst mich nicht loslassen. Wie auch. Du bist so verzweifelt, mein Kind.

Ich werde immer wieder hierherkommen und dich beobachten, wie du lebst. Und wenn du stirbst, werde ich auf dich warten und dich in meine Arme schließen. Nur leichter und gesünder. Glaub mir, ich liebe dich für alle Ewigkeit und wir werden uns in dieser Liebe finden. Nun werde ich Oma wiedersehen. Ich bin so aufgeregt und zufrieden.

Bis gleich deine Mama

Ich las die Zeilen. Und las. Und dann las ich sie wieder. Was sollte das bedeuten? Wusste sie, dass ich kommen würde?

„Verehrte Dame. Ich habe nachgedacht. Wenn Sie mich nicht frei lassen, dann bitte wenigstens eine Hand. Sehen Sie es als letzten Wunsch, bevor ich vernichtet werde.“ Ich löste die obere Schnur so leicht, dass er seine kleine Kinderhand hinausstrecken konnte. Jetzt sah ich, warum er fragte. Er sank langsam in die Erde ein. „Tragen Sie mich bitte zu den Büchern. Wir müssen handeln.“

Ich versuchte, den Sack aus dem klebrigen Boden zu ziehen, und sank dabei selber ein. Noch weicher und nachgiebiger wurde der Untergrund. Ich balancierte den Sack vor mir her. Kurz geriet ich ins Wanken. Der Tod streckte seinen Zeigefinger mahnend in die Höhe und verfehlte dabei nur knapp mein Nasenloch.

„Eigentlich ein gutes System. So bleibt immer der Durchgang frei. Wenn Sie sich der Wahrheit nicht stellen, werden Sie zu einer Wartenden und versinken. Währenddessen werde ich nach dem höchst unwahrscheinlichen Grund suchen, ob sich ein Fehler bei meiner Arbeit eingeschlichen hat.“ Ich setzte ihn vor den Bücherregalen ab. Er streckte nun einen mondfarbenen Xalit in die Höhe. Er sah dem Xalit des Lebens zwillingsgleich ähnlich. Laut rief er: „Ich bin der Tod.“

Es erschienen zwei Bücher. Ein Goldenes, auf dem in verschnörkelten Buchstaben Benjamin stand. Und ein schwarzes, sauberes Buch mit Ledereinband und geheimnisvollen Zeichen. „Geben Sie mir das schwarze Buch!“

Die Kinderhand reckte sich mir fordernd entgegen. Ich konnte das Buch keinen Millimeter aus dem Regal bewegen. „Nein, das geht ja nicht. Bitte heben sie mich zu dem Buch.“ Er versuchte, das Buch durch die kleine Öffnung zu sich in das Sackinnere zu ziehen. Ich lockerte noch etwas, sodass er seine Hand mit dem Buch wieder hineinziehen konnte.

Lange geschah nichts. Ich suchte die Wände ab und überlegte mir Muster, die gar nicht da waren, um nicht daran zu denken, was in dem Brief meiner Mutter stand.

Dann flüsterte der Tod leise lesend und streckte seinen Xalit in die Luft. Ein Lichtstrahl durchbrach die kleine Öffnung des Sackes und traf die Decke. Bewegte Bilder ohne Ton und in Schwarz-Weiß-Film-Manier und -Qualität liefen an der Decke entlang.

68

Ein schwer verletzter Mann lag an einem Berghang. Der Tod flüsterte: „Schweiz. Schrattenflüe. 14.37 Uhr. Das Wetter war fantastisch. Ein sanfter Wind umwehte meine Beine und ließ die Gedanken in meinen Hosentaschen klimpern. Ruhe, himmlische Ruhe. Kein Vogel suchte sich die hohen Berggipfel zum Brüten aus. Langsam versank die rote Sonne hinter den schroffen Felsen. Pubum. Pubum. Pubum. Die Arbeit rief."

Er hielt kurz inne. Nun trat der Tod in das Bild. Er beugte sich über den Wanderer und legte ihm ein Alpenveilchen auf die Brust. Dann küsste er ihn tief und innig.

„Und hier wird sein Atem zu meinem Atem. Es lief nichts falsch. Nichts. Ich bin fantastisch." Er zog die Hand mit dem Xalit zurück. Ich ging zu ihm, um die Schnur wieder enger zu ziehen.

„Liest du da etwa aus deinem Tagebuch vor?" Ohne mir zu antworten, streckte sich die Hand mit dem Xaliten erneut in die Luft. Bilder erschienen auf der Decke von einer älteren Dame, die in einem Krankenhausbett lag.

„Lykische Küste, Türkei, 14:38 Uhr: Seit ungefähr drei Jahrzehnten benutzen die Schwestern in diesem Krankenhaus das gleiche Desinfektionsmittel. Es stank entsetzlich und mehrmals stellte ich deutlich besser riechende Alternativen neben die Betten der Patienten. Aber permanent ignorierte man meine gut gemeinten Ratschläge. Ich wurde schon beim ersten Schritt in das Hospital damit eingenebelt. Das Pochen in meinen Ohren zog mich in ein kleines Zimmer ganz am Ende des langen Flures. Ich ging hinein und spürte, dass es noch einige Dutzend Herzschläge brauchen würde, bis dieser Mensch mit mir kam. Eine Dame. Sie schlief und ich öffnete das Fenster."

Tatsächlich trat der Tod in den Bildern in das Zimmer ein und öffnete das Fenster.

„Dann wurde das Pochen stärker und ich konnte mich kaum noch beherrschen. Ihre rosafarbenen Lippen waren nun das Einzige, was ich spüren wollte. Sie war bereit."

Der Tod schien erleichtert. „Ich kann keinen Fehler finden. Ich habe nichts falsch gemacht."

Ich fand ihn abstoßend. „Du schreibst alle deine Morde in einer Biografie? Du bist wirklich krank!"

„Junges Fräulein, das sollte Ihr Stichwort sein. Beschäftigen Sie sich mit der Krankheit Ihrer Mutter. Nicht ablenken. Sonst versinken Sie!"

Der Boden hatte ganz langsam und kaum merklich Besitz von dem oberen Rand meiner Schuhsohle ergriffen. Sie wurde bräunlich. Der Tod blätterte und begann erneut, halblaut zu lesen. Dazu hielt er wieder den Xalit zur Projektion nach oben.

Ich erschien an der Decke. Und er. Wie er neben mir sein Handtuch ausrollte.

Der Tod las: „Ein schöner Sommertag. An solchen Tagen liebe ich meinen Beruf, oder von solchen Tagen lebt mein Beruf. Neben einer jungen Dame war noch ein schattiges Plätzchen frei. Ich rollte mein Handtuch aus. Ich beobachtete den schönen Badesee und die wunderschöne Frau, die in ihm schwamm. Ihren Herzschlag hatte ich vor ein paar Tagen zum ersten Mal bemerkt, sehr impulsiv und klar. Ein Herzschlag, wie ich ihn liebe. Mit festen Armbewegungen schob sie ihren Körper durch das weiche Wasser."

„Was machst du da? Hör auf!" Ich nahm ihm den Xalit weg und verbrannte mich schrecklich. Es war unmöglich, ihn anzufassen. Meine Handfläche rötete sich und schmerzte.

Der Tod kicherte wie ein Schurke und verfiel dann in sein halblautes Lesen. „Maaaaamaaaaaa! So aus dem Nichts sprang dieses junge Ding im roten Bikini neben mir plötzlich auf und brüllte. Sie störte meine Frequenz und zog meine Aufmerksamkeit auf sich. Ich erwartete, dass sie durch mich hindurch rennen würde. Das taten alle Menschen, aber sie machte einen großen Bogen um mich, als könnte sie mich sehen. Das war unmöglich. Ich horchte auf ihren Herzschlag. Er war weit weg, ruhig und gleichmäßig. Sie war noch lange nicht an der Reihe. ‚Ey, bleib stehen', schrie sie einem anderen jungen Mädchen mit einer blonden Kurzhaarfrisur zu. Von ihrem Verhalten her war sie weit von einer Erwachsenen entfernt. Irritiert beobachtete ich sie weiter. So was wie sie hatte ich noch nie gesehen. Ich versuchte, genau herauszufinden, was mich überraschte. Sie war mittelgroß, hatte hellbraune Haare zu einem Zopf geknotet, klare, hellblaue Augen, zarte Gesichtszüge, alle Körperteile vorhanden. Was war es nur? Sie rannte los. Das andere Mädchen floh vor ihr. Sehr spannend. Sie war schneller und holte sie mit einem Sprung auf ihren Rücken ein. Das braunhaarige Mädchen klammerte sich auf den Rücken der Blonden fest, die unter der Last nachgab. Die Amazone im roten Bikini schrie der Umklammerten ins Ohr. ‚Es tut mir leid, Marie. Okay?'"

Ich versuchte, ruhig zu bleiben, aber er machte mich so unglaublich wütend. Er äffte mich mit seiner Stimme nach und las weiter: „Marie strampelte vor Angst wie ein Käfer in Lebensnot und konnte sich endlich befreien. Sie sprang auf, klopfte den Dreck aus ihren weißen Kleidern und rannte weg. Plötzlich kniete das andere Mädchen hilflos im Staub. Als Marie weit genug weg war, drehte sie sich um. ‚Du bist ein Psycho, Lilli!'

Als Lilli wieder zu ihrem Platz neben mir zurückkehrte, war sie sehr niedergeschlagen. Vor allem, weil die junge Marie sich nun eines jungen Mannes bediente, der ihr zur Hilfe geeilt war. Sie riss ihn mit sich fort.

Lilli saß da und war grundtraurig. Nicht dass wir uns hier missverstehen – Traurigkeit in allen Formen war mir nie fremd. Aber dieses Mädchen umgab etwas Unbekanntes. Eine verborgene Kraft, die ich nicht einordnen konnte. Ich musste mich wieder auf meine Arbeit konzentrieren und starrte gemeinsam mit dem traurigen Mädchen auf den See und beobachtete die schöne, schwimmende Frau. Immer mehr gelang es mir, diesen permanenten Störsender neben mir auszuschalten. Langsam, aber sicher verliebte ich mich in die Frau im See. Ihr Herzschlag wurde zu meinem Herzschlag. Ja, nun spürte sie mich auch. Ihr Atem wurde flacher, ihre Kräfte schwanden. Noch eins, zwei Schwimmzüge und wir wären vereint. ‚Mamaaaaaaaa! Schnell! Hilfe! Mamamammmaaaa!'

Lillis Stimme übertönte mein Gehör.

Kurz dachte ich darüber nach, sie aus dem Weg zu räumen, aber dann kamen mir die Erinnerungen an die Vögel in meinem zu Hause. Die wurde ich auch nie wieder los. Sie raubte mir meine Konzentration. Ich verlor den roten Faden und damit den Zugriff auf die schöne Frau.

Das Mädchen war so aufgeregt, dass sie über meine Füße stolperte. Anstelle einer Entschuldigung schrie sie nur noch wilder um Hilfe.

Die ersten Menschen sammelten sich am Ufer. Die Kleine veranstaltete ein unglaubliches Theater. Sie rannte bis zum Bauch ins Wasser. Ich konnte mich gar nicht mehr konzentrieren und verlor den Herzschlag. So rollte ich mein Handtuch wieder zusammen und zog mich vom See zurück.

Zum ersten Mal wurde ein Tod durch einen anderen Menschen vereitelt. Doch der Tod findet immer einen Weg! Verlassen Sie sich darauf, kleines Fräulein. Einen Tod überlistet niemand."

Er hielt kurz inne. Dann lachte er wie ein Wahnsinniger. „Ja natürlich. Sie müssen das Problem sein. Sie, junge Dame!“

„Du wolltest mich auch töten?“

„Keine Sorge, das kann ich nicht. Und nun kümmern Sie sich um Ihre Angelegenheiten. Wir steuern gerade auf eine Katastrophe zu.“

69

Der Tod las flüsternd weiter aus seinem Tagebuch vor. Ich weigerte mich seit dem peinlichen Kampf mit Marie, den Bildern an der Decke zu folgen. Nur als meine angebliche Mutter zu sehen sein sollte, sah ich noch einmal auf. Sie rief kein Gefühl in mir hervor, kein Wiedererkennen.

Aber da war mein Haus mit Papas spießigen, grade geschnittenen Hecken davor. Vor meinem Haus, vor meinem Fenster stand der Tod und beging Vandalismus. Die Stimme vom Tod in seinem Kinderkörper las weiter: „Heiligenhaus, Deutschland. Eigentlich sollte ich noch nicht hier sein. Es war die falsche Zeit und der falsche Ort, aber mich ließ dieses Kind nicht los. War sie überhaupt ein Kind? War sie eine Frau? Ein anderes Wesen? Wie ein Dummkopf stand ich vor ihrem Fenster und versuchte, sie einzuordnen. In ihrem Zimmer brannte Licht. Ihr Herz war noch nicht an der Reihe. Ich musste prüfen, ob sie mich wirklich sehen konnte."

Der Boden unter dem Sack brach einige Zentimeter ein. Der Tod hielt kurz inne, dann schrie er: „Schneller! Ich muss den Fehler schneller finden!"

„Ja, das solltest du. Sonst versinken wir."

„Verehrtes Fräulein. Für Sie kann ich nichts tun. Das liegt an Ihnen. Stellen Sie sich der Wahrheit!"

„Du willst doch nur von deinen eigenen Schandtaten ablenken."

Er las weiter und ich konnte nichts anderes, als zuzuhören. An der Decke erschienen Bilder der Entführung einer Frau. Er trug sie mit sich fort und kletterte durch das Loch im Zaun. Dann legte er sie einfach auf der Wiese ab. Seine geflüsterten Worte ließen mich schmerzlich erahnen, dass es meine Mutter sein musste, die ich wieder nicht erkannte. „Es gab nur sie und mich. Ich bog drei Latten im klapprigen Zaun zur Seite und traf damit einen Zwerg. Mürrisch hielt er sich das rechte Schienbein, das gehörig anschwoll. Ich schubste ihn ein wenig zur Seite, dann legte ich sie ab auf die grüne Wiese.

Im Sonnenschein erwachte sie. Ihre tiefen hellblauen Augen trafen auf mein linkes, blaues Auge und unsere Blicke verschmolzen. Zu Beginn staunte sie über alle Pracht, ließ sich von mir an der Hand herumführen und bewunderte mein Reich. Doch schnell kehrte in ihr das Bewusstsein zurück, was sie verlassen musste. ‚Wo ist denn eigentlich mein Mann?'

Sie entzog mir ihre Hand und wurde traurig.

‚Meine Schöne, ich biete mich gerne an, die Lücke zu füllen.'

Ich musste es schaffen, dass sie mir wieder in die Augen sah. Dann konnte ich sie von ihrer Traurigkeit ablenken. Doch sie blickte alles außer mir an.

Sie wurde leise. ‚Wo ist meine Tochter? Bitte. Bitte, ich will zu meinem Kind.'

Jetzt sah sie mich flehend an. Ich griff ihre Hand, hielt sie ganz fest und zog sie gegen ihren Willen an mich. Sie war so nah an mir, dass sie meinen Atem spürte, den Restatem, der noch ihr gehörte. Sobald er ihr Gesicht berührte, wurde sie ruhiger. Nach einigen Sekunden lächelte sie wieder. ‚Muss ich für immer hierbleiben?'

So eine Beharrlichkeit hatte ich nicht erwartet. Sie war wie ihre Tochter. ‚Nein. Sie werden reisen.'

Sie lächelte mich charmant an. ‚Allein?'

Ich war übermannt von ihr. ‚Also, wissen Sie. Ich denke, Sie werden noch viele Begleiter treffen. Und ich …'

Sie unterbrach mich, indem sie ihre Hand aus meiner Umarmung zog und sie auf meine Schulter legte. ‚Ich möchte gerne mit meiner Familie reisen.'

‚Das geht leider nicht.'

Sie verzog verzweifelt ihre schönen Augenbrauen. ‚Warum?'

‚Jeder muss seine Reise allein antreten. Kommen Sie, wir gehen ein Stück.'

Sie hielt mich zurück. ‚Lassen Sie mich hier warten, bis sie kommen.'

Suchend sah sie sich um.

Ich atmete ihren letzten Atem aus. ‚Wissen Sie, wer ich bin?'

‚Nein, aber ich vermute es.'

‚Ich werde es Ihnen sagen. Ich bin das Ende. Ich bin der Anfang. Ich bin der Übergang. Für Sie war ich vor einiger Zeit der Tod. Wenn Sie mich lassen, werde ich ihr zweites Leben sein. Aber das müssen Sie allein beginnen. Am Meer dürfen Sie warten. Versprochen. Sie sind ein guter Mensch, die Inseln der Seelen werden Sie bereisen können. Und Sie werden jeden wiedertreffen, den Sie zuletzt vermissten. Wenn Sie jemandem vergeben wollen, rufen Sie in den dunklen Höhlen seinen Namen. Aber ich verrate zu viel. Sie finden es selbst raus.‘

‚Meine Familie … ist nicht … Und ich bin … tot?‘

‚So ist es.‘

Sie weinte. Ich zog sie an mich und wir teilten die Trauer gemeinsam, bis sie weitergehen konnte.“

Ich hatte so angespannt zugehört, dass ich erst jetzt bemerkte, bis zu den Knöcheln im Boden zu stecken. „War das meine Mutter?“

Der Tod klang erschrocken. „Sie als ihr Kind sollten das am besten wissen.“

„Ich weiß nicht mehr, wie sie aussieht. Und das ist deine Schuld!“

Er wurde wütend. „Sie wissen nichts. Das ist einer Ihrer größten Fehler. Ich habe nichts falsch gemacht. Es stände sonst in meinem Buch.“ Er las weiter vor, auf der Suche nach seiner anscheinend nicht vorhandenen Fehlbarkeit. Die Bilder an der Decke untermalte er mit seinen Worten.

„‚Warum hast du mich geküsst?‘ Ute blickte mir tief in meine Augen.

Sie fragte so viele Dinge, deren Antworten uns den Moment nur zerstören würden. Ich hatte sie nicht richtig geküsst, ein Kuss auf die Stirn war kein Kuss.

Ich küsste sie auf die Lippen. Sie küsste mich. Zart. Sanft. Wild. Wütend. Ute stieß mich weg. ‚Warum? Was machen wir hier? Wo ist mein altes Leben, meine Moral … Scheiße. Bin ich eigentlich noch verheiratet – jetzt, wo ich tot bin?‘

Ich lächelte. ‚Du bist so frei wie vorher auch.‘

‚Aber ich bin tot!‘

‚Gib mir deine Hand.‘

Sie hielt mir ihre Hand zitternd entgegen. Meine Nase strich sanft ihren Unterarm entlang. Sie schauderte unter meinen Berührungen. ‚Du bist aufgeregt. Du fühlst, du bist wunderschön. Du bist lebendig. Du bist da. Jetzt. Immer.‘

Ute wurde ruhiger. Wir saßen nebeneinander und schauten in die Ferne. ‚Ich beneide dich, Ute. Du hast eine spannende Ewigkeit vor dir, voller Überraschungen und Wiedersehen. Alle sehen alle irgendwann wieder. Und du kannst reisen. Du bist lebendig. Wenn du auf jemanden wartest, hast du die eine besondere Erinnerung. Mit der wirst du deine Familie und deine Freunde immer erkennen, wenn sie dir begegnen. Du hast die Liebe für sie. Das verlierst du nie. ‘“

70

Und genau hier platzte mir der Kragen. Das musste ich mir nicht geben. „Das hast du jetzt aber erfunden. Meine Mutter würde niemals jemanden wie dich küssen. Das ist ekelhaft."

„Ach, wie sieht Ihre schöne Mutter denn aus? Haben Sie nicht alle Erinnerungen an sie verloren?"

Er hatte nicht das Recht, mich zu zwingen, mich damit auseinandersetzen zu müssen. Er nicht. „Und das andere Buch? Was steht da? Vielleicht ist es dein Buch, das du nicht lesen willst?"

Der Sack sank tiefer ein. Der Tod zog seine Hand zurück und schien die Arme zu verschränken. Ich verknotete die Schleifen über ihm, aber er drückte sein Tagebuch dazwischen, sodass ich es erst wieder zurückstellen musste. Das Regal sog das Buch mit viel Energie zurück in seine Tiefen. „Also, wo waren wir? Gibt es ein Buch, das du nicht lesen willst? Vielleicht das zweite Buch, das noch dasteht?", fragte ich.

„Nein."

„Du lügst, der perfekte Tod lügt. Und erzählt anderen, was sie tun sollen. Ich werde mir dein Buch selbst ansehen."

Der Tod zappelte im Sack. „Das können Sie nicht, niemand kann das Buch eines anderen öffnen."

Ich griff danach und hielt das Buch Benjamin in der Hand. Es ließ sich sehr einfach öffnen. Es hatte hauchzarte Seiten aus feinem Pergament. Der Tod tobte wie ein Hauskobold. „Sie dürfen das nicht! Lassen Sie es. Lieber versinke ich und bleibe. Niemand hat mein Buch jemals berührt."

Ich blätterte und suchte nach dem letzten Eintrag. „Also ist es dein Buch. Lass mich mal lesen." Da waren Runen, aber während ich sie ansah, verwandelten sie sich in Buchstaben. Ich las ihm laut vor, was ich sah: „Geliebter. Ich bin so einsam ohne dich. Ich gebe nicht auf, zu warten. Du hast meine Seele berührt." Ich stoppte kurz und versuchte, dem Tod eine Reaktion zu entlocken. Nichts. Also las ich weiter. Ich blätterte in dem Buch nach vorne. „Ich liebe dich. Weißt du, ich komme oft hierher und erwarte dich, immer in der Hoffnung, dass du einmal wieder zu mir kommst. Komm und bleib."

Einige Seiten weiter las ich: „Verzeih mir, dass ich dich beißen wollte. Aber so freundliche Männer war ich nicht gewöhnt. Deine Liebe begleitet mich immer. Wir schworen uns, nie zu vergessen, was wir uns am meisten wünschen. Kinder. Unzählige sollen um uns springen. Dann hast du mich verlassen. Ich weiß, dass du wiederkommen wirst. Ich warte Benchamien. Ich verzeihe dir deine Angst. Sei mutig und stark. Mein Geliebter. In Liebe für ewig, Adriana." Ich beobachte den Sack. „Wie hast du das gemacht? Da mag dich wirklich jemand."

Der Tod rollte sich wütend auf dem Boden. Das führte dazu, dass der Sack sich mit der klebrigen Masse vollsog. Er schrie: „Ich werde zum ersten Mal jemanden vor seiner Zeit holen. Warten Sie nur meine Rache ab."

Ich las weiter: „Wenn du doch nur einmal so sein würdest, wie du eigentlich bist. Aber du bist hart. Und immer noch wütend darüber, dass du an mir versagt hast. Dass du an der Zeugung unserer Kinder gescheitert bist. Dass ich dein erster Mensch wurde, hat uns aneinandergebunden."

Wir beide sanken tiefer in den Boden ein, der Druck auf meine Knöchel wuchs. Aber das war es wert. Mein ganzer Schmerz und mein Problem versanken hinter seinem Sündenkonto. Ich blätterte weiter. „Du musst unsere Kinder schützen. Sie beginnen sich von dir abzuwenden. Deine Schwester hat sie eingelullt. Sie sind nun die schönsten Wesen im Zwischenreich. Sie verändern sich. Es fehlte ihnen aber nicht an Schönheit. Sondern an Liebe von dir!"

Langsam dämmerte es mir. Die *schönsten Wesen* waren die Venustas. Einer schöner als der andere. Phagorys Verwandlung hinter der Grenze in ein Tier. „Deine Kinder sind die Venustas?"

„Nennen Sie sie nicht so. Sie heißen nicht so. So nicht. Ich bin Ihnen keine Rechenschaft schuldig."

„Wer ist diese Frau, die dich liebt? Wir sind beide halb versunken. Wenn dich die echte Wahrheit hier rausholen soll, fang an zu reden!"

Der Tod sprach mit gebrochener Stimme. So kam die Wahrheit ans Licht.

71

„157.767-mal tötete ich allein heute, bevor Sie, junges Fräulein, meine Arbeit unterbrachen. Es war ein durchschnittlicher Tag. Aber an meinen ersten Tod erinnere ich mich noch, als wäre er eben geschehen. Ihr Pulsschlag rief mich zur Erde. Wie Musik klang es in meinen Ohren, rann durch meinen Kopf in meine Brust. Ich wusste, dass ich dem folgen musste. Ich verbarg mich auf einem Baum und beobachtete die Wesen, die meine Schwester so lange vor mir versteckt hatte.

Neben mir flatterte es. Ein grauer, dicker Vogel landete auf einem Ast, der sich unter ihm bog. Und dann zwitscherte er so laut, dass ich keinen klaren Gedanken mehr fassen konnte. Er schrie. Auch wenn es in den Legenden anders steht, aber – und das bitte ich bei einer Begegnung mit meiner Schwester zu verschweigen – eigentlich war er der Erste, den ich mitgenommen hatte.

Das Pochen. Pochen. Pochen. Es schlug in meinen Ohren, es drang tief in mich ein. So tief, dass es in meinem Körper selbst zu pochen anfing. Ein Gefühl, das mir völlig fremd war, nahm mich in seine Gewalt, es riss mich vom Baum. Und da stand ich plötzlich mitten zwischen den ersten Menschen.

Und was taten sie? Kämpfen. Was sonst? Sie schlugen sich brüllend Körperteile ab und rollten sich blutend auf dem Schlachtfeld herum. Die meisten von ihnen sahen fürchterlich aus. Irgendwo fehlte jedem irgendetwas. Mal ein Bein, mal zwei Beine. Mal ein Auge. Mal eine Nase. Sehr auffällig war dabei, dass sie mich nicht beachteten. Sie konnten mich nicht sehen.

Erst als ich die Menschen mit mir nahm, registrierten sie mich. Zu jeder Zeit sehen konnten mich nur Katzen und rote Ameisen."

„Und ich."

„Und Sie konnten mich sehen, junges Fräulein. Der Rhythmus des menschlichen Herzschlags will, dass ich ihm folge. Ich ließ mich nach meiner ersten Menschenbegegnung auf dem Schlachtfeld weitertreiben und strandete in einem kleinen Dorf vor einem windschiefen Häuschen. Es hatte blaue Dachziegel und weiß getünchte Außenwände. Eine grüne, hölzerne Tür knarrte leise, als ich eintrat. Es roch nach Erde und Gold. Vor dem Haus, auf einer verdorrten Wiese knabberte eine Gans Blumen vom Boden ab. Dabei schrie sie schrill. Schon bekam der Vogel vom Baum einen neuen Freund in meiner Welt.

Ich hatte mir einige Zeit später wieder abgewöhnt, Vögel von der Erde mit zu mir nach Hause zu nehmen. Sie wurden mir zu anhänglich und reagierten weder auf höfliches Bitten noch auf Androhung von Gewalt. Sie blieben und pickten alles an.

Mir strömte aus dem Haus ein herrlicher Geruch entgegen: Geräucherter Fisch mit Basilikum. Aber da war noch mehr. Nicht in meiner Nase, sondern in meinen Ohren. Es wurde intim. Es überkam mich. Ja, mein Kopf schaltete sich ab und ich trat voller Verlangen die halb geöffnete Tür auf.

Damals war ich überwältigt vom einfachen Dasein. Da machen sich diese Menschen so viel Mühe. Der Boden war gefliest mit bunten Ornamenten, eine Bank geschnitzt aus Holz, lauter kleine Dinge, die überall den Blick schmückten. Ich griff nach einem besonders schönen Becher. An seinem Rand rankte ein eingeritzter Rosenbusch. Ich steckte ihn für weitere Betrachtungen in anderen Stunden ein.

Als sich meine erste Verwunderung legte, sah ich die Frau, die mich gerufen hatte. Sie stand mit dem Rücken zu mir. Ihren Körper bedeckte ein dunkelblauer, langer Rock, eine helle Tunika, eine Schürze. Ein grobes Tuch war über ihre Haare geknotet. Ihr Summen vermischte sich mit dem Pulsschlag und meine innere Wahrnehmung sagte mir: Hier bin ich angekommen. Hier wohne ich. Hier will ich bleiben.

Ich nahm auf der Bank Platz, beobachtete die Dame – und verliebte mich in sie. So etwas Verrücktes hatte ich vorher nie getan. Ich war vernarrt in ihren Herzschlag. Da, wo sie war, wollte ich sein. Sie konnte mich leider nicht sehen. Dafür hörte ich ihren Herzschlag immer lauter. Er kletterte in meiner Brust hoch. Ich war so liebestoll und sprach sie an. Und ich war charmant. Umwerfend. Überwältigend. ‚Guten Tag, meine Dame.'

Ich verneigte mich. Keine Reaktion. Ich strich ihr über den Arm. Plötzlich reagierte sie.

All ihre Haare stellten sich auf, wie bei einem elektrischen Schlag. Erschrocken drehte sie sich um. Ihr fehlten beide Ohren und ein Auge. Das fehlende Auge wurde von einem bunt angemalten Stein ersetzt. Besonders ihr grünes Auge neben dem Steinauge zog mich in seinen Bann. Ich lächelte sie an.

Sie lächelte zurück.

Ich streckte meine Hand aus und berührte ganz sanft ihre warme Haut.

Sie schloss ihr Auge. Atmete ein.

Diese Mischung aus Atmen, Herzschlag und bewegtem Blut brachte mich an die Grenze meines Verstandes. Die Brust hob sich, die Schultern bebten. Sie öffnete ihr Auge und sah mich mit festem Blick an. Ich prägte mir ihre Gesichtszüge ein, strich mit einem Finger über ihre Augenbrauen und ihren Haaransatz.

Plötzlich zog sich meine Brust vor Schmerzen zusammen. Ich wurde verwundbar und unberechenbar. Ich verlor den Verstand bei der Sehnsucht, sie zu küssen. Meine Hände zitterten. Ich hob ihr Gesicht vorsichtig an mein Gesicht.

Überraschend legte sie ihre Lippen zuerst an die meinen. Im ersten Moment brannte es wie Feuer. Das Feuer breitete sich aus und floss in meine Brust. Meine Lungen verlangten, dass ich sie mit Luft füllte.

Ich brach den Kuss ab, um zu atmen. Mein erster Atemzug war ihr Letzter. Sie sackte in meinem Arm leblos zusammen.

Hilflosigkeit und Scham überkamen mich. Ich spürte ihr Gewicht – und meine Schwäche. Ich hob sie mit Anstrengung auf meine Arme und schlug meinen langen Mantel über sie. Wir überquerten die Grenze von Erde und Zwischenwelt und ich legte sie in meinem Reich auf einer grünen Wiese ab. Mein

Atem stoppte und ich fühlte mich stärker und frischer – und ruhiger.

‚Verzeihung? Wo bin ich hier?' Ich zuckte zusammen. Langsam drehte ich mich um. Sie saß aufrecht und sprach mit süßer Stimme zu mir. Die Frau, meine Frau, war lebendig und sah mich mit zwei grünen, leuchtenden Augen an. Und zwei frische Ohren waren ihr auch wieder gewachsen. Ich ließ mich vor ihr auf die Knie sinken und konnte mein Glück nicht fassen. Bis jetzt war ich immer allein gewesen.

Manchmal hatte ich versucht, meine Schwester zu sprechen. Aber sie war in allem das Gegenteil von mir. War ich freundlich, war sie unfreundlich. War ich höflich, war sie sehr unhöflich.

Nun hatte ich eine Gefährtin. Ich konnte ihr nicht erklären, wie sie hier hingekommen war oder woher.

Mit der Zeit vergaß sie, was sie wusste. Und ich hütete mich, ihr jemals zu sagen, was ich getan hatte. In meiner Frau erschien nach einiger Zeit ein kleines, leuchtendes Licht. Es sah hübsch aus und wir ignorierten es.

Wenig später konnte sie dem Sog des Lichts nicht widerstehen. Und da es uns freistand, zu wandern, wohin immer wir wollten, begleitete ich sie auf der Suche nach dem Ursprung, der sie zu sich rief. Wir durchquerten die Zwischenwelt mit ihren bunten Bewohnern. Ich lachte zum ersten Mal über den Humor der einfältigen Zwerge. Ich entdeckte die Eifersucht in mir. Sie machte mich unglaublich menschlich. Um unsere Liebe zu besiegeln, gaben wir uns Namen.

Ich nannte sie Adriana. Es klang für mich wie ein Schlaflied. Und im tiefen Schlaf brachte ich sie hierher. Mich taufte sie Benjamin. Es war ein Name, den sie noch von ihrer Erde in Erinnerung hatte. Benjamin. Wir waren glücklich.

Das Licht führte uns weiter bis an die Steingrenze, meinen Lieblingslandabschnitt. Das Licht wollte über die Steinberge. Wir starteten ein Wettrennen. Adriana war schneller und überquerte die Grenze. Ich folgte ihr. Noch bevor ich den Stein ganz überwunden hatte, zerfiel Adriana zu Asche. Nur ihr Schatten mit dem flackernden, leuchtenden Licht stand aus der Asche wieder auf. Wirr und erschrocken war sie.

Ich versuchte, sie zu beruhigen, obwohl es auch für mich ein beunruhigendes Gefühl war, meine Zeit mit einem Schatten zu verbringen. Ich versprach Adriana, eine Lösung für unser kleines Problem zu finden. Gehässiges Lachen drang zu uns. ‚Es hat begonnen.'

Erstaunt sahen wir uns um. Zwischen den Steinblöcken saßen drei seltsame Frauen in Leinenkleidern und beobachteten uns. Sie durchbohrten mich mit ihren Blicken. Um sie herum waren die Steine eingewebt, und eine von ihnen, Atropos, webte immer schneller undurchdringliche, schwer glänzende Netze. ‚Wir lassen dir eine Lücke frei. Bis du zurückkommst.'

Diese drei Weiber kannte ich. Als Weberinnen zogen sie durch mein Land und durch das Land meiner Schwester. Nur ihre Bestimmung war mir damals nicht klar. ‚Könnt ihr uns sagen, was mit meiner Frau passiert ist?'

Die drei lachten. ‚Du hast sie getötet.'

‚Was habe ich?‘

‚Du hast ihr Leben eingeatmet. Das ist nun mal dein Schicksal.‘

Ich wollte das nicht hören. ‚Und, was wird jetzt aus ihr?‘

‚Sie wird zum ewigen Meer gehen und dann weiterreisen. Allein. Und du … kannst munter weitermachen.‘

Ich sammelte Adrianas Asche vor der Grenze ein und füllte meine Taschen mit ihr. ‚Nein. Ich bin der Bruder des Lebens. Ich werde sie wieder lebendig machen. Jetzt geht mir aus dem Weg.‘

‚Dein Schicksal ist für dich vorbestimmt. Wehr dich nicht dagegen.‘

So wie die Moiren prophezeit hatten, ist es auch eingetreten. Adrianas heller Schatten ging zum ewigen Meer hinter meinen dunklen Höhlen. Einen Ort, den ich seit diesem Tag nicht mehr betreten habe – bis heute.

Aber ich hatte ihre Asche. Und aus dieser erschuf ich unsere Kinder. Jedes von ihnen war der Versuch, Adriana neu zu erschaffen. Und sie wurden groß. Stark. Aber nicht so, wie ich es wollte. Es wurden alle Jungen. Mit Fell und einem zu sanften Wesen.

Adriana war die erste und letzte Frau, die mit mir reiste. Mit der ich die Reise durch mein Reich bis zum ewigen Meer angetreten habe. Nie wieder habe ich seitdem einen Menschen bis zum Ende begleitet. Ich konnte den Abschied nicht ertragen.“

72

Ich stützte mich an dem Bücherregal ab. Der Boden hatte meine Beine mittlerweile umschlossen. Der Tod klang während seiner Geschichte zum ersten Mal ehrlich. „Warum hast du kein Herz? Ob Jungen oder Mädchen – es sind deine Kinder! Bessere Ausgaben von dir. Nie hätte ich gedacht, dass Phagory mit dir verwandt ist. Er ist so ein guter Mensch."

Der Tod wurde lauter. „Er ist kein Mensch. Er ist etwas Besonderes."

Nun weinte er leise. Plötzlich holte mich die Erinnerung an die Liebe ein. Und wie weh der Verlust von Liebe tut. „Er liegt vor der Höhle, weil er verletzt ist. Und du hast nicht mal gefragt, wie es ihm geht. Aber er hat gefragt, wie es dir geht. Sie lieben dich immer noch. Es ist unglaublich", schrie ich ihn an.

Der Tod sprach leise weiter und mir wurde klar, dass er seine Arroganz verloren hatte. „Ich bereue es zutiefst. Ich liebe sie – mehr als ich es sagen kann. Sie sind … Jeder von ihnen ist in meinen Gedanken. Ich möchte sie um Verzeihung bitten. Bitte helfen Sie mir. Bitte helfen Sie mir, ihm zu schreiben."

Das Schluchzen kam aus tiefsten Herzen. Ich konnte weder an das Buch noch an die Feder kommen. „Ich stecke hier auch fest. Schon vergessen?"

„Aber für Sie ist es einfacher als für mich. Versuchen Sie wenigstens, freizukommen. Überdenken Sie Ihre Wahrheit. Sie haben Erinnerungen verloren, aber nicht alles. Haben Sie die Asche ihrer Mutter noch?“

Mir war klar, worauf er hinauswollte. Ich befeuchtete meinen Finger und tunkte ihn in Mamas Asche in meiner Tasche. „Versuchen Sie es. Denken Sie an die große Frage, die Sie quält.“

Der Finger mit der Asche berührte meine Lippen. Ich schmeckte den schweren, bitteren Geschmack. Ekel schüttelte mich. Vor meinen Augen sah ich eine kranke Frau ohne Haare, die über der geöffneten Toilette lehnte. Sie weinte und stöhnte. „Ich kann nicht mehr. Ich habe keine Kraft mehr.“

Auch wenn ich mich in meinem Kopf nicht mehr an sie erinnern konnte, stach mein Herz. Langsam schwand die Vision vor meinen Augen. „Suchen Sie nach mehr Antworten.“

Ich nahm wieder ihre Asche zu mir. Diesmal war meine Mutter noch dünner, verletzlicher. Nur ein T-Shirt bedeckte ihren Körper. Um ihren Bauch und Unterleib schlang sich eine große Windel wie eine überdimensionale Babywindel. In ihrem Arm hing ein Tropf. Ihr Gesicht war abgemagert und eingefallen. Sie hielt die Hand meines Vaters. Leise flüsterte sie: „Lass mich gehen. Jürgen. Bitte.“ Mein Herz zerriss.

Wieder steckte ich ihre Asche in meinen Mund. Wieder verletzten die Bilder meine Seele und schlugen Krater. Meine Mutter lag auf dem Boden, die Stirn weinend auf den Arm gelegt. Ihr rotes Samttuch um den Kopf war verrutscht. Im Hintergrund war meine Stimme zu hören. Meine Mutter raffte sich auf. Stand mit aller Kraft wieder auf den Beinen. „Lilli, mein Schatz, hier bin ich. Heute geht es mir erstaunlich gut!“

Die Bilder verblassten und ließen mich im Erdboden versunken zurück. „Warum hat sie das gemacht? Mir nicht gezeigt, wie es ihr geht?“, fragte ich meinen Feind.

„Sie hatte Angst vor dem Tod. So wie Sie es haben, junges Fräulein.“

In meiner Seele flogen ganze Felsblöcke durch die Gegend. Von rechts nach links und gegeneinander. Gesteinsbrocken donnerten durch die leeren Räume meiner Seele. Alles, was vergraben war, wurde sichtbar.

Phagory. Ihn sah ich vor mir. Er lag auf dem Boden, schwer verletzt und im Sterben. Die Schmerzen beim Atmen hielten ihn am Leben. „Ich kann die Schuld nicht ertragen, ihn zu verlieren.“ Die Stimme des Todes bebte.

„Es ist meine Schuld. Ich habe dich gefangen. Und ihn überhaupt sterblich gemacht.“

„Nein. Ich habe ihn von mir getrieben. Wegen mir liegt er da.“ Den Tod und mich vereinten die gleichen Qualen, unsere Schuldgefühle wegen Phagory.

„Was ist Ihre größte Angst, junges Fräulein?“

„Alleine weiterzuleben.“

Um mich herum bebte die Erde und schob sich auseinander. Ich war frei. Die Erdmassen, die sich von mir weggedrückt hatten, drückten sich ächzend um den Sack und vergruben ihn nahezu. Ich versuchte, ihn rauszuziehen, aber er war fest mit dem Gestein vereint.

„Junges Fräulein. Ich bin ein Wartender geworden. Meine Schuld ist zu schwer, um sie mit ein paar Worten zu begleichen. Nur Vergebung kann mich befreien. Wenn Sie die alte Ordnung wiederherstellen wollen, holen Sie meine Schwester zur Hilfe. Wenn nicht, darf ich Ihnen gratulieren: Sie waren als Erste erfolgreich. Der Tod ist besiegt." Er hielt inne. „Eine Sache noch, junges Fräulein, um bei der Wahrheit zu bleiben. Wenn Sie sich für eine Welt ohne mich entscheiden, kann das Leben Ihre Mutter zurückholen. Aber sie wird dann wieder schwach und krank sein, wie in dem Moment, als sie die Erde verlassen hat. Und sie wird nicht mehr sterben können."

Den Sieg hatte ich mir anders vorgestellt. Langsam verließ ich den Sack, ohne den mir das Leben Mama nicht zurückgeben würde. Nein, so durfte es nicht enden. „Was ist deine größte Angst? Sag es mir, Tod!"

„Ich habe Angst zu versagen. So wie es geschehen ist."

Die Erde bebte erneut. Sie schob sich vom Tod weg und gab nun den Sack frei. Ich griff zitternd nach ihm und schnürte ihn zu, nahm ihn auf meine Schultern und ging auf die fließende Wand zu. Sie rollte sich nach oben auf und ließ uns durch.

73

Vor uns lag ein langer Gang. Um uns herum flackerten helle, pochende Lichter auf. Sie flüsterten, als wir durch den Gang schlichen. Stimmen pressten unzusammenhängende Sätze wie in einem Horrorfilm durch die dunklen Wände.

„Junge, bist du es?“

„Meine Freundin, ich wollte dich nicht töten.“

„Verzeihung. Es tut so schrecklich weh. Bitte. Verzeih.“

Ich stoppte. Es war so unheimlich. „Was ist wirklich in den Wänden?“, fragte ich den Tod.

„Es sind Wartende. Niemand, für den Sie sich interessieren sollten. Sie spüren den Schmerz der anderen. Sie warten auf den Letzten, der durch sie noch Leid spürt. Oder sie warten, dass sie sich selbst vergeben. Das sind die Schlimmsten.“

Ich atmete tief. „Sie können mir also nichts tun.“ Während ich mir laut Mut zusprach, flatterte mir ein kleiner, dicker, grauer Vogel nach. Er überflog mich, überholte mich und setzte sich einige Meter weiter ab, um dann erschrocken wieder aufzuflattern. Eine schwarze Hand ragte aus der Wand heraus und schlug nach ihm.

In der Wand hing ein menschlicher Schatten. Zum Teil waren sein Gesicht und seine Hände von der felsigen Seite gelöst. Der andere Teil war im Felsen eingewachsen. Er sah mich mit weit aufgerissenen Augen an und schrie mir entgegen:

„Bringst du mir die Erlösung? Vergib du mir auch noch. Du musst Erwins Großnichte sein. Ich bitte dich, vergib mir. Und befreie mich."

Ich versuchte, ihm nicht in die Augen zu schauen. Sie waren viel zu menschlich, wie auch sein Gesicht. Als ich mich an ihm vorbeidrückte, versuchte seine freie Hand, etwas von mir zu erhaschen. Ich drückte mich an die gegenüberliegende Wand. Der Sack stand nun auf dem Boden dicht neben mir. Ich zog ihn dichter an mich.

„Du bist hier. Bei mir. Lass mich nicht allein zurück. Bleib! Bleib!", rief der Schatten.

Ich riss den Sack an mich und rannte weg. Die zuckenden Lichter in der Wand flackerten unruhiger und die Wand verschob sich erneut. Grollend rückte der steinerne Fels nach. Das Ächzen, Flehen und Flüstern durchdrang den Schub. Die gequälte Stimme des Schattens, der zur Hälfte in der Wand festhing, übertönte alles. „Nein. Nein. Nicht zurück. Nicht wieder zurück. Ich war fast frei. Ich bereue alles. Ich …"

Irgendwann wurde es stiller. Der Vogel kam wieder zum Vorschein und flatterte einfach mit uns. Der Tod räusperte sich nur. Er verhielt sich ruhig, was das Tragen für mich vereinfachte. Mir brannte eine Frage auf der Zunge. „Wieso musste er zurück?"

„Ihn hat noch nicht jeder gerufen, dem er geschadet hat. Wissen Sie, schlimmer Schaden ist eine Schuld. Während die Wartenden auf Vergebung hoffen, spüren sie durchgehend das Leid, das sie angerichtet haben."

„Wie holt man sie da raus?“

„Durch die Vergebung der Menschen, denen sie geschadet haben. Jeder einzelne Verstorbene, der durch den Schaden betroffen ist, wird ihm vergeben müssen.“

„Und der Mann in der Wand war doch fast frei?“

„Einer ist nicht gekommen, um ihm zu vergeben. Aber was nicht ist, kann noch werden. Jeder kommt irgendwann hier raus.“

Ich setzte den Sack ab und schrie, so laut ich konnte. Meine Stimme hallte von den Wänden wider: „Ute! Ute Baumann! Ute! Ute, ich vergebe dir …“

Ich wartete, dass Sie aus den Wänden kam. „Ute! Ich vergebe dir!“

Niemand kam. Ich weinte, ließ mich auf den Boden fallen. Der Tod schwieg. „Sag mir, warum sie nicht kommt!“

„Verehrte Dame, Sie haben ihr nie vergeben müssen. Die Liebe zwischen Ihnen ist stärker. Sie wird nicht zulassen, dass sie eine Wartende wird. Sie ist nicht hier. Dafür dürfen Sie dankbar sein.“

„Ich werde ohne sie nicht leben können. Niemals. Ich muss sie doch finden.“

„Sie ist nicht hier. Sie hat alles geschafft. Auch wenn ihr Verlust Sie zu Tode schmerzt, werden Sie daran nicht sterben. Aber wachsen.“

Das erste Mal spürte ich in mir ein Zögern. Zweifel. Ob es Mama noch gab? Ob alles einen Sinn machte? Dann kam mir Phagorys Bild wieder vor Augen. Wie er sterbend vor der

Höhle lag. Was, wenn er sterben würde? Ich vermisste ihn. Seine liebevollen Augen. Seine Art, mir beizustehen. Meine Liebe für ihn, die so frisch und stark aufkam.

Ich griff nach dem Sack und mein Herz war schwerer, als es sein sollte. Der Sack zog tiefe Furchen in den Boden. Das Gewicht des Todes schien sich verdreifacht zu haben. Es waren eher Wackersteine als ein kleines Kind, die ich hinter mir herzog.

74

Die Decken wurden höher und die Gänge weiter. Schnattern wie das von fröhlichen Enten am Ententeich drang zu mir. Es beflügelte meinen Gang, ich wurde schneller. Vor mir lag eine große, steinerne Grotte. In ihrer Mitte ein See, um den dunkel gefärbte, einfache Bänke aus Holz standen. Am Ufer des Sees, auf den Rückenlehnen der Bänke und unter den Felsvorsprüngen saßen oder watschelten überall eigenartige Vögel. Sie liefen auf mich zu und rieben ihre Köpfe an meinen Beinen. Ihre Körper waren rundlich und voller flauschiger Federn. Ihre Gesichter waren wie das eines Kamels. Gütige, hellblaue Augen blickten neugierig in die Welt. Ich stellte den Sack auf dem Boden ab und beobachtete sie. Der Boden blieb stabil.

Als ich näher zum See trat, verfärbte sich der Grund. Eine Ahnung in mir wurde wach. Bevor ich die eigenartigen Enten warnen konnte, entstand ein Strudel, der sie auf den Grund hinabzog.

Der Tod im Sack versuchte, sich zu befreien. „Es ist nicht richtig. Bitte. Bitte lassen Sie mich gehen. Sie können von hier aus die Erde beobachten. Sehen Sie doch nur. Es wird schlimmer und schlimmer."

Dann wurde die Oberfläche klar. Die Erde aus der Perspektive des Weltalls wurde sichtbar. Sie drehte sich langsam. Und stoppte plötzlich. Die Erde trieb ein wenig verloren in einem Meer von funkelnden kleinen, leuchtenden Punkten ab. Braune Flecken verliefen mit den blauen Flecken wie Aquarellfarben ineinander.

Aus der Wasseroberfläche des Sees vor mir, aus dem Bild der abtreibenden Erde heraus, wuchsen schachtelförmige Gebilde. Sie waren an ihren Seiten mit glänzenden Muscheln verwachsen, die aufsprangen und kleine Perlen mit Schwung auf den Grund des Sees fallen ließen. Dieses Gewächs breitete sich in meine Richtung aus und bildete immer neue Gebilde, die aussahen, als würde ein unsichtbarer Origamikünstler sie immer wieder neu erfinden. Kurz vor mir stoppte das Wachstum und entfaltete eine dünne, rot schimmernde Kapsel, die sich wie eine riesige Lotusblüte aufspaltete und deren Blütenblätter meine Füße berührten. In der Blüte spielte sich ein Film wie in einem kleinen Mikrokosmos ab. Das Bild zoomte heran und Menschen bewegten sich wie Ameisen über das Land. Sekundenschnell wurden aus den Ameisen Menschen.

„Gehen Sie einen Schritt nach vorne! Jeder Schritt weiter lässt sie in die Zukunft oder in die Vergangenheit blicken!“, rief mir der Tod zu, der seine Forderung mit einem lang gezogenen Heulen untermalte wie ein trotziges Kind.

Aber die Bilder in der Blüte blieben wie eingefroren stehen, als hätte das System sich aufgehängt. Also machte ich den verlangten Schritt und trat damit in die Blüte ein.

75

Vor mir lag eine Straße mit kleinen Holzhäusern. Die Gärten waren abgesteckt mit Holzpflöcken. Menschen in altertümlicher Kleidung bewegten sich ein Stück vor mir. Auf der Straße fuhr eine einspännige Pferdekutsche mit einem braunen, schief trabenden Pferd an mir so dicht vorbei, dass ein paar Haare des Schweifes mich trafen. Erschrocken wich ich zurück.

Als ich einen Schritt zurückmachte, erstarrte das Bild. „Gehen Sie zwei Schritt nach vorne! Na, machen Sie! Aber passen Sie auf. Wenn Sie sich falsch bewegen, fliegen Sie wieder raus.“ Aufgepeitscht und panisch überschlug sich die Stimme des Todes.

Ich ging zwei Schritte in die Blüte hinein.

Wieder lag vor mir eine Straße – der gleiche Ort. Diesmal war die Straße aber gepflastert. Ein einziges der Holzhäuser aus dem vorherigen Bild war stehen geblieben, und als ich einige Sekunden Zeit hatte, mich zu orientieren, erkannte ich, dass es meine Straße war. Nicht weit von mir stand unser Haus mit den spießig geschnittenen Hecken davor. Dicht an mir strich die Katze von Frau Hartenrunk vorbei.

Ich beugte mich zu ihr und wollte sie streicheln, aber ich griff durch sie hindurch. Ein Auto kam angerast – unser Auto. Mein Papa saß hinter dem Steuer. Wirr und ungekämmt blickte er traurig in die Welt. Noch nie hatte ich meinen Vater so verzweifelt gesehen. Ich winkte ihm zu.

Aber er sah durch mich hindurch. Die Katze rannte über die Straße, und ohne zu bremsen, fuhr Papa über sie drüber. Er machte erst einige Meter weiter eine Vollbremsung und stieß die Tür auf. Ich erstarrte vor Schreck. Mein Vater war abgemagert und trug dreckige Kleidung. Seine Brille war auf einer Seite eingerissen. Er war totenblass und seine Augen waren eingefallen.

„Papa! Papa, kannst du mich hören?“ Er reagierte nicht. Langsam ging er um das Auto herum und auf die tote Katze zu. Er beugte sich über sie.

Plötzlich sprang sie auf. Und platt und humpelnd schlich sie vor meinem sprachlosen Vater davon. Er versuchte, der Katze zu folgen, schien aber dazu nicht mehr in der Lage zu sein.

„Es tut mir leid, dass ich Sie stören muss. Ich weiß, Sie wollen gerne mit der Katze weiterspielen. Aber gehen Sie weiter! Noch einen Schritt! Tun Sie es für Ihre Mutter!“, rief mir der Tod zu. Ich machte einen Schritt nach vorne auf meinen Vater zu.

Er verschwand. Genauso die Katze und die Umgebung, als würde sich alles in Luft auflösen. „Nein, nicht!“, schrie der Tod. Es war zu spät. Um mich herum begann sich die Umgebung zu drehen.

76

Als ich wieder ein Gefühl von Boden unter mir hatte, stand ich auf einer Blumeninsel vor einem Einkaufszentrum in der Mitte eines Kreisels. Vor mir gingen Menschen geschäftig hin und her, erledigten ihre Einkäufe und Autos fuhren dreispurig in den Kreisel. Die Erde bebte. Sie wurde aus der Tiefe heraus erschüttert. Das große Einkaufszentrum brach in sich zusammen und Autos wurden von Trümmerteilen getroffen. Ein Auto flog auf mich zu. Ich sprang in Todesangst nach links.

Die vorherige Umgebung löste sich langsam auf und ich fand mich an einem Strand wieder. Menschen schrien panisch. Vor mir türmte sich das Meer zu einer riesigen Welle auf, zu einer Wand aus Schmutz und Wasser. Wale und Delfine wurden in diesen unglaublichen Wassermassen nach oben gezogen und wie Streichhölzer wirbelnd in die große Wasserwand gedrückt, die sich jede Sekunde näher gegen das Land schob. Panisch wich ich nach hinten.

Augenblicklich löste sich dieses Bild wieder auf und ich stand in einer brennenden Großstadt. Gesteinsbrocken fielen vom Himmel und landeten krachend auf der Erde wie Bomben. Menschenmassen drückten sich gegeneinander. Das Schreien und Weinen füllte die Luft. Auf mich raste ein Gesteinsbrocken zu. Ich duckte mich und warf mich mit einem Sprung nach rechts.

Das Bild löste sich wieder auf. Ich stand auf einem Berg, ein starker Wind blies bis auf meine Knochen. Unter mir im Tal schossen Wassermassen durch die kargen Schluchten. Menschen, die sich auf diesen Berg gerettet hatten, riefen aufgeregt durcheinander.

„Es ist wahr, keiner ist gestorben. Wie ein Wunder."

„Die Erde spielt verrückt, aber keiner kann sterben. Sie haben jemanden gefunden unter den Trümmern, der nur noch ein Bein und einen Körper hatte. Ohne Kopf. Er lebt einfach weiter."

„Wir sind verloren. Wir werden verhungern."

Plötzlich bildeten sich in der Masse zwei Gruppen. „Dann müssen wir jemanden von uns essen!" Ein Kampf brach aus. Zitternd wich ich aus.

Ich musste Papa suchen. Meine Gedanken an ihn schienen den Weg zu weisen. Das Bild um mich herum löste sich auf. Ich stand in dem Trümmerhaufen unseres Hauses. Neben mir hatten adrett geschnittene Hecken in ihrem spießigen Dasein alles überstanden.

Plötzlich bebte die Erde wieder. Nicht nur im Bild, auch bei mir. „Gehen Sie nicht zurück!", schrie der Tod. Ich versuchte, das Gleichgewicht zu halten.

Das grollende Beben verhallte und Dachziegeln lagen verstreut. Wo einmal mein Baumhaus gestanden hatte, ragte die Hälfte der Wohnzimmerwand empor. Das Bild mit dem röhrenden Hirsch steckte zur Hälfte in den abgerissenen Kabeln, die aus der Wand wie offene Rippen herausragten.

„Papa! Papa, bist du da?“ Ich machte eine Bewegung nach vorne, da stand ich schon neben Papa. Er lag in den Trümmern unserer Küche. Ein schwerer Balken begrub die Hälfte seines Körpers. Er war wach und schrie nach Hilfe.

Ich beugte mich zu ihm, aber wieder griff ich nur durch ihn hindurch. Meine Hände waren wie aus Wasser. Alles, was ich bewirkte, war, dass das abgerissene Kalenderblatt vom 18. März einen Millimeter zur anderen Seite flog. „Hilfe, jemand muss ihm doch helfen!“

Es war so schrecklich, Papa da liegen zu sehen. Ich hatte Angst um ihn, ich hatte auch Mitleid und ein schlechtes Gewissen. „Papa, das ist, weil ich dich allein gelassen habe. Es tut mir leid, Papa. Hörst du?“ Ich schrie, so laut ich konnte, um Hilfe.

Dann endlich waren wir nicht mehr allein. Zuerst kletterte ein kleines Mädchen über den Trümmern zu Papa. „Hier ist noch jemand! Schnell! Ihr müsst ihm helfen! Holt ihn raus!“ Das Mädchen kam mir bekannt vor. Es trug eine helle Tunika, seine roten Haare standen wild in alle Richtungen ab. Ein Auge war strahlend blau. Das andere Auge braun.

Dem Ruf des Mädchens folgten drei Männer und eine Frau. Alle trugen Kapuzenpullis. Die Frau ging zu Papa und beugte sich kurz über ihn. Es war Frau Biogol, meine Lehrerin.

Vor Erleichterung über Papas Rettung weinte ich. „Gott sei Dank! Papa. Gleich wirst du rausgeholt!“ Frau Biogol griff nach

Papas Hand und zog seinen goldenen Ehering ab. Dann wandte sie sich wieder zu den anderen zu.

Die anderen schenkten Papa keinen Blick. Das Mädchen stellte sich wütend vor sie, wurde aber zur Seite geschubst. Ein Mann wurde grob, als er hinter dem Mädchen ein Portemonnaie in den Trümmern entdeckte. „Kleine, verpiss dich. Wir lassen ihn hier liegen, wir brauchen nicht noch mehr Verletzte. Es kann eh keiner sterben. Das ist normal. Gewöhn dich dran. Jetzt herrscht das Recht des Stärkeren."

Ich hatte das Leben in dem kleinen Mädchen erkannt. Es war wütend. Aber auch das glorreiche Leben war nun ein hilfloses Kind, das seine ganze Kraft verloren hatte. Papa wimmerte leise.

Das kleine Leben stampfte wütend auf und das letzte Bild von der letzten stehenden Hauswand fiel krachend zu Boden. „Ihr undankbaren Menschen. Für euch habe ich den Tod vernichten lassen. Und was macht ihr? Ihr zerstört das, was ich erschaffen habe! Der Mann hier lebt. Ihr müsst mein Leben retten!"

Papa weinte stärker. Er musste höllische Schmerzen haben. Frau Biogol legte ein Küchentuch über sein Gesicht. „So, jetzt ist es sicher einfacher für dich. Nun geh bitte. Und pass auf dich auf. Junge Kinder sind beliebt."

Die Erwachsenen verließen nach dem Plündern die Trümmerstätte. Das Leben folgte ihnen vor Wut schreiend. Papa blieb zurück. Unter dem Balken hatte er seine Augen geschlossen und murmelte: „Gleich bin ich bei Ute. Ute. Meine liebe Frau. Vielleicht hat sie unser Kind gefunden."

Während ich meinem Vater zusah, wie er auf den Tod wartete, wusste ich, dass er nicht kommen würde. Die Situation wurde für mich unerträglich. „Tod, wie kann ich hier raus? Ich muss meinen Vater retten!"

„So wollten Sie es doch. So werden Menschen, wenn sie keine Grenzen mehr haben. Ihrem Vater passiert, was mit allen Menschen passieren wird. Ihr Leben wird nichts mehr wert sein."

„Wird?" Ich spürte Heimweh und Liebe für Papa. Ich wollte ihn so gerne in die Arme nehmen. Ich hatte ihn ganz vergessen. Aber er hielt mich davon ab, Mama zurückzuholen.

„Sie sind einige Schritte in die Zukunft gegangen. Sie können noch handeln." Wieder bebte die Erde. Das Bild um Papa löste sich schmerzhaft auf, als ich einen kleinen Schritt zur Seite stolperte.

Ich stand neben meinem Opa Egon. Er lag in seinem dünnen Nachthemd auf dem harten Boden. Neben ihm, dicht an dicht, lagen viele alte Menschen auf dem Boden und litten. Niemand war da, um ihnen aufzuhelfen und um sie zu versorgen. Ich beugte mich zu Opa.

Während ich mir nichts mehr wünschte, als ihn zu berühren, griff ich wieder nur durch ihn durch. Dicht hinter mir rollte sich eine alte Frau mit Verletzungen an den Beinen und Armen auf mich. Ich musste ausweichen und verlor den Halt. Wieder flog ich durch die Zeit.

„Jeder Schatten kann den See besser bedienen als Sie. So schwer kann das doch nicht sein!“ Die Stimme des Todes klang von Weitem zu mir, als sich das Bild von Opa langsam auflöste.

Als ich wieder den Boden spürte, war es um mich herum dämmrig. An den adrett geschnittenen Hecken konnte ich den Platz ausmachen, wo unser Haus stand. Die Trümmer von ihm lagen noch immer da. Aber dicht an unserem zerstörten Haus war eine noble Villa gebaut. *Für Elise* hallte durch die Straßen. Ich erkannte die Melodie des Eiswagens und dachte an früher, wie wir Kinder dann immer aufgeregt durch die Straßen gelaufen waren – auf den Eiswagen zu. Jedes Mal hatte Papa nach Kleingeld gekramt und endlich etwas gefunden, wenn er in Mamas Jackentasche gegriffen hatte.

In der Villa öffnete sich die Tür. Eine alternde Frau, gestützt auf einem Stock, trat aus dem Haus. Als sie dicht an mir vorbeischlich, sah ich die leere Augenhöhle auf ihrer linken Gesichtshälfte. Sie ging Richtung Straße und hielt den heranrollenden Lieferwagen mit der klassischen Begleitmusik mit lässiger Handbewegung an. Sie sprach mit ihm.

Der Fahrer stieg aus und öffnete die Klappen des Kofferraumes. Er verschwand kurz im Inneren und kam mit einem neugeborenen Baby auf dem Arm zurück. Sie ließ ihren Stock fallen und trug das Baby glücklich mit sich ins Haus. Der Fahrer hob ihren Stock auf, zog ihn ihr hinterher und begleitete sie zur Haustür. Sie gingen dicht an mir vorbei. Die ältere Frau drückte das kleine Baby mit einem Lächeln an sich. „Wunderschöne braune Augen sind das!“

Sie drehte sich zu dem Fahrer um. „Sie sind sicher, dass es genau meine Augenfarbe ist? Ich will ihn nur, wenn ich die Augen komplett benutzen kann.“

Der Fahrer nickte. „Zu hundert Prozent. Wir liefern Ihnen sonst Ersatz. Sie können ihr Auge damit perfekt ersetzen!“ Die Frau zog eine Handvoll Goldschmuck aus ihrer Tasche, um den Fahrer zu bezahlen.

Während sie mit dem Kind im Haus verschwand, schloss der Fahrer die offenen Türen des Laderaumes. Kinderweinen drang aus dem Fahrzeug. Der Fahrer stieg ein und fuhr davon.

Die Stimme des Todes klang wieder ein wenig näher. „Sie nutzen sich gegenseitig als Ersatzteillager.“ Mir war übel. Ich taumelte aus dem Bild zurück in das Altenheim. Zurück zu meinem verschütteten Vater. Zurück in die Naturkatastrophen. Zurück zur ersten Tat der Unsterblichkeit. Zu der von Papa plattgefahrenen Katze – der letzte Schritt rückwärts.

Ich landete in der Höhle neben dem Sack. Aus ihm sprach die kleine, zarte Kinderstimme des Todes zu mir, passend zu dem Kind, das im Sack kauerte. Sie klang sanfter als je zuvor. Der kindliche Tod konnte plötzlich zu mir in mein Herz sprechen. „Es ist nicht der Tod, der nicht ohne die Menschen existieren kann. Es sind die Menschen, die nicht ohne den Tod existieren können. Sie sind ohne diese Grenze keine Menschen mehr. Nur der harte Abschied und die Zerbrechlichkeit des Lebens machten sie zu liebenden Lebewesen."

Mir würde übel. Ich übergab mich wieder und wieder. Schweiß tropfte von meiner Stirn in die Augen. Der ganze Hass in mir war verschwunden. Nur noch Mitleid mit dem kleinen Kind im Sack existierte – und der Schock, der unterschwellig und langsam an die Oberfläche kam.

„Bitte, lass mich frei." Die zartbittende Stimme und die kleinen Händchen, die gegen die rauen Seiten des gewobenen Gefängnisses drückten, ließen mich zweifeln. „Bitte."

Meine Hände tasteten nach der Schnur. Ich löste sie. Ein kleiner gelockter Kinderkopf strahlte mich an. „Danke!"

77

Ich gab dem Tod meine Hand, damit er sich ganz aus dem Sack befreien konnte. Er war so winzig und zerbrechlich, so klein und unschuldig. „Ist jetzt alles wieder im Gleichgewicht?“

Der Kleine schüttelte den Kopf und betrachtete seine Kinderhände. Ich war immer noch überwältigt von ihrer Zartheit. Der Tod hatte sich in seinem Benehmen, seinem Aussehen und seinem Verhalten in ein Kleinkind verwandelt. Seine zarte Stimme antwortete mir. „Was ist das? Ich wachse nicht. Ich muss aus der Höhle raus.“

„Deine Schwester war auch klein, eben in den Bildern.“

Der Tod lachte glucksend. „Sie ist mit geschrumpft.“

„Was machen wir jetzt?“

„Wir gehen zu ihr“, rief er fröhlich.

Ich schüttelte den Kopf. „Geh allein. Ich bleibe hier. Ich kann nicht mehr.“

Der Kleine patschte mir liebevoll auf den Kopf. „Du hast einen Wunsch frei. Ich wollte immer eine gute Fee sein. Du hast mir geholfen.“

Ich spürte die Endlichkeit. In mir fühlte ich nur Versagen. „Bitte töte mich!“ Der Kleine umarmte mich.

Dann flüsterte er leise in mein Ohr: „Das kann ich nicht. Du musst deinen Weg zurückfinden und das größte Geschenk genießen, das es gibt. Lebe! Deine Zeit liegt vor Dir. Du wirst leben. Und wenn ich eins weiß, dann, dass meine Schwester einen starken Lebenswillen verschenkt. Das Leben findet überall einen Weg. Erfüll deine Aufgabe und mache deine Mutter glücklich. Lebe. Lebe so, wie du es möchtest. Genieße jeden Atemzug. Liebe."

Meine Seele schmerzte. In meinem Herzen polterten Gesteinsbrocken durch die Gegend. Es war kein Aber mehr da. Es war, wie ich es hinnehmen musste. Ich. Allein. Leben. „Es tut so schrecklich weh."

Die kleine Hand wischte meine Tränen ab. „Du wirst wieder ein Mensch sein, Lilli. Das schmerzt. Aber es heilt auch." In mir erwachte ein großer Wunsch. Ich wollte mich bei allen entschuldigen, denen ich jemals geschadet hatte.

Vor uns krachte es, Steine fielen von der Decke, die Wände gerieten wieder in Bewegung. Der kleine Vogel, der Begleiter des Todes, kehrte um und flog in die Höhle zurück. Der Tod nahm meine Hand und zog daran. „Komm, wir müssen uns beeilen."

Ich stand auf. Meine Beine waren ganz schwer geworden. Der leere Sack schnitt in meine Hände ein. Er brannte. Aber ihn wollte ich wenigstens dem Leben zurückgeben. Wie würde sie reagieren? Ich konnte mir ihren Wutausbruch ausmalen.

Geröll hinderte uns am Weitergehen. Türme flackernder Steine stapelten sich auf dem Weg und bis zur Wand. „Die Schattenwaschanlage! Das wäre eine Katastrophe" rief der Tod.

Der kleine Tod rannte zu den Gesteinsbrocken und suchte nach einer Nische, durch die er durchsehen konnte. Nach einigen Versuchen wurde er fündig. Mit einem Auge lugte er in den verschütteten Teil. „Ich kann es nicht genau erkennen. Wir müssen die Steine wegräumen."

Er begann, die Brocken wegzuheben. Ich half ihm. Sie ließen sich leicht anheben wie Styropor. Auch die eingewachsenen Schatten schienen kein Gewicht zu haben. In den Steinen flüsterten die verzweifelten Stimmen. Jeder einzelne Stein hatte einen anderen, leisen Klang. Sie flehten uns an, während wir sie wegtrugen. „Bitte. Ruf mich. Vergebung."

„Befreie mich. Ich werde dich nicht noch mal töten."

„Es tut mir so unendlich leid. Ich werde dich nie wieder anfassen."

Endlich hatten wir die Steine zur Seite geschafft und der Blick auf den Ausgang entspannte die Gesichtszüge des Todes. „Sie ist noch da. Die Schattenwaschanlage. Ohne sie kann keiner mehr den Schatten abstreifen, um zum ewigen Meer zu kommen. Aber sie funktioniert."

„Woher weißt du das?" Vor uns lag ein kurzer Tunnel, der ans Licht führte. Von der Decke hingen Blumenranken mit Dornen bespickt, die mit spitzen, strahlend blauen Edelsteinen auf dem Boden verbunden waren. Auch von den Seiten ragten lange, schmale, bläulich leuchtende Edelsteine in den Tunnel hinein. Ein Durchkommen schien unmöglich. Als ich meine Hand in den Tunnel hielt, spürte ich einen sanften Wind, der wie ein Föhn vom Boden her pustete.

Der Tod neben mir wurde langsamer. Seine Arme zitterten. Wie von einer unsichtbaren Macht geschüttelt, folgten seine

Beine, seine Knie und schließlich sein gesamter Körper. Er machte noch einen Schritt, dann stoppte er. „Ich kann nicht mehr weiter gehen!"

Ich holte tief Luft. „Dann trage ich dich."

Er streckte mir seine Arme entgegen. Mit den Händen umfasste ich den kleinen Kinderkörper. Seine eiskalten Hände klammerten sich an meinem Rücken. Aber er ließ sich nicht von der Erde wegbewegen. Wie schwarze Schlangen wand sich der Boden um seine Füße und wuchs bis zu den Fußknöcheln. Der Tod nickte. „Du musst mich hierlassen."

„Das geht nicht. Unmöglich. Wir sind kurz vorm Ziel."

Der Tod gab auf. „Meine eigenen Regeln haben mich aufgehalten. Ich werde zu einem Wartenden, bis ich gerufen werde. Ich habe schwere Fehler gemacht."

„Aber ich doch auch! Warum wachse ich denn nicht fest?"

„Es zählt nicht, dass du Fehler gemacht hast, es zählt, dass du daraus gelernt hast. Du bist ein Mensch. Solange du lebst, kannst du immer etwas ändern. Bis zu deinem letzten Atemzug kannst du lernen und es anders machen." Der Tod nickte langsam, als hätte er eine Erkenntnis gehabt. „Eines meiner Kinder ist nicht mehr in seinem Körper. Ich bin mir sicher, seine Liebe wird mich finden. So wie du deine Mutter liebst. Du wirst sie auch finden!", flüsterte er.

„Aber es kann keines deiner Kinder sterben …" Er sah mir eindringlich mit Tränen in die Augen an. Dann war mir klar, wen er meinte. „Oh Gott. Das darf nicht sein. Phagory."

Der Tod nickte. „Ich war zu lange in dem Sack, du musst alles wieder in Ordnung bringen. Du musst die Menschheit vor dem Untergang retten. Allein.“ Sein Körper wuchs schnell in den Höhlenboden. Der schwarze Stein kroch immer mehr an ihm hoch. Seine Augen füllten sich mit Tränen. „Ich kann sie spüren. Meine Kinder. Meine Söhne. Es tut mir so leid, dass ich nicht bei euch war.“

Ich versuchte noch einmal, ihn freizubekommen. „Komm, wir gehen zurück und helfen Phagory. Schnell!“ Doch unter meiner Hand wuchs der schwarze Stein weiter über seinen Körper, kroch in seinen Mund. Die Zunge wurde befallen. Die Lippen.

Weiter, immer weiter verschmolz die zähe Masse mit jedem Zentimeter seines Körpers. Als Letztes leuchteten seine Augen aus dem schwarzen, rauchigen Felsen. Sein wildes braunes und sein ruhiges blaues Auge sahen mich still aus dem Fels heraus an. Dann war er komplett bedeckt und nur ein pulsierendes Licht ließ erahnen, dass die versteinerte Säule einmal lebendig gewesen war.

Ich überlegte kurz, zu Phagory auf der anderen Höhlenseite zu laufen, um mich zu vergewissern, dass er nicht tot sein konnte. Der Tod musste sich irren. Aber wenn uns eine helfen konnte, dann war es das Leben. Ich musste es schaffen, dass sie den Tod befreit. Mit meiner Suche im Totenreich hat alles angefangen. Für meine Mutter hatte ich mich aufgegeben. Und jetzt würde ich sie nicht einmal mehr erkennen.

78

Ich trat in den Tunnel hinein und drückte mich zwischen spitzen Dornen und Steinen durch. Eine lange, graue Linie zog sich über die Steinwände vor dem Tunnel, der an das Tageslicht führte. Hinter dieser Linie wurden die Felsen strahlend weiß. Die Oberflächen waren glatt, weich und geschmeidig. Auch flackerten keine kleinen Lichter mehr in ihrem Inneren. Der sanfte Wind zog mich an sich und nahm mich unsichtbar an die Hand.

Mit dem ersten Schritt in den Tunnel bohrten sich die Steinspitzen durch meine Schuhe und die von der Decke hängenden Ranken zerkratzten mit ihren Dornen meine Haut. Der Sack blieb an den Dornen hängen. Sie rissen ein großes Loch hinein. Dabei lösten sich aus den Wänden die spitzen Edelsteine und verwandelten sich in hellblau leuchtende Flammen mit Gesichtern. Sie flogen auf mich zu, ihre Berührung war warm und angenehm. Sie positionierten sich neben mir, unter mir und über mir. Eine wahnsinnige Kraft trug mich hoch und ließ mich ein paar Zentimeter über der Erde fliegen.

Immer mehr von den leuchtenden Flammen umkreisten mich und strichen sanft über mein Haar. Sie flüsterten mir im Vorbeifliegen wunderschöne Dinge in die Ohren. „Du hast es geschafft. Frieden wird dich erfüllen. Die Insel der Seelen ist der schönste Ort."

„Kinder, die gestorben sind, dürfen dort als Kinder auf ihre Eltern warten und bei ihnen aufwachsen. Also sorge dich nicht mehr."

„Es gibt keine Tränen. Keine Sorgen. Nur Glück und Dankbarkeit."

„Du bist angekommen. Lebe dein neues Leben und treffe alle, die du liebst wieder."

Die Flammen trugen mich sanft, vorbei an den Dornen und den scharfkantigen Edelsteinen. Vorbei an allem Übel. Mir wurde es warm und leicht. In mir machte sich ein lang vergessenes Gefühl breit.

Frieden.

Immer näher trug mich der Wind dem leuchtenden Ausgang entgegen. In meinen Ohren klang nur sein sanftes, warmes Rauschen. Helles Licht blendete beim Absetzen meine Augen so sehr, dass ich sie mit meinen Händen bedecken musste.

Donner grollten. Mit meinen Händen tastete ich den Boden ab. Weiches Gras bewegte sich sanft unter mir. Eine feuchte Zunge leckte meine Hand an. Ich öffnete die Augen und langsam, ganz langsam konnte ich mehr erkennen.

Ein schillerndes, in allen Regenbogenfarben strahlendes Wesen saß vor mir und leckte ausgiebig meine Arme ab. Es roch nach nassem Hund – und es war ein nasser Hund. Aber sein Fell sah aus, als hätte man ihn in tausend schimmernde Strasssteinchen getaucht. Als er aufstand und sich schüttelte, flogen kleine Perlen von ihm ab. Auf seinem Rücken flatterten aufgeregt rosa Flügel.

Vor mir lag das schönste Stück Land, das ich jemals gesehen hatte. Ich saß in einem Meer aus Gräsern, die wie Wasserwellen wehten. Die einzelnen Grashalme streichelten und schmiegten sich sanft um meine Finger. Hinter der sattgrünen Wiese lag ein goldener Strand.

Die Krone dieser zauberhaften Schöpfung war das Meer, das sich in endloser Weite dahinter abzeichnete. Auf den Wellen ritten kleine, strahlende Sterne. Die brechenden Wellen klimperten am Strand wie zarte Glocken. Neben mir umrandeten Magnolienbäume und Palmen das Ufer. Ihre Äste und Wedel bewegten sich selbstständig und streichelten sich gegenseitig die Blätter und Blüten. In den Baumkronen entdeckte ich noch mehr der schimmernden Regenbogentiere, die im Lichteinfall stark leuchteten.

Als sich meine Augen an dieses Leuchten gewöhnt hatten, erkannte ich, wie voll es hier war. Eine Herde mit beflügelten Schafen graste. Wenn sie einen Grashalm zwischen den Zähnen hatten, zogen sie ihn vorsichtig raus, woraufhin der Grashalm in ein ausgelassenes Lachen ausbrach. Die Schafe setzten die Grashalme wieder ab und das Gras wuchs wieder fest. So versetzten die Schafe die lebendige grüne Wiese innerhalb kürzester Zeit ein Stück nach vorne. Alles war auf verrückteste Weise in Bewegung.

Ein Schäfchen löste sich aus der Herde und flog auf einen Magnolienbaum zu. Es ließ sich auf einem dicken Ast nieder.

Seine kleinen rosa Flügel wippten wild. Langsam dämmerte mir, dass jedes Tier hier Flügel hatte.

Ein gewaltiger Löwe sprang aus der Baumkrone und begann, das Schaf fliegend zu jagen. Als er es erreicht hatte, stupste er es sanft mit seiner Schnauze an und flog weg. Nun verfolgte das kleine Schaf den Löwen.

Weil ich von dem Frieden vollständig erfüllt war, dauerte es, bis ich die Schreie, die durch dieses Paradies hallten, zuordnen konnte. Das geschrumpfte Leben stand als kleines Mädchen auf einem kleinen Felsen mitten im Meer. Es trug eine Tunika und schrie noch schriller, als es mich sah.

79

„Wo ist mein Bruder? Bring ihn mir! Sofort! Wo ist der Sack? Lilli!“ Das Leben heulte wütend mit dem Blick auf den leeren Sack in meinen Händen. „Wo ist mein Bruder?“

„Es war eine blöde Idee. Ich verstehe, dass du wütend bist, aber wir haben ein Problem …“ Ich schrie dem Leben meine Rechtfertigungen entgegen, um sein Heulen zu übertönen. Leider war neben dem Schreien des Lebens noch ein dunkles, schreckliches Grollen aus der Ferne zu hören.

Jetzt löste sich das Meer um das Leben in dichten Nebel auf. Das Leben blieb auf seinem Felsen im Meer stehen und verstummte. Das verdampfende Wasser stieg in den Himmel und in Sekunden war das halbe Meer ausgetrocknet. Auf dem schlammigen Boden, der nun sichtbar wurde, stapelten sich unzählige bewegungslose Fische übereinander.

Glänzten und schillerten sie anfangs noch, verloren sie schnell ihren Glanz in diesem dünstenden Nebel. Ihre Leiber wurden farblos und grau. Auch den Felsen des Lebens umlagerten Berge aus toten Fischen. Das Meer verdampfte weiter. Die Dämpfe zogen an dem Körper des kreischenden Kindes vorbei.

Ich ging nah an den Stand und versuchte, mit ihr Kontakt aufzunehmen. „Warum stehst du denn im Meer? Komm zu mir. Ich brauche dringend deine Hilfe!“

„Sie sind tot. Sie sind alle tot!“, schrie das Leben panisch.

Ich holte vor der Antwort tief Luft. „Du musst schnell mit mir kommen. Bitte! Dein Bruder ist in den dunklen Höhlen gefangen!“

Das Leben stampfte wütend auf ihrem Felsen auf. „Ich kann nicht. Ich kann nichts Totes berühren. Warum hast du es nicht richtig gemacht? Das ist alles deine Schuld!“ Sie sackte kraftlos in sich zusammen. Das Leben war bewusstlos. Ich musste zu ihr, doch der Dunst des Meeres, der nach oben stieg, war unglaublich heiß. Ich konnte nicht hindurch.

Die geflügelten Tiere hinter mir wurden unruhig. Als ich mich zu ihnen umdrehte, nahm mir der Schreck auch die Kraft, zu stehen. Eine dicke Feuerwalze, begleitet von blutrotem Himmel, wälzte sich über die dunklen Höhlen hinweg auf uns zu.

„Lilli? Was machst du denn hier? Lilli, mein Kind!“ Plötzlich stand vor mir eine hell leuchtende Frau. Sie war wunderschön. Sie lächelte.

„Ich …“ Ich wusste nicht, was ich sagen sollte.

Die Frau umarmte mich. „Lilli, Kind. Wieso bist du hier?“ Sie legte ihren Kopf an meine Brust. „Du lebst, du bist nicht zurückgegangen.“

„Kennen wir uns? Haben Sie vielleicht meine Mutter gesehen?“

Die fremde Frau starrte mich an. „Lilli, was ist mit dir passiert?“ Sie strich mir über den Kopf. Es war wie ein Windhauch, eine Berührung, nach der ich mich schon ewig gesehnt hatte. Mein ganzer Körper bekam eine Gänsehaut.

„Ich … ich weiß nicht mehr, was ich tun soll“, sagte ich.

Die Frau sah mich prüfend an. „Warum bist du hier?“

Da platze es heraus. Ich erzählte ihr von meiner Mutter. Von dem, was ich wusste. Von dem, was ich anscheinend suchte. Von meiner Angst. Die Frau sah mich liebevoll an und drückte mich an ihr Herz. „Mein Kind. Du sollst nicht hier sein. Mein geliebtes Kind.“

Ich musste mich nicht umdrehen, um zu erahnen, dass die Feuerwalze näherkam. „Wissen Sie, ich war das hier alles. Ich habe den Tod gefangen. Ich habe ihn dann nicht mehr aus der Höhle mitgenommen. Und … Und dann … Ich habe alle Erinnerung an meine Mutter verloren. Ich will nicht mehr.“

Weinend brach ich in ihren Armen zusammen. Sie war warm und weich und so unglaublich lebendig. Mit jeder ihrer Bewegungen schwang der Frühling mit. „Lilli, erkennst du mich nicht? Ich bin es. Deine Mama.“

„Es ist nur ein grauer Fleck in mir. Alles ist leer.“ Ich hielt inne.

„Lilli!“ Eine Männerstimme rief nach mir. Phagory! Er war am Leben. „Lilli, schließ deine Augen und hör auf dein Herz!“, rief er mir zu.

Ich schloss meine Augen, ohne mich aus der Umarmung der Frau zu lösen. Ein Herzschlag drang zu mir. Ich hatte das Gefühl von Geborgenheit und unendlicher Liebe. In mir wurde es warm und weich. In meinen Ohren erwachte ein zweiter Herzschlag. Ich erinnerte mich an eine geschlossene Hülle, in der ich sicher gelegen hatte. Um mich herum Wasser und Liebe. Es war diese Frau, die über meine warme Hülle gestrichen hatte.

Die Frau flüsterte: „Ich erinnere mich auch. Die Schwangerschaft. Ich sehe das gleiche." Ich erinnerte mich, wie ich in ihrem Bauch zum ersten Mal ihren Herzschlag gehört hatte, gebadet durch das warme Fruchtwasser. Nicht ihr Gesicht kam in meine Erinnerungen, aber ihre Stimme trat langsam wieder in mein Gedächtnis, zusammen mit ihrer Liebe.

„Du hast deine Mutter gefunden. Ich wusste es!", sagte die kleine Kinderstimme des Todes.

80

Ich öffnete die Augen und löste mich von der eben wiedergefundenen Erinnerung. Ich sah meine Mutter noch immer mit Zweifeln an und versuchte, meine Gedanken zu sortieren. Sie war umgeben von anderen Seelenlichtern.

„Mama.“ Ich nahm sie in den Arm. Sie war warm und weich. Ein unsichtbares Band knüpfte uns wieder aneinander. Dann drehte ich mich zu Phagory und seinem Vater um. Ein Blitz durchfuhr meine Knochen. Phagory war leuchtend hell wie meine Mutter. Er war gestorben, zu einer Seele geworden. Letzte Schattenreste hingen wie dunkle Wolken von ihm. Dicht hinter ihm stolperte der kleine Tod. Sein Ziel schien der Felsen zu sein, auf dem das Leben lag. „Es ist alles meine Schuld. Ich habe das hier verursacht“, weinte ich.

Der Tod rannte ohne Probleme durch die toten Fische auf seine Schwester zu. Von Mama und den anderen Seelen schlug mir nur ein Gefühl entgegen: Liebe. Kein Vorwurf. Sie legten alle liebevoll ihre Hand auf meine Schulter und waren bei mir. Diese fremden, leuchtenden Menschen zeigten mir, dass Vergebung ein Teil von Liebe war.

Der Himmel hatte sich nun auch hier verdunkelt. Eine Feuersäule fraß sich an den ersten Palmenblättern satt und sengte die haarigen Stämme an. Phagory verharrte still und starrte mich an. Wunderschön war er. Wie eine Marmorsäule im

Schnee stand er in der herabregnenden Asche. Seine Haut war golden. Seine Haare fielen gelockt über die Stirn. Wie sehr wünschte ich mir seine Nähe, dass seine Hand noch ein einziges Mal meine Hand berühren würde. Dass sein Atem meinen Hals streichelte.

Und da war er. Er war in einem Gedanken einfach bei mir und stand dicht hinter mir. Er atmete. Er war ruhig und nur auf mich fokussiert.

Mama lächelte ihn an. „Danke, du hast auf sie aufgepasst."

Phagory nickte zurück wie ein goldener Ritter. „Solang ich da bin, werde ich nichts anderes mehr tun."

Es begann das gleiche schreckliche Schauspiel wie vor den Höhlen. Der Himmel lief rot an und zusätzlich schossen lila Blitze durch die beginnende Nacht. Knallend schlugen sie in willkürliche Ziele ein, die daraufhin in Feuer gerieten. Starker Wind kam auf, der uns auseinandertrieb.

Mama und die anderen Seelen waren leichter, als Phagory es war. Er blieb dicht hinter mir stehen und sein Atem strich gleichmäßig und beruhigend an mein Ohr. „Ich werde auf dich warten, Lilli. Wir müssen meinem Vater helfen." Er hielt mir seine Hand entgegen und ich griff danach.

In Gedankenschnelle standen wir beim Leben auf dem Felsen. Zeitgleich hatte der kleine Tod es dorthin geschafft. Das Leben lag zusammengesackt auf der Seite, das Gesicht blass und voller Schweißperlen. Der Tod nahm den Kopf seiner

Schwester behutsam zwischen die Hände und drückte ihr einen zarten Kuss auf die Stirn. Das Leben öffnete die Augen.

Der Tod lächelte seine Schwester an. Sie zögerte und sah sich verwirrt um. „Was machst du hier?“ Auch ihre Gesichtszüge wandelten sich und ihre Hände umschlangen den kleinen Jungen.

Der drückte seine Schwester, so fest er konnte, an sich. „Mein Sohn hat mir vergeben. Kannst du dir das vorstellen? Er hat mich befreit!“

Phagory blieb nah bei mir. Während die Feuerwalze uns fast erreicht hatte und Glutnester aus brennenden Fischkadavern den Rauch dichter werden ließen, bildeten das Leben und der Tod eine Einheit. Um sie herum formten sich Bögen aus silbernen Lichtern, in denen die kleinen Kinder zu Erwachsenen wuchsen. Sie hatten bald ihre alten Gestalten zurück.

81

Der Sturm legte sich. Der verdampfende Nebel fiel in glänzenden Tropfen auf staubigen Grund und belebte die toten Fische. Das Feuer erlosch. Das ewige Meer füllte sich wieder und über die sanft wogenden Wellen spannte sich ein goldenes Licht wie eine Brücke zu einer Insel. Sie lag verborgen im Meer. Alles veränderte sich und verwandelte sich zurück ins Gute. Nur die Seelen blieben, was sie waren.

„Warum wird Phagory nicht lebendig? Warum bleibt er eine Seele?“, fragte ich. Tod und Leben sahen sich an. Er in seinem alten Anzug, sie nackt. Schnell löste sich der nun wieder erwachsende Tod aus der Umarmung und wich peinlich berührt von seiner Schwester.

„Du könntest dir mal ab und an etwas anziehen, werte Schwester!“

Das Leben lachte den Tod leuchtend an. „Und du, lieber Bruder, könntest dich mal öfter ausziehen!“

Der Tod lächelte. Sein Blick fiel auf seinen Sohn und dann auf die wartenden Seelen. Seine Miene versteinerte. „Junge, was habe ich nur angerichtet?“

Ich vergrub meinen Kopf in Phagorys Lichtarmen. „Was ist mit ihm? Du musst Phagory zurückverwandeln!“

Der Tod sah betreten auf den Boden, während seine Schwester sich umdrehte und sich an die wartenden Seelen am

Ufer richtete. „Die Brücke ist wieder frei!“ Das Leben klang erleichtert.

Ich war es nicht. „Tod und Leben. Was ist mit Phagory? Verwandelt ihn zurück!“ Beide kamen auf mich zu und in ihren Blicken lag Einigkeit.

Der Tod sprach leise und bedacht zu mir. „Das Gleichgewicht ist immer noch nicht hergestellt. Wertes Fräulein.“

Das Leben berührte mich mit ihren Brüsten, während sie ihren Arm um mich legte. „Was mein Bruder sagen will … Auf der Erde herrscht noch Chaos. Sie dreht sich nicht. Auf ihr fehlt ein Mensch.“ Sie sah mir fest in die Augen. „Wer fehlt? Na, kannst du es erraten, mein kleiner Schatz?“

„Mama?“

„Du!“ Das Leben hatte kein Erbarmen mit mir. „Du musst zurück. Erst dann kann die Menschheit gerettet werden.“

Phagory konnte anscheinend meinen Wunsch erkennen und brachte mich mit seiner Gedankenkraft zu meiner Mutter, die am Rande der Brücke zur Insel stand. Ihr Blick war so weich, so verständnisvoll. „Mama, ich muss zurückgehen. Zu Papa. Und den anderen Menschen.“

Meine Mutter nickte. „Bitte, geh für mich zurück. Lebe ein langes Leben. Und kehre dann in meine Arme zurück. Mit vielen Geschichten und Erlebnissen. Versprich es mir.“ Sie küsste mich und drückte mich an sich. Ihre ungetrübte Glücklichkeit gab mir inneren Frieden.

„Mama, ich lasse dich gehen. Wir sehen uns wieder!“ Ich ließ ihre Hand los. Und wie von einem sanften Sog gezogen, schwebte sie zur Brücke.

„Ich liebe dich, Lilli. Für immer.“ Ihre Stimme war voller Liebe. Es war einfacher, sie gehen zu lassen, mit dem Wissen, das ich jetzt hatte. Die Brücke leuchtete hell wie die Sonne und ließ mich blinzeln. Etwas Schönes musste sich dahinter verbergen. Dieser Moment brannte sich, wie das gleißend helle Sonnenlicht, tief bei mir ein.

Verloren stand Phagory neben mir. Ich traute mich nicht, ihn zu berühren. Es war, als wäre plötzlich eine unsichtbare Mauer zwischen uns. Er war tot. Und ich war allein und lebendig. Wir standen da und starrten auf das Meer. Tod und Leben glitten langsam über das Wasser. „Es tut mir leid.“, flüsterte ich zu Phagory.

„Du hast mich glücklich gemacht. Das war es wert.“ Seine leuchtende Schulter stupste mich an. Ich nickte. Er legte seinen Arm um mich. Es kribbelte wie ein leichter, elektrischer Schlag.

Ich nahm allen Mut zusammen. „Bitte, wenn ich gleich gehe, sag nichts zum Abschied.“

Er beugte sich über mich. Unser Kuss war das Schönste und Reinste, was ich bis jetzt erlebt hatte. Er war ohne Erwartungen. Ohne Sehnsucht nach mehr. Ohne Traurigkeit. Nichts fehlte. Nur gehörte ich hier nicht hin.

Ich bemerkte erst jetzt, dass Leben und Tod nah bei uns standen. Sie blickten uns tief und ernst in die Augen, als würden sie etwas prüfen. Zuerst nickte der Tod. Das Leben schien noch nicht sicher zu sein. Ihr Blick war, als schaute sie mir direkt in meine Seele. Dann nickte auch sie.

Der Tod legte eine Hand auf Phagorys Schulter. „Wir können etwas tun. Sieh es als Zeichen meiner Liebe zu dir, mein Sohn. Du bist ein Wesen der Zwischenwelt. Ich werde dir den Kuss der Sterblichkeit schenken."

Das Leben legte ihre Hand auf meine Schulter, sprach dann zu Phagory gerichtet: „Ich werde dir den Kuss der Menschlichkeit geben. So kannst du mit ihr als Mensch zur Erde gehen." Ihre Augen funkelten uns an. „Genießt das Leben. Lasst nichts aus."

Der Tod trat näher an uns heran. „Ich lasse dich ziehen. Sohn, wenn du es willst." Er beugte sich zu Phagorys Ohr und flüsterte: „Übertreibe es nicht, das Leben ist gefährlich. Möchtest du wirklich sterblich werden?" Dann nickte er uns zu und Leben und Tod blickten uns erwartungsvoll an.

„Ich will." Phagorys Stimme klang fest und entschlossen. Ein Blitz von Glück durchzuckte mein Herz. Dann wurde es um mich herum dunkel.

82

Regen prasselte auf meine Haut. Tropfen für Tropfen sammelte er sich auf meinen Augenlidern. Mein Körper war schwer und schmerzte. Langsam öffnete ich meine Augen, der Lichtkegel einer Taschenlampe blendete mich. Von irgendwoher drang eine aufgeregte Stimme. Ich erkannte um mich herum die Baugrube.

„Wir haben sie gefunden. Sie lebt! Es ist noch jemand bei ihr … Moment …"

Jemand landete mit schweren Schuhen dicht neben mir. Schlamm und Matsch spritzen kalt auf mich. Ich sah verschwommen die Gestalt eines Mannes in Uniform. Er beugte sich über den nackten Körper eines jungen Mannes, der etwas weiter weg von mir lag.

„Er lebt auch!"

Ich spürte das Glück, das sich mit diesem einfachen Satz in meinem Körper verteilte, bevor ich in einen tiefen, dunklen Schlaf fiel.

- Ende -

DANKSAGUNG

Ich bedanke mich bei meiner ganzen, großen Familie.
Besonders bei meinem Mann, der viele Nächte für das Buch und die Formatierung geopfert hat. Der mir mit viel Liebe aufhalf, als schlimme Dinge in unser Leben hereinbrachen. Der immer viel Liebe für mich aufbringt.
Ich danke meinen wunderschönen und wunderbaren Kindern, die jeden Tag in unserem Leben einzigartig machen.
Danke an meine Schwestern Sara, Theresia und Franzi für monatelange Lesesessions und Besprechungen.
Danke an alle Testleser.
Danke an Alle, die jetzt wütend sind, weil ich sie vergessen habe.

Vor allem auch: Danke an Dich.

Printed by Amazon Italia Logistica S.r.l.
Torrazza Piemonte (TO), Italy

64216882R00224